Italian Bad Boy-
Heiße Küsse

Alisha Bloom

1. Auflage 2019

Alisha Bloom, c/o Papyrus Autoren-Club, R.O.M. Logicware GmbH, Pettenkoferstr. 16-18, 10247 Berlin.

Cover: Wortschmiede

Fotos by © despositphotos_214628340@kiuikson

Lektorat/Korrektorat: Wortschmiede

ISBN: 9781097475254

ITALIAN BAD BOY - HEISSE KÜSSE

Heartbeat Romance

ALISHA BLOOM

KAPITEL 1

Rick

Der Inhalt des Glases ergoss sich mit einem Schwall auf die Anzughose des Bürgermeisters, der mit seiner Frau an einem Tisch meines Restaurants saß.

Rotwein!

»Verdammt, was tust du da?!«, herrschte ich meine Angestellte Tessa an, die sich das nächstbeste Glas vom Tablett gegriffen und einem Gast den Inhalt über die naturfarbene Hose gekippt hatte. Mit voller Absicht! Ich war fassungslos.

»Ich?«, quietschte Tessa in hysterischem Tonfall, sodass ich versucht war, mir die Ohren zuzuhalten. »Dieses Schwein hat mich betatscht!«

»Scht! Kein Grund, so laut zu schreien, dass jeder dich hört!« Aus dem Augenwinkel bekam ich mit, wie mein Geschäftsführer sofort zu dem Gast eilte, der sichtlich zornig den dunkelroten Fleck auf seiner Hose mit einer Serviette bearbeitete. Wenn wir Glück hatten, quatschte Murdock den Typ in Grund und Boden und wir umgingen eine Klage.

»DAS kann ruhig jeder ...«

Energisch zog ich Tessa am Arm zu mir und unterbrach so ihren begonnen Satz. »Du willst mir allen Ernstes erzählen, dass der Bürgermeister von San Francisco dich begrapscht, während seine Frau mit am Tisch sitzt?«

In Tessas Augen funkelte der blanke Hass. »Ja, das will ich. Und er kann von Glück sagen, dass ich heute meinen guten Tag habe, sonst hätte ich heißen Kaffee anstatt Wein genommen und er könnte sich jetzt über ein Paar gekochte Eier freuen.«

Puh, wie kamen wir aus der Sache wieder heraus? In meinen Restaurants wurde sexuelle Belästigung nicht geduldet. Weder unter Mitarbeitern noch von Gästen. Niemals. Das war eins der unumstößlichen Gesetze. »Um das hier kümmere ich mich. Du arbeitest ab sofort in der Küche. «

»Nicht dein Ernst!«

»Doch. Zisch ab.«

»Nur weil ich mich von dir anfassen lasse, heißt das noch lange nicht, dass dieser wabbelige Alte das auch darf«, sagte sie laut genug, dass Adam, unser Barkeeper, es hören konnte. Adams Augenbrauen schossen in die Höhe, bis sie beinahe den Haaransatz berührten.

Das hatte mir gerade noch gefehlt, dass Adam was von meinem Ausrutscher mit Tessa erfuhr. Das würde nur für unnötiges Gerede zwischen den Angestellten sorgen. »Lass diese Anspielung. Sie hat hier nichts zu suchen!«

Sie lachte provozierend und schwang ihr Becken zur Küchentür. Das konnte sie verdammt gut. Ihr Anblick ließ mich mal wieder an meinen Grundsätzen zweifeln. Kurz überlegte ich, ob ich die Geschichte von letzter Woche heute noch einmal aufwärmen sollte, doch dann verwarf ich den Gedanken. Tessa war scharf, schärfer und sah hammergeil aus, auch wenn sie nicht unbedingt mein Typ war. Aber meine Prinzipien würde ich kein weiteres Mal über den Haufen werfen. Angestellte waren und sollten für mich tabu sein. Auch wenn das bei Tessa extrem bedauerlich wäre, zumindest war mein Schwanz eindeutig dieser Meinung. Tessa war eine absolute Granate im Bett, ungebunden und immer für einen guten Fick zu haben.

Ich sah Adam scharf in die Augen und er hob beschwichtigend die Hände. Er hatte verstanden und würde seinen Mund halten. Hoffentlich.

Während ich mich umdrehte und mein Jackett zuknöpfte, zermarterte ich mir das Hirn. Ich fuhr mit der Hand durch mein schwarzes, kurz geschnittenes Haar und visierte das Arschloch an, das es gewagt hatte, meine Kellnerin zu bedrängen. Bürgermeister hin oder her, der Kerl verdiente eine ordentliche Ansprache von Mann zu Mann. Meine Angestellten wurden von niemandem begrapscht, auch hochrangige Politiker bildeten da keine Ausnahme.

Um diese Sache würde ich mich persönlich kümmern.

»Murdock?«

»Ja, Boss?«

»Ich übernehme.« Er nickte verstehend, atmete erleichtert aus und ging.

Ich trat an den Tisch des Grapschers.

»Guten Abend, Bürgermeister Miller, guten Abend, Mrs Miller.« Ich nickte beiden nüchtern zu und erkannte im Gesicht der Frau, wie unangenehm ihr die Situation war. Wahrscheinlich wusste sie ganz genau, was ihr Mann so trieb. Vermutlich war es heute nicht das erste Mal gewesen, dass er eine Kellnerin belästigte.

Der Kerl blickte auf und sah mich mit einem blasierten Gesichtsausdruck an. »Rick, ich erwarte umgehend eine Entschuldigung Ihrer Angestellten.«

Am liebsten hätte ich ihm seine beschissene Mimik aus dem Gesicht gefegt, beherrschte mich jedoch. Ein Glück für seine Visage.

»Sie ist bereits nach Hause gegangen.« Ich log ohne mit der Wimper zu zucken und beobachtete mit Genugtuung wie sich Millers Gesicht verfinsterte. Mit ziemlicher Sicherheit wäre ihm einer abgegangen, wenn Tessa sich bei ihm hätte entschuldigen müssen. Arschloch! »Ich würde die Angelegenheit gerne unter vier Augen besprechen. Darf ich Sie in mein Büro bitten?«

Der Bürgermeister erhob sich. Mit zusammengekniffenen Augen blickte er mich skeptisch an und klopfte mir dann gönnerhaft auf die Schulter. »In Ordnung, aber nur weil Sie es sind, Rick.«

Auf solche Floskeln und Gesten gab ich schon lange nichts mehr. Er versuchte lediglich, eine Basis der Vertrautheit zu schaffen, doch davon ließ ich mich nicht einwickeln. Ich entschuldigte mich bei der attraktiven Mrs Miller und sagte ihr, es würde nur einen Moment dauern. Sie musste circa zwanzig Jahre jünger sein als ihr Mann. Eine sehr bezaubernde Frau, völlig unpassend war nur der Mann an ihrer Seite. Miller wirkte mit seinem Wohlstandsbauch, seiner beginnenden Glatze und dem Schweiß, der sich auf der hohen Stirn bildete, wie ein alter Widerling.

Ich gab Murdock ein Zeichen, dass er Mrs Miller ein Glas Champagner bringen sollte. Adam hatte in weiser Voraussicht bereits alles vorbereitet. Ich nickte zufrieden. Meine Leute waren ein eingespieltes Team, auch wenn ich für gewöhnlich eher selten hier war.

In meinem Büro angekommen, ergriff Miller das Wort. »Gemütlich haben Sie es hier!« Er blickte sich interessiert um.

Ein Sofa dominierte das Zimmer, in der Ecke stand mein Schreibtisch, doch gemütlich hätte ich den zweckmäßigen Raum nicht unbedingt genannt.

»Lassen wir diese unnötigen Höflichkeiten, Miller!«, wies ich ihn gefährlich leise zurecht.

»Immer langsam!« Abwehrend hob er die Hände.

»Langsam? So langsam, wie Sie meine Angestellte befingert haben?«

»Ich habe rein zufällig ihre Oberschenkel berührt. Das kann vorkommen«, versuchte er, sich herauszureden.

Meine Hand schnellte nach vorne und ich wollte ihm am liebsten seinen feisten Hals zudrücken. Stattdessen streckte ich ihm den Zeigefinger unter die Nase.

Miller zuckte zurück und sah mich ängstlich an. So

ein widerwärtiger Typ! Fett war er, und Eier hatte er auch keine in der Hose. Nun, aufgrund meiner Vorgeschichte wusste er sehr wohl, dass ich ihm körperlich weit überlegen war und auch bereit sein würde, mir notfalls den nötigen Respekt auf unsaubere Weise zu verschaffen.

»Hören Sie gut zu, Miller, denn ich wiederhole mich nur ungern: Finger weg von meinen Angestellten. Haben wir uns verstanden?«

Er schluckte krampfhaft und nickte eifrig. Das jedoch schürte meine Verachtung nur noch mehr. Der Mann war ein Nichts, und ich hätte ihn am liebsten zerquetscht, doch ich wusste, dass ich mich gefährlich weit aus dem Fenster lehnte.

»Und falls Sie auf die Idee kommen, etwas gegen mich oder meine Angestellten zu unternehmen, dann lassen Sie sich eins gesagt sein: Der gesamte Laden ist videoüberwacht. Da gibt es bestimmt auch ein paar schöne Bilder von Ihnen und der Kellnerin, der Sie sich unsittlich genähert haben. Die Presse fährt auf so einen Scheiß total ab.«

Ruckartig zog ich meine Hand zurück und lehnte mich lässig an den Schreibtisch.

Miller japste und zerrte an seiner Krawatte. »Sie ... Sie ... Sie Mafioso!«

»Danke für das Kompliment.« Diese Bezeichnung hatte ich schon im Kindergartenalter an den Kopf geworfen bekommen. Das sollte mich verletzten? In meine Schranken verweisen? Nein, da hätte er sich etwas Originelleres einfallen lassen müssen. Nur weil ich italienische

Wurzeln hatte, war ich kein Mafioso. »Ich wünsche Ihnen einen schönen Abend, Mr Miller. Ihre Frau ist im Übrigen bezaubernd. Jung, heiß und eine Spur frustriert? Sexuell frustriert vielleicht?« Millers Gesicht wurde hochrot und ich befürchtete schon, dass er einen Herzinfarkt bekäme.

»Kommen Sie ja nicht auf die Idee, Ihren enormen Frauenkonsum in meinem Revier zu befriedigen«, fauchte er mich an und richtete dabei seine Krawatte.

Ich lachte trocken auf. »Das gilt für beide Seiten, Mr Miller. Leben Sie wohl!«

Ich hoffte, dass meine versteckte Warnung Wirkung zeigen würde. Ein Hausverbot direkt auszusprechen, war nicht unbedingt mein Stil. Lieber löste ich das auf elegante Weise. Kleine subtile Drohungen hatten einen nachhaltigeren Effekt.

Als ich durch eine Berührung wach wurde, lag ich auf der Couch in meinem Büro. Mist, ich musste eingeschlafen sein. Aus halb geöffneten Augen registrierte ich, was mich geweckt hatte, oder besser gesagt, *wer*.

Tessa machte sich gerade an meiner Hose zu schaffen und strich hingebungsvoll über die Beule, die sich deutlich darunter abzeichnete.

»Fuck!« Ob dieser Laut über meine Lippen glitt, weil ich auf meine Angestellte scharf oder einfach nur genervt war, dass sie mal wieder die Grenze, die ich gezogen hatte, überschritt, konnte ich zu diesem Zeitpunkt noch nicht sagen. In meinem Hirn lichtete sich erst langsam der Nebel.

»Tess, lass das!«, zischte ich ungehalten und wollte sie eigentlich direkt von mir schieben, doch etwas hielt mich davon ab. Pure Lust. Verdammt, ich war auch nur ein Mann.

Sie leckte sich provozierend langsam über die Lippen und schaute mich aus ihren blauen Augen an. »Der da«, dabei deutete sie mit dem Kinn auf meinen Ständer, der sich immer deutlicher bemerkbar machte, »denkt da ganz anders drüber.«

Wieder bedachten mich ihre geschickten Finger mit ihrer Aufmerksamkeit. Ich ließ den Kopf zurück auf das Kissen sinken und gab mich dem Trieb hin, der Besitz von mir ergriff.

Das Geräusch des Reißverschlusses meiner Hose riss mich aus der Lust und ich richtete mich auf, entschlossen, die Sache zu beenden, ehe sie richtig beginnen konnte. Doch Tessa kannte meine Vorlieben und wusste sowieso ganz genau, auf was Männer abfuhren.

Mit einem verruchten Ausdruck im Gesicht senkte sie ihren Mund und stülpte die vollen Lippen über meinen Schwanz. Wenn sie eins konnte, dann das. Mein Hirn schaltete auf Standby und mein Körper übernahm die Führung.

Ich war kein Heiliger, war es noch nie gewesen, und welcher Mann konnte schon vollen Lippen ein Nein erteilen, wenn die gerade dabei waren, seinen Schwanz zu umschließen?

Gekonnt züngelte die geile Kellnerin an meinem Schaft entlang, saugte und lutschte ihn, wie ich es gerade brauchte. Fuck! Sie stöhnte an meiner empfindlichen Haut, doch ich hatte nicht das Bedürfnis, ihre Lust ebenfalls zu befriedigen.

Meine Hand krallte sich in ihr blondes Haar. Immer wieder schob ich mein Becken vor und meinen Schwanz dadurch tiefer in ihren Mund …

Als ich fertig war und sie losließ, leckte sie mich sauber und fuhr sich anschließend über die Lippen. In ihren Augen blitzte es amüsiert.

Wenigstens machte sie mir keine Szene, weil sie nicht auf ihre Kosten gekommen war, denn darauf hatte ich in diesem Moment gar keinen Bock. Ich schloss den Reißverschluss, stand auf und griff nach einer Flasche Wasser.

Jetzt, da die Lust abebbte, war ich genervt von mir selbst. Warum hatte ich erneut Sex mit der Frau gehabt? So nötig hatte ich es nicht, dass ich mich an meinen Angestellten vergreifen musste. Genaugenommen hatte sie sich zwar gerade an mir vergriffen, aber das änderte nichts an der Tatsache, dass sie mich weder auf der intellektuellen noch auf der optischen Ebene reizte. Klar, sie war sexy, aber das reichte nicht, um daraus etwas anderes zu machen, als das Verhältnis, das wir bisher hatten.

»Noch Wünsche offen?« Provozierend stellte sie sich neben mich.

»Nein, eigentlich nicht. Danke.« Ich zeigte mit dem Kopf zur Tür. Ein weiteres Mal würde sie meinem Schwanz nicht mehr näherkommen. Diesmal hatte sie mich überrascht und meine Schläfrigkeit ausgenutzt.

Tessa verengte ihre blauen Augen zu Schlitzen. »Gern geschehen, Boss!«

»Ich habe dich nicht darum gebeten, mir einen zu blasen«, erwiderte ich kalt.

Etwas steif und offensichtlich beleidigt verließ sie mein Büro. Ich griff alles andere als befriedigt nach meiner Jacke und zog sie an, dann machte ich mich auf den Weg zu meinem Wagen.

Der Blow Job hatte einen bitteren Nachgeschmack hinterlassen.

Es war eine milde Mainacht, doch die Temperaturen waren nachts noch nicht geeignet, um nur im Shirt rumzulaufen. Als ich die Fernbedienung des Autoschlüssels aktivierte, sah ich zum Himmel empor. Der Mond schien unerbittlich, als wollte er meine schlechte Laune verhöhnen.

Als ich in meinen SUV saß, atmete ich müde aus. San Francisco war eine Stadt mit vielen Ecken und Kanten. Eine Kellnerin, die ich gelegentlich fickte, war das geringste Problem, das ich hatte, wenn ich mich hier aufhielt. Es wurde Zeit, dass ich in die Anonymität von New York City zurückkehrte.

KAPITEL 2

Elena

Du hast doch nicht wirklich gedacht, dass dieses Arrangement auf Dauer funktionieren würde? So naiv kannst nicht mal du sein, Elena!«, fuhr mich Matteo abfällig an, während ich meine persönlichen Habseligkeiten, die ich noch in dem Büro gebunkert hatte, in einen Karton packte.

»Ehrlich gesagt, habe ich genau das gedacht«, erwiderte ich kraftlos.

Kurz blieb mein Blick an dem Diplom hängen, das bis eben noch an der Wand in der Küche gehangen hatte. Elena Martinelli, diplomierte Bäckerin. Tja, damit konnte ich mir zukünftig wohl nur noch den Hintern abwischen. Mein verdammtes Leben drehte sich gerade in eine Richtung, die mir nicht gefiel. Ganz und gar nicht. Zudem wusste ich nicht, wie ich das stoppen konnte. Immer weiter wurde ich in einen Sumpf hinabgezogen, aus dem ich mich kaum mehr selbstständig befreien konnte.

Zerrissen von Emotionen, die ich mir nicht anmerken lassen wollte, hob ich den Kopf und sah den Mann an, mit dem mich bereits so viele Jahre verbanden. Gute Jahre, die allerdings nun für immer einen schlechten Ausgang haben würden.

Matteo und ich kannten uns schon, seit ich eine Zahnspange bekommen hatte. Er war zuerst bei meinem Vater angestellt gewesen und dann später bei mir in der Patisserie. Ich hatte gern mit ihm zusammengearbeitet, dachte, wir wären ein gutes Team, das Fairness zu schätzen wusste.

Tja, so konnte man sich täuschen.

Nun hatte ich das Gefühl, als würde ich Matteo erst richtig kennenlernen, seinen wahren Charakter, der offenkundig von der ganz miesen Sorte war. Vermutlich war er schon immer so gewesen, doch bisher war mir diese Seite von ihm verborgen geblieben.

Ohne ein Wort des Abschieds drehte ich mich um. Es gab nichts mehr zu sagen, das nicht in einem Streit enden würde. Das wollte ich mir ersparen, also schwieg ich.

Ich ließ Matteo stehen und durchquerte die kleine Backstube mit der minimalistisch eingerichteten Küche. Als ich den Verkaufsraum erreichte, der mit weißem Holz und vielen Blumenornamenten einen Hauch von Landhaus vermittelte, musste ich heftig einatmen. Zum Glück waren keine Kunden hier. Meine Emotionen überschwemmten mich und ich hatte Mühe, weiterzuatmen.

»Elena, warte doch. Ich will mit dir reden!«

»Ich aber nicht mehr mit dir. Leb wohl.«

Die Glocke über der Tür bimmelte leise, als ich hinaustrat. Dieses Geräusch hatte ich schon so oft gehört, dass es in mir ein Gefühl von Zuhause wachrief. Doch so wie es aussah, würde es das letzte Mal sein, dass ich es hörte. Ich konnte mir beim besten Willen nicht vorstellen, dass ich das *Marnie´s* noch einmal betreten würde, nicht nachdem mich Matteo gefeuert hatte. Matteo, der bei meinem Vater eine Ausbildung gemacht hatte und nun die Rezepte der beliebten Delikatessen besaß. Schon meine Großmutter Marnie hatte diese zubereitet, weshalb mein Vater dem Laden auch den Namen *Marnie´s* gegeben hatte.

Die kleine Patisserie, die für ihre Köstlichkeiten berühmt war, war von meinem Vater vor fast dreißig Jahren eröffnet worden. Bis Anfang letzten Jahres war sie im Besitz unserer Familie gewesen. Bis zu dem Tag, an dem ich mit feuchten Händen den Vertrag unterschrieben hatte, der den Verkauf des Ladenlokals besiegelt hatte. Seitdem gehörte das *Marnie´s* Matteo.

Krampfhaft versuchte ich, nicht zu weinen, obwohl es verdächtig in meinen Augen brannte. Doch ich würde einen Teufel tun und heulend durch die Straßen von San Francisco laufen. Vermutlich lief mir bei meinem Glück auch noch ein Kunde über den Weg, der die Nachricht meines jämmerlichen Zustands dann brühwarm Matteo überbrachte.

Immer wieder blinzelte ich, bis ich den Drang zu

weinen im Griff hatte. Man sollte sich niemals dem Selbstmitleid ausliefern, das führte zu nichts.

Jetzt musste ein neues Leben beginnen. Bis hierhin hatte ich alles versucht und war doch gescheitert. Es tat verdammt weh, auch wenn ich mir nichts vorzuwerfen hatte. Ich hatte das Familienunternehmen nicht retten können, was in mir ein Gefühl des Versagens hinterließ.

Mein Vater hatte mir einen Berg Schulden hinterlassen, nachdem er kurz vor seinem Tod das Haus, in dem sich das *Marnie´s* befand, gekauft hatte. Normalerweise trugen die Einnahmen des Geschäfts locker sämtliche Ausgaben, aber die Arzt- und Krankenhauskosten, die während der kurzen Krankheit meines Vaters entstanden waren, brachen mir das Genick. Ich hatte einen neuen Kredit aufnehmen müssen und die Konditionen waren unterirdisch gewesen. Egal, wie sehr ich mich angestrengt hatte, ich war nicht in der Lage gewesen, die Raten zu bezahlen, und nicht einmal der Verkauf hatte mich retten können. Klar war der Schuldenberg weniger geworden, doch statt des Mount Everest hatte ich immer noch einen Kilimanjaro an roten Zahlen in den Büchern stehen.

Und nun hatte ich noch nicht einmal einen Job, um das zu bewerkstelligen. Jeden Tag trudelten Mahnbescheide ein und die Gerichtsvollzieher klopften immer noch an meine Tür. Im Moment war mir schleierhaft, wie ich mir überhaupt meine nächste Mahlzeit finanzieren sollte. Matteo, dieser Vollidiot, hatte mir die letzten zwei Monate zudem mein Gehalt nicht ausgezahlt. Er hatte auf die Tränendrüse gedrückt und erklärt, dass er momentan knapp bei Kasse sei, mir aber später alles mit Zinsen überweisen würde. Darauf würde ich vermutlich lange warten können.

Das war doch zum aus der Haut fahren! Ich war gerade mal dreiundzwanzig Jahre alt, fleißig und schuftete seit Jahren wie ein Maulesel. Trotzdem schaffte ich es nicht, auf einen grünen Zweig zu kommen. Und ich hatte auch keine Aussichten, dass sich das in absehbarer Zeit ändern könnte.

Mit hängenden Schultern und völlig desillusioniert trottete ich in die Richtung meiner Wohnung. Mein Weg führte mich an den Schaufenstern der Nobelboutiquen von San Francisco vorbei. An einem blieb ich stehen und schaute mir die Auslage an. Hier kostete eine Handtasche mehr, als ich in den letzten Monaten zum Lebensunterhalt zur Verfügung gehabt hatte. Wie konnten Menschen reinen Gewissens so viel Geld ausgeben, während andere verhungerten? Mir war eine solche Verschwendung ein Rätsel.

Kopfschüttelnd drehte ich mich von dem Schaufenster weg und prallte gegen eine Wand. Der Karton rutschte mir aus den Händen und fiel zu Boden. Ich taumelte, irgendwas packte mich, und da fiel mir auf, dass ich gegen eine äußerst attraktive Wand gelaufen war. Nun, zumindest was ich von ihr sehen konnte, ohne den Kopf in den Nacken zu legen. Ein Mann! Und was für einer!

Und er hatte mich aufgefangen, bevor ich stürzen konnte. Mit seinen starken Händen hielt er mich an der Taille, und ich keuchte, angesichts der plötzlichen körperlichen Nähe zu dem Fremden, die mir nicht unangenehm war. Im Gegenteil – mein Körper reagierte umgehend.

»Oh, Danke. Verzeihung, ich …« Ich spürte wie sich meine Brustwarzen kribbelnd unter dem Stoff meines Oberteils aufrichteten und mein Mund wurde trocken. Doch dann ließ der Typ mich auch schon los und ich konnte mir den Rest von ihm anschauen.

Teure Ledersneakers, die in eine enge dunkle Jeans übergingen. Muskeln, die sich deutlich unter dem Stoff abzeichneten und trainierte Beine offenbarten. Eindeutig männliche Beine. Meine Augen wanderten weiter nach oben, wo ein hellgraues Henleyshirt über einem Brustkorb spannte und eine weiche Lederjacke einen dezenten Geruch verströmte. Der Kerl würde selbst ein pubertierendes Mädchen aus den Schuhen hauen. Und ich war schon lange aus der Pubertät heraus. Wobei mein Kontakt zum anderen Geschlecht sich in den letzten Jahren auf ein Minimum beschränkt hatte, weil ich nach dem Tod meiner Eltern jede freie Minute im *Marnie´s* verbracht hatte. Tja, das war doch wenigstens etwas Positives: Ich hatte ab sofort jede Menge Zeit, Männer anzustarren, wenn sie mir gefielen. Und jetzt brauchte ich noch nicht einmal ein schlechtes Gewissen zu haben.

»Sie hätten besser achtgeben können, wohin Sie laufen«, sagte er mit angenehmer Stimme, in der ein kleiner Vorwurf lag.

»Passen Sie doch das nächste Mal selbst besser auf«, entfuhr es mir mehr erstaunt als wütend.

Langsam hob ich den Kopf noch ein Stückchen höher und mir blieb der Mund offen stehen. Der Kerl hätte das Lieblingsmodel eines dieser begehrten Topdesigner sein können. Schwarzes Haar, sonnengebräunte Haut, mindestens einen Meter fünfundachtzig groß. Ein leichter Bartschatten zierte sein Gesicht, und er hatte Augen, die mich an flüssige Vollmilchschokolade erinnerten. Ich liebte Schokolade – schon immer. Wann hatte ich das letzte Mal ein solches Prachtexemplar von Mann zu Gesicht bekommen? Im Fernsehen, wenn ich abends völlig übermüdet auf der Couch eingeschlafen war, beantwortete ich mir selbst die Frage. So einem fiel man nur einmal im Leben in die Arme. Ganz sicher.

Der Blick, den er mir zuwarf, zeigte mir allerdings allzu deutlich, dass er von mir nicht annähernd so angetan war wie ich von ihm. Wie auch? Ich hatte den ganzen Morgen das Geschäft geputzt, auf meinem Kopf saß noch das Tuch, mit dem ich mein dunkelbraunes Haar zurückgebunden hatte, und da ich in den letzten beiden Tagen kein Auge zugemacht hatte, sah ich wahrscheinlich aus wie eine Eule auf Schlafentzug. Hinzu kamen meine Klamotten! Puh, die dunkelblaue Jogginghose und das fleckige Shirt hatten eindeutig schon bessere Zeiten erlebt. Vermutlich wirkte ich auf ihn wie eine Landstreicherin mit ihren wenigen Besitztümern in einem Karton, die nun auf dem Gehweg verstreut herumlagen.

Ich öffnete den Mund, um etwas zu sagen, konnte mich aber nicht entscheiden, was.

In diesem Augenblick klingelte ein Handy. Der Mann schüttelte den Kopf und setzte seine Sonnenbrille wieder auf. Dann eilte er weiter, presste dabei das

Handy ans Ohr und sprach schnell und hektisch auf Italienisch.

Was für ein Arschloch! Er hätte mir ruhig mal helfen können. Noch nicht einmal ein Wort der Entschuldigung hatte er übrig gehabt.

Ich ging in die Hocke und fragte mich: Wie tief konnte ein Mensch eigentlich sinken?

Gedemütigt sammelte ich das bisschen, das mir von *Marnie´s Delikatessen* geblieben war, zusammen. Ein paar Kugelschreiber, ein alter Müsliriegel, ein Rezeptheft, Lippenstifte, das Diplom und ein Deo wanderten zurück in den Karton. Leider war der Bilderrahmen, der das Bild meiner Eltern am Tag der Eröffnung vor dem Laden enthielt, zerbrochen. Als ich das Foto herauszog, schnitt ich mich an einer Scherbe und steckte den blutenden Finger in den Mund. Mir war zum Heulen zumute. Bis jetzt hatte ich mich tapfer geschlagen, doch nun flossen die Tränen ganz von selbst über meine Wangen.

Während ich schniefend an meinem Finger saugte und mich dem Selbstmitleid ergab, fiel mein Blick auf den Geldbeutel, der einen Meter links von mir lag. Eine schwarze edle Lederbörse, die definitiv nicht von mir war. Unsicher schaute ich mich um, doch niemand beachtete mich, also griff ich danach. Das Leder fühlte sich weich an und war bestimmt schon einige Jahre in Gebrauch. Rasch packte ich den Geldbeutel in meinen Karton.

Sofort beschlich mich ein schlechtes Gewissen. Ich konnte doch nicht so einfach das Portemonnaie eines Fremden einstecken! Vielleicht gehörte das edle Teil dem Italiener-Arsch, der mich umgerannt hatte. Es musste ihm bei unserem Zusammenprall aus der Jacke gefallen sein. Doch wenn ich es liegen ließ, dann würde es sicher jemand anderes mitnehmen. Also konnte auch ich dieser jemand sein, oder? Vielleicht steckte ja eine Telefonnummer darin, unter der ich ihn erreichen konnte.

Unschlüssig erhob ich mich und setzte meinen Weg fort. Immer wieder sah ich mich um und hielt nach dem Mann Ausschau, aber er war wie vom Erdboden verschwunden.

Nach ein paar Querstraßen stand ich vor dem schönen Altbau, in dem ich im ersten Stock eine Wohnung hatte. Noch. Wer wusste schon, wie lange ich die Miete noch zahlen konnte.

Als ich die Wohnungstür hinter mir schloss, überkam mich Frieden und für einen Moment vergaß ich meine Sorgen. Müde schlurfte ich zu der grauen Couch mit den vielen farbenfrohen Kissen und ließ mich mit einem welterschütternden Seufzer darauf nieder. Den Karton stellte ich auf meinen Knien ab. Automatisch fiel mein Blick wieder auf das schwarze Leder.

»Was soll ich jetzt mit dir machen?«, fragte ich das Ding, wohl wissend, dass ich natürlich keine Antwort erhalten würde. Ich war ja nicht total durchgeknallt.

KAPITEL 3

Rick

Nein, Mamma. Nein, ich werde nicht kommen.« Vom anderen Ende der Leitung hörte ich eine Flut von Wörtern auf mich einprasseln wie Regen auf ein Blechdach.

Meine Mutter wollte ein großes Fest veranstalten. Alle sollten kommen, und sie wollte ihren Freundinnen ihren Sohn und seine Verlobte präsentieren. Eine Verlobte, die es nicht gab. Eine Verlobte, die ich nur erfunden hatte, weil meine Mutter mich halb wahnsinnig gemacht hatte. Das hatte ich jetzt von meiner Notlüge. Mist! Aber was hätte ich tun sollen? Immer wieder waren mir heiratswütige Italienerinnen jeglichen Alters vorgeführt worden. Zum Schluss war es ihr egal gewesen, wen ich heiratete, Hauptsache ich würde es bald tun. Ihrer Meinung nach war ich mit einunddreißig schon lange im richtigen Alter. Sie wollte endlich viele kleine Bambini, die sie alle mit Oma oder Nonna ansprachen.

Irgendwann war es mir zu viel gewesen und ich hatte eine Frau erfunden, die ich ihr zwar vorenthielt, die aber Mutters Hunger nach einer Schwiegertochter vorerst gestillt hatte. Endlich war ich von der Heiratsvermittlung *La Mamma* verschont gewesen. Doch so langsam endete die Geduld meiner Mutter. Seit fast einem Jahr war ich angeblich mit Allegra zusammen und mittlerweile verlobt, und noch nie war meine Mutter ihr begegnet.

»Ich werde sehen, was sich machen lässt ... Ja, ich weiß, wie wichtig dir diese Feier ist ... In der Gastronomie ist das nicht so einfach ... Ja, ich werde versuchen, meine Termine zu verschieben. Ja, Allegra auch. Ich melde mich in den nächsten Tagen bei dir.« Wieder brach ein Tsunami an Worten über mich herein, doch kaum machte meine Mutter eine kleine Pause, sagte ich schnell: »Ich muss jetzt auflegen, Mamma. Ti amo, machs gut.« Rasch drückte ich das Gespräch weg und atmete erleichtert auf.

Meine Mutter war ein wundervoller Mensch. Warmherzig und geduldig. Ich liebte sie über alles. Doch wie sollte ich ihr eine Verlobte präsentieren, die es gar nicht gab? Mist!

Mit schnellen Schritten überquerte ich die Straße und riss die Tür zu dem Restaurant auf, das ich vor ein paar Monaten in San Francisco eröffnet hatte. Meine berufliche Laufbahn als Restaurantbesitzer hatte ich ursprünglich in Chicago begonnen, wo meine Mutter heute noch lebte. Dort hatte ich eine Ausbildung zum Koch absolviert und einige internationale Preise abgeräumt.

Durch ein paar gute Investitionen hatte ich das dort gewonnene Geld verdoppeln und mein erstes eigenes Restaurant eröffnen können. Ich hatte einen guten Draht zur Presse, weil eine meiner Cousinen bei einer großen Tageszeitung einen leitenden Job hatte. Die Lobeshymnen, die in dieser Zeitung auf mich gesungen wurden, waren verdammt gute Werbung gewesen.

Und dann war alles recht schnell gegangen. Mein Laden war nicht nur in allen möglichen Zeitschriften in den höchsten Tönen gelobt worden, auch eifrige Mund zu Mund Propaganda hatte zu meinem Erfolg beigetragen. Irgendwann hatte das Fernsehen angeklopft und ich war Gast in einer Kochsendung geworden. Von da an war ich rund um die Uhr im Einsatz und besaß mehr Geld, als ich ausgeben konnte. Jeder, der etwas auf sich hielt, wollte in einem meiner Restaurants essen.

Für einen Jungen aus den Armenvierteln Chicagos war das ein wahr gewordener Traum. Meine Mutter quoll förmlich über vor Stolz und wollte natürlich nur das Beste für mich. In diesem Fall eine gute Frau, zu der ich nach getaner Arbeit nach Hause kommen konnte. Aber ich war definitiv kein Mann für eine feste Beziehung. Ich liebte die Abwechslung.

Nur, wie sollte ich das meiner Mutter klarmachen? Sie hätte niemals verstanden, dass ich auf unverbindlichen Sex mit Frauen abfuhr, die sie nicht mal über die Schwelle ihrer Haustür lassen würde.

Und da waren wir auch wieder bei meinem

Problem. Woher sollte ich eine Allegra nehmen? Eine Frau, die ich nach Mutters Vorlieben kreiert hatte. Eine Frau, die es gar nicht gab. In den höchsten Tönen hatte ich von der häuslichen Halb-Italienerin geschwärmt, und bereits da war Mamma übergequollen vor schwiegermütterlicher Liebe für die Mutter ihrer zukünftigen Enkel. Sie würde mich vermutlich vierteilen, wenn sie jemals erfahren würde, dass ich sie die ganze Zeit angelogen hatte. Andererseits … Menschen trennten sich ja auch.

Wieder klingelte mein Handy und ich wollte den Anruf schon wegdrücken, doch dann sah ich James' alias Jims Namen im Display aufleuchten. Mein bester Kumpel rief nicht allzu oft bei mir an. Auch er war beruflich sehr erfolgreich und meistens viel beschäftigt.

»Hey Jim!«, begrüßte ich ihn.

»Rick, ich bin in San Fran.«

»Hey, cool! Heute Abend, wir zwei und der eine oder andere Drink?«, fragte ich lachend.

»In Ordnung, ich komme dich abholen, sobald ich den Fall abgeschlossen habe.«

James war Rechtsanwalt und in einer Kanzlei beschäftigt, für die er zwischen San Francisco, New York und Los Angeles hin- und herjetten musste.

»Viel Erfolg!«

»Danke, Mann!«

»Bis nachher!«

Mit einem fetten Grinsen legte ich auf. Wenigstens ein Lichtblick an diesem bisher vollkommen verkorksten Tag.

»Hi Boss«, begrüßte mich Murdock, als ich in die Küche meines Restaurants trat.

»Hallo«, gab ich lahm von mir, da mir die Sache in meinem Büro letzte Nacht noch im Magen lag. Eigentlich hatte ich damit gerechnet, Tessa hier zu treffen, um ihr ganz klar zu sagen, dass sie jetzt nicht einen auf Freundin machen sollte, weil sie eben genau das nicht war. »Wo ist Tessa?«

Murdock brummte: »Sie hat gekündigt.«

Wie erstarrt blieb ich stehen. »Sie hat *was*?«

»Gekündigt. Hat noch ihren Resturlaub und die Überstunden genommen und Ende des Monats ist sie offiziell raus.« Murdock sah mich mit hochgezogener Augenbraue an. Wusste er, was zwischen ihr und mir gewesen war? Shit.

»Okay, dann brauchen wir Ersatz. Kümmer dich drum.« Genervt fuhr ich mir durch die Haare. »Noch was?«

»Ja, der Weinlieferant ist gleich fertig und will bezahlt werden.« Murdock nickte in Richtung des hinteren Bereichs.

Oh Shit, den hatte ich fast vergessen. »Bin schon hinten.«

Am Hintereingang mühte sich gerade Shawn Gibson mit mehreren Kisten ab. Er war der Sohn des kalifornischen Winzers, von dem ich meine Weine bezog. Ich achtete stets darauf, regionale Produkte zu verwenden, und die Gibson Weine waren erste Sahne. Deshalb bestellte ich sie auch für meine anderen Restaurants und vergaß ausnahmsweise mal die Sache mit den regionalen Händlern.

Rasch hielt ich ihm die Tür auf und er nickte mir dankbar zu. Nachdem er die letzte Kiste reingetragen hatte, trafen wir uns in meinem Büro.

»Hey, Rick.«

»Setz dich, Shawn.« Ich nickte ihm zu und deutete mit dem Kinn auf den Stuhl vor meinem Schreibtisch.

Gibson raschelte mit den Papieren, als er sie auf der Tischplatte ausbreitete.

»Was bekommst du?«, wollte ich wissen und griff nach der Brieftasche für meine Wareneinkäufe, aber meine Hand fand nur gähnende Leere an der Stelle, wo ich sie normalerweise verstaute.

»Tausendfünfhundert Dollar. Mein Dad hat dir einen satten Rabatt eingeräumt«, hörte ich mein Gegenüber von sich geben. Jedoch konnte ich mich gerade nicht auf seine Worte konzentrieren.

Wo war diese verdammte Brieftasche?

Angespannt versuchte ich, mich zu erinnern, wo ich sie zuletzt gehabt hatte.

»Fuck!«, entfuhr es mir, als mir klar wurde, dass ich anscheinend einer Taschendiebin auf dem Leim gegangen war. Dieses kleine Biest, das mich mit den großen blauen Augen angesehen hatte… Dieser Scheißkarton … Das war nur ein Hilfsmittel gewesen, um mich auszunehmen! Sie hatte so unscheinbar ausgesehen, so hilfsbedürftig, und es tatsächlich fertiggebracht, mir die Brieftasche zu stehlen! Wie hatte sie das geschafft? Ich hatte so meine Erfahrungen mit Taschendiebstahl, schließlich war ich mal jung und ärmer als jede Kirchenmaus gewesen. Bis jetzt war ich davon ausgegangen, dass mich so schnell niemand überrumpeln konnte. Ich kannte die Tricks, doch dieses Miststück kannte offenbar noch ein paar mehr.

»Alles okay, Rick?«, wollte Shawn Gibson wissen.

»Kann ich dir die Summe schuldig bleiben? Du bekommst nächste Woche dann beide Lieferungen bezahlt.«

Die Stirn in Falten gelegt, sah mich Shawn an. »In Ordnung, weil du es bist.«

Man konnte ihm seinen Unwillen ansehen, aber ich ließ das an mir abprallen, schließlich war ich kein Unbekannter, und jemand, der seine Schulden stets beglich. Außerdem stand ich schon seit ein paar Jahren in einer geschäftlichen Beziehung mit den Gibsons. Sogar der Junior hier musste wissen, dass ich ein zuverlässiger Kunde war.

Nachdem wir uns geeinigt hatten, brachte ich ihn zum Hintereingang, wo sein Lieferwagen stand, und verabschiedete mich.

Nachdenklich ging ich zurück in mein Büro und ließ mich auf die Couch fallen. Krampfhaft versuchte ich, mir die Situation mit der Taschendiebin in Erinnerung zu rufen, doch so sehr ich die Begegnung auseinandernahm, ich kam nicht darauf, zu welchem Zeitpunkt sie ihre Finger in meiner Hose gehabt hatte.

Ein Grinsen legte sich auf mein Gesicht. In der Brieftasche waren nur zweitausend Dollar gewesen, aber ansonsten nichts. Hätte sie meine private geklaut, wären auch alle meine Karten und Papiere weg gewesen. Das Geld konnte ich verkraften, doch es nagte an mir, dass sie mich überhaupt hatte bestehlen können. Ich würde die Augen offenhalten. Vielleicht hatte ich

Glück und würde ihr noch einmal über den Weg laufen.

Ist nicht dein Ernst!« Jim sah mich an, als hätte er eine Begegnung der dritten Art gehabt. »Du? Der Meister höchstpersönlich hat sich beklauen lassen?« Mein bester Freund verfiel in wildes Gelächter. Ich bemerkte, dass die Leute an den Nachbartischen bereits auf uns aufmerksam wurden, und mahnte ihn mit einer Geste, seine Stimme zu senken. »Sorry, aber das ist einfach zum Brüllen komisch!«

Unruhig rutschte ich auf der ledernen Sitzbank herum, die auch ohne James' Belustigung schon ungemütlich genug war. Diese hippen Möbel waren einfach nichts für Männerkörper. Vermutlich wurden die von männerhassenden, frustrierten Frauen designed, um uns zu quälen, sobald wir auf ihnen saßen.

»Hey, Mann. Das ist echt witzig!« Er klopfte sich auf den Schenkel und hatte offenkundig Probleme, sich in den Griff zu bekommen.

»Wenn du meinst!« Genervt nippte ich an meinem Gin Tonic. Bitter rann mir das alkoholische Getränk die Kehle hinab.

Eigentlich konnte ich es Jim nicht verübeln, schließlich war ich derjenige, der früher die großen Fische beklaut hatte. Mit Taschendiebstahl hatte ich als Jugendlicher meine CD´s und die Besuche im Kino finanziert. Der Rest war in einen Schuhkarton unter meinem Bett gewandert. Der Großteil steckte mittlerweile in meinem ersten Restaurant, das ich in Chicago eröffnet hatte. Außerdem hatte ich mir mein Geld mit Straßenkämpfen verdient. Hin und wieder ein paar Wetteinsätze, und das Geld im Karton hatte sich verdoppelt. Die Presse hatte Gott sei Dank bisher nur von meiner Schlagkraft erfahren und den dunkleren Teil meiner Vergangenheit nie ausgegraben.

»Hey, jetzt sei doch nicht so angepisst. Aber mal ehrlich. Du, der damals in Chicago der coolste aller Taschendiebe war, wirst beklaut? Ich finde, das grenzt schon an Genialität. Die Tussi muss echt gut sein.« Jim prostete mir zu und trank von seinem Bourbon. Auch Jim kam aus Chicagos Gosse und hatte sich mit Stipendien sein Studium finanziert. Doch im Gegensatz zu mir wusste niemand seiner Geschäftspartner, dass auch er ein Teil der kriminellen Welt der Chicagoer Szene gewesen war. Gut für ihn. Wer stellte schon einen Anwalt ein, der mal auf der anderen Seite von Recht und Gesetz gestanden hatte?

»Ja, das muss sie sein, und wehe, die begegnet mir noch einmal. Aber mal ein anderes Thema. Meine Mamma dreht total durch, weil sie unbedingt Allegra kennenlernen will.« Zerknirscht setzte ich das Glas ab und bedeutete dem Kellner, dass ich Nachschub brauchte.

Jim fing schon wieder an zu lachen. War er betrunken? Oder hatte er heute irgendwelche Drogen konsumiert?

»Jim, bist du besoffen? Oder warum gackerst du hier die ganze Zeit rum wie ein pubertierendes Schulmädchen nach ihrem ersten Schluck Sekt?« Ich merkte selbst, wie zickig ich mich anhörte. Ich zickig? No Go! Das ging gar nicht. »Ach, vergiss es.«

Jim wurde ernst. »Nein, schon gut. Hast ja recht. Ich glaube, bei mir fällt nur die ganze Anspannung nach diesem Scheißfall ab. War bis zum Schluss unsicher, ob ich das Ding gewinne.«

Ich nickte verstehend, weil mir jetzt klar war, warum er sich so bescheuert verhielt. Na ja, eigentlich verhielt *ich* mich bescheuert, schließlich war ich hier die Spaßbremse. »Ich bin ein Idiot! Sorry, dass ich nicht mal gefragt habe, was heute bei dir passiert ist.«

»Alles gut, hab gewonnen. Fall abgeschlossen und mein Bankkonto wird demnächst Zuwachs erhalten. Jetzt zu Allegra.« Jim sah mich an, als würde er in meinem Gesicht die Antworten auf die weltbewegenden Fragen unserer Zeit finden. »Was willst du tun?«

»Ach, was weiß ich! Vielleicht trenne ich mich von Allegra«, entfuhr es mir.

Ein Glucksen war von Jim zu hören, doch ich ging nicht darauf ein.

»Dann wird meine Mutter mich wieder mit den Töchtern ihrer Freundinnen verkuppeln wollen. Vielleicht auch mit den Freundinnen selbst. Ihr ist alles recht, Hauptsache ich bin unter der Haube.« Frustriert raufte ich meine Haare.

»Quatsch, das machst du nicht. Ich kenne da einen guten Escort-Service. Denen teilst du all deine Vorstellungen mit, die du von Allegra hast, und dann bekommst du das passende Exemplar für die Party an die Seite gestellt.« Jim sagte das, als wäre es das

Normalste der Welt, eine Professionelle mit in das Haus der erzkonservativen katholischen Mutter zu nehmen.

»Ich kann nicht mit einer Nutte nach Hause kommen!«, wehrte ich ab. Allein die Vorstellung ließ mir die Haare zu Berge stehen.

»Das sind keine *solchen* Professionellen. Klar, gegen die richtige Bezahlung würden sie bestimmt auch mit dir durch die Betten toben, aber in erster Linie sind das Frauen, die Männer begleiten und eine Rolle spielen.« Eine Braue von Jim wackelte provozierend auf und ab.

Der Gedanke wurde, je länger ich darüber nachdachte, immer verlockender. Vielleicht sollte ich das ernsthaft in Erwägung ziehen. »Ich überlege es mir«, gestand ich Jim zu.

»Auf Allegra, die deiner Mutter das Herz erweichen wird.« Jim hob sein Glas und kippte den Rest hinunter. Dann kramte er eine Karte des Escortservice heraus. »Hier, am besten rufst du gleich an.«

KAPITEL 4

Elena

Die Nacht war die Hölle gewesen. Ich hatte fast kein Auge zugetan. Immer wieder hatte ich mich hin und her gewälzt. Und das alles nur, weil ich mir nicht im Klaren war, was ich tun sollte.

In dem bescheuerten Geldbeutel lagen zweitausend Dollar! Das raubte mir meinen Seelenfrieden. ZWEITAUSEND DOLLAR! Das hätte zumindest für eine Weile mein Leben erleichtert.

Aber nicht mein Gewissen.

Der Gedanke, jemandem sein schwer verdientes Geld zu stehlen, war kein guter. Doch wer sagte mir, dass er es sauer verdient hatte? Was, wenn der Mann ein Krimineller war?

Der Typ hatte sich mir gegenüber ja nicht gerade wie ein Gentleman benommen. Insgesamt war er ein arrogantes Arschloch! Trotzdem, ihm gehörte das Geld, auch wenn ich es bitter nötig gehabt hätte. Mehr als er mit Sicherheit.

Doch egal, wie sehr ich es hin und her drehte, es war nicht mein Geld. Deshalb entschloss ich mich, dem Kerl sein Geld nebst Börse irgendwie zurückzugeben. Natürlich hatte ich sie mir angesehen, auch innen, und mehrere Visitenkarten eines italienischen Restaurants gefunden, das nur ein paar Blocks von hier entfernt lag. Vermutlich arbeitete er dort. Wer schleppte sonst mehrere Karten von so einem Laden mit sich herum? Aber bevor ich mich auf den Weg machte, würde ich mich ein wenig aufhübschen. Noch einmal einen solch abwertenden Blick würde ich nicht ertragen können.

Ach, zu gern hätte ich jetzt Sandy bei mir gehabt. Meine beste Freundin war leider vor ein paar Monaten nach Australien gezogen. Der Liebe wegen! Wie konnte ein Mensch alles hinter sich lassen, nur weil er sich verliebte? Das war für mich nicht nachvollziehbar, nicht nach acht Wochen! Mal kurz mit ihr telefonieren war auch nicht immer möglich, da sie voll berufstätig war. Hinzu kam die Zeitverschiebung.

Ich vermisste sie fürchterlich.

Den ganzen Nachmittag über hatte ich mich durch Stellenanzeigen der Tageszeitung und im Internet gewühlt, doch nichts gefunden, was mir ansatzweise Spaß machen würde. Stellen für Nachtclubsängerinnen, Putzfrauen, Vertreterinnen und eine

Menge im horizontalen Gewerbe wurden angeboten. Eine Bäckerin mit Diplom schien aktuell niemand zu suchen.

Dementsprechend frustriert machte ich mich bereit, das viele Geld dem hoffentlich redlichen Besitzer zurückzugeben. Dabei überlegte ich, wie ich ab morgen meine Lebensmittel finanzieren sollte. Bereits heute hatte ich die letzte Packung Nudeln aufgebraucht. Vielleicht hatte ich ja Glück und der Mann würde mir einen Finderlohn zugestehen.

Ich zog mir ein hübsches Kleid an und bürstete meine Haare, bis sie glänzten. Danach schlüpfte ich in ein Paar flache Ballerinas. Den Geldbeutel verstaute ich in meiner Handtasche.

Die warme Maisonne schien auf mich herunter, als ich die Straße entlang lief. Am Gemüseladen winkte mir Mr Sanders zu und ich erwiderte den Gruß lächelnd.

»Alles gut bei dir, Eli?«, wollte der nette ältere Herr wissen.

»Ja. Könnte zwar besser sein, aber ich will nicht klagen, Mr Sanders.«

Er zwinkerte mir noch einmal zu und ich ging weiter. Es würde nichts bringen, ihn in mein Elend einzuweihen. Nachher dachte er noch, ich wollte Almosen von ihm. Würde es mir zukünftig immer so gehen? Oder vielleicht noch schlechter? Was, wenn ich demnächst meine Miete nicht mehr zahlen könnte und dann obdachlos wäre?

Nach ein paar Blocks kam ich bei dem Restaurant an, über dem in goldenen Lettern der Name *DI BUONA FAMIGLIA* stand. *Aus gutem Hause*? Was wollte der Besitzer den Gästen damit sagen? Dass er selbst aus gutem Hause kam?

Der Schriftzug war das Einzige an dem Laden, das auffallend war, ansonsten wirkte alles dezent und unaufdringlich. Ein ganz normales Restaurant eben.

Entschlossen, die Sache so schnell wie möglich hinter mich zu bringen, öffnete ich die Tür.

Sofort hüllte mich der Geruch nach Kräutern, Knoblauch und Olivenöl ein. Himmel, roch das herrlich! Das Wasser lief mir im Mund zusammen und mein Magen rebellierte sofort. Meine letzte Mahlzeit war schon ein paar Stunden her.

»Guten Abend, Miss.« Ein hübscher Italiener lächelte mich zuvorkommend an. Einstudiert nett, das erkannte sogar ein Blinder, aber ich erwiderte sein Lächeln höflich. Er tat nur seinen Job.

»Guten Abend.« Ich ließ meinen Blick für einen Sekundenbruchteil umherschweifen.

Das Lokal war eingerichtet, wie ich mir Restaurants in Italien vorstellte. Dunkles Holz dominierte den Raum. Auf den Tischen lagen rot-weiß karierte Tischdecken, darauf weiße Kerzen in edlen, silbernen Haltern. Indirekte Beleuchtung sorgte für eine gemütliche Atmosphäre. Doch als ich die Herrschaften an den Tischen genauer betrachtete, wurde mir klar, dass es sich nicht um ein kleines familiäres Restaurant handelte. Selbst auf diesen einen, schnellen Blick erkannte ich bereits eine Talkmasterin und einen lokalen Politiker. Das musste eins dieser In-Restaurants sein, von denen Matteo immer so schwärmte. Eins von der Sorte, in denen ich mir noch nicht einmal ein Glas Wasser leisten konnte.

Das hatte offenbar auch der junge Italiener erkannt, denn sein Lächeln war nun nicht mehr ganz so zuvorkommend. Mit gespitzten Lippen sah er mich abwartend an, das Lächeln war verschwunden.

»Sind Sie wegen des Jobs hier? Bitte gehen Sie dort entlang, halten Sie sich rechts. Hinter der Tür mit der Aufschrift *privat* ist eine Art Wartezimmer, dort sitzen bereits die anderen Bewerberinnen.« Mit einem knappen Rucken des Kopfes machte er mir deutlich, dass seine Geduld erschöpft war, und wandte sich bereits den Gästen zu, die hinter mir durch die Tür hereingekommen waren.

»Aber …«

Der Mann wies erneut und diesmal recht herrisch mit dem Kinn in die erwähnte Richtung. Da ich mir total blöd vorkam, folgte ich erst einmal seiner Anweisung. Da hinten sollte ich ja irgendwo jemanden finden, dem ich mein Problem schildern konnte. Irgendwie musste es doch möglich sein, diesen verflixten Geldbeutel mit den zweitausend Dollar loszuwerden.

In dem Zimmer saßen bereits drei Frauen. Sie waren schätzungsweise in meinem Alter.

Plötzlich kam mir ein Gedanke. Die Geschäftsleitung des Restaurants suchte offenkundig Personal, und ich brauchte dringend einen Job. Vielleicht sollte ich mich einfach auf die Stelle bewerben. Was auch immer die Tätigkeit war, so schlimm konnte es nicht sein. Es brachte Geld, ich brauchte Geld. Gastronomieerfahrung brachte ich mit, alles andere konnte ich lernen. Außerdem sahen die Frauen mit ihren hübsch lackierten Fingernägeln nicht danach aus, als würden sie sich um eine Stelle als Reinigungskraft bewerben.

Und den Geldbeutel würde ich einfach ein anderes Mal dem Besitzer zukommen lassen. Nicht, dass der Personalchef dachte, ich würde mir damit den Job erschleichen wollen.

Mit einem unverbindlichen Lächeln an die Konkurrenz setzte ich mich zu den anderen Frauen und griff nach den Bewerberformularen, die dort ausgelegt waren. Gewissenhaft füllte ich die beiden Seiten aus und wartete anschließend.

Die Zeit zog sich endlos dahin. Ich hatte kein Buch dabei, ansonsten hätte ich lesen können. Und das Downloadvolumen meines Handys war bereits seit Tagen erschöpft. Also saß ich da und starrte einfach vor mich hin. Irgendwann begann ich sogar die Backsteine an der robust gehaltenen Wand zu zählen. Als ich bei 462 ankam, war ich allein im Raum und meine Nervosität stieg dermaßen an, dass ich mich mehrmals verzählte, bis ich irgendwann endgültig aufgab.

Ich hatte mich bisher noch nie auf einen Job beworben, schließlich gab es im *Marnie´s* immer genug zu tun. Schon mit zwölf hatte ich so angefangen, mein Taschengeld aufzubessern. Meine Klassenkameradinnen waren deshalb oft ein wenig neidisch auf mich gewesen, weil sie dachten, ich könnte dadurch reich werden. Na ja, so ganz war es nicht gewesen. Die paar Dollar, die mein Vater mir gab, packte ich in meine Sparbüchse und malte mir eine glorreiche Zukunft aus. Es kam zwar ein bisschen was zusammen, aber um damit in Saus und Braus zu leben ... dafür hatte es nie gereicht.

Plötzlich wurde die Tür zu dem Zimmer, in dem die Vorstellungsgespräche stattfanden, geöffnet und eine der Bewerberinnen trat mit einem siegessicheren Lächeln in den Warteraum.

Na toll. Das sah nicht gut für mich aus. Vielleicht bekam ich nicht mal die Chance, mich vorzustellen. Das Schicksal war eindeutig gegen mich.

»Miss?«, riss mich die Stimme einer älteren blonden Frau aus meinen negativen Überlegungen. »Sie sind dran.«

Hastig stand ich auf und klemmte mir meine Tasche und die Formulare unter den Arm.

»Kommen Sie, ich bringe Sie zu Mr Colella.«

Wie eine Sekretärin sah die Frau nicht aus, aber auch nicht wie eine typische Kellnerin. Welche Funktion hatte sie im *Di buona famiglia*?

Ich versuchte, meine Nervosität auf ein Minimum zu reduzieren, was mir nicht sonderlich gut gelang. Wir durchquerten einen Raum, der sehr spartanisch eingerichtet war, und gelangten durch eine weitere Tür in ein anderes Zimmer.

»Rick, die letzte Bewerberin«, sagte die Blonde leise und verschwand.

In dem Moment, als der Bürostuhl herum schwang, hielt ich verblüfft die Luft an.

KAPITEL 5

Rick

Eigentlich hatte ich mich schon festgelegt, welche der Frauen ich für den Job der Allegra auswählen wollte. Die Agentur hatte mir fünf Frauen vorgeschlagen, mit einer sechsten hatte ich nicht gerechnet. Aus Prinzip wollte ich sie von vornrein ablehnen, denn ich zog es vor, wenn Geschäftspartner ordentlich kommunizierten, was die Agentur in diesem Fall nicht getan hatte.

Doch dann drehte ich mich mit dem Telefon noch am Ohr zu der letzten Bewerberin um.

Heilige Scheiße!

Für einen kurzen Moment konnte ich Jim nicht mehr folgen, der mir gerade von seinem Training berichtete. Zu sehr nahm die Frau, die in diesem Augenblick mein

Arbeitszimmer betreten hatte, meine Aufmerksamkeit in Anspruch.

Meine Augen wanderten langsam über den Körper der Hostess, die in dem geblümten Kleid so unschuldig wirkte, dass ich mich für einen kurzen Augenblick fragte, ob sie sich hierher verirrt hatte. Sie war offenbar eine perfekte Schauspielerin. Eine Frau, die mit allen Wassern gewaschen war und die vermutlich ihren Job sehr gut beherrschte.

Ich hatte dem Hostessenservice ein genaues Profil *meiner* Allegra zugeschickt und dementsprechend hatten sie die Bewerberinnen ausgewählt. Kleidung und Stil des Auftretens waren jeder selbst überlassen, denn ich wollte wissen, wer der Person der erfundenen Allegra am nächsten kommen würde. Und das ohne explizite Vorgaben, lediglich auf ein paar Eckpunkten basierend.

Und hier hatten wir die Allegra schlechthin. Sie sah sogar so aus, wie ich sie mir immer vorgestellt hatte. Ihre dunkelbraunen Haare und die blauen Augen, ihre Rundungen, die ein wenig mehr hergaben, als es dem gängigen Schönheitsideal entsprach, und dieser zuckersüße Schmollmund, der einen Mann an heißen Sex denken ließ. So war es auch nicht verwunderlich, dass sie mir vage bekannt vorkam. Ich hätte schwören können, dass ich sie schon einmal irgendwo gesehen hatte, doch das war vermutlich Schwachsinn. Sie sah einfach der Frau meiner Fantasie extrem ähnlich und war perfekt für den Job geeignet. So perfekt, dass mir das Blut in meine unteren Körperregionen schoss.

»Jim, entschuldige bitte. Ich habe hier die letzte

Bewerberin. Ich melde mich nachher noch mal.« Ehe sich Jim verabschieden konnte, beendete ich das Gespräch und stand auf.

Langsam ging ich auf die Frau zu. Sie sprach etwas in mir an, das an meine Urinstinkte appellierte. Kaum hatte ich einen Hauch ihres Geruchs wahrgenommen, reagierte mein Körper umgehend noch stärker auf sie und ich bekam einen Ständer.

»Wie heißt du, Flower?«, fragte ich die Schönheit und spielte auf die Blumen auf ihrem Kleid an, während ich um sie herumlief und mir alles von ihr genau ansah. Ihre Brüste drückten sich prall gegen den Stoff ihres Kleides und es kribbelte in meinen Händen, sie zu berühren.

»Elena Martinelli«, flüsterte sie unsicher und hielt mir die Bewerbungsunterlagen hin. Ich nahm das Papier entgegen, schenkte diesem aber vorerst keine Beachtung.

Gott, sie spielte die Rolle, als wäre sie dafür geboren worden. Schüchtern, ruhig und unterwürfig. Genauso, wie ich sie der Agentur beschrieben hatte. Statt als Hostess zu arbeiten, sollte sie viel eher als Schauspielerin in Hollywood Karriere machen. Als ich noch einen Schritt näherkam, nahm ich einen Hauch ihres Parfums wahr.

»Elena Martinelli? Bist du Italienerin?«

»Mein Großvater kam in den Fünfziger Jahren aus Palermo nach Amerika.« Nun war ihre Stimme ein wenig fester, doch ich hörte immer noch ein leichtes Zittern heraus.

»Ein Sizilianer also. Sprichst du italienisch?« Das wäre perfekt.

»Nein, bis auf ein paar Wörter nicht.«

»Bedauerlich.« Aber nicht weiter schlimm. Ich kam direkt vor ihr zum Stehen und sah blaue Augen, deren Farbe durch Elenas olivfarbenen Teint noch verstärkt wurden. Ihre dunkelbraunen Haare schimmerten im künstlichen Licht und erinnerten an flüssige Schokolade mit einem Hauch Chili. Alles an ihr suggerierte mir, dass sie eine Sünde war. Eine süße, heiße und zugleich scharfe Sünde, die ich vermutlich bereuen würde, sobald ich von ihr gekostet hatte.

Moment! Stopp! Was dachte ich da überhaupt? Ich wollte eine Frau anstellen, damit sie meine Verlobte mimte, und nicht eine Prostituierte, die mir Befriedigung verschaffte. Dafür hatte ich genug Frauenbekanntschaften und musste nicht auf eine Professionelle zurückgreifen.

Mit festem Blick sah sie mich an und fixierte meine unruhigen Augen, die beinahe wieder auf Wanderschaft über ihren sinnlichen Körper gegangen wären.

»Ist Italienisch zu können Voraussetzung für den Job?«

»Nein, aber es wäre von Vorteil, Flower«, presste ich zwischen meinen Lippen hervor.

»Da bin ich erleichtert.« Ein Lächeln legte sich auf ihren Mund und mein Schwanz regte sich, als hätte sie mir eine Unanständigkeit zugeflüstert. »Und was genau wären meine Aufgaben?«

Der unschuldige Augenaufschlag machte mir sofort klar, dass sie mir nun das volle Programm anbot – den

Garten Eden. Sie bot mir das Paradies zwischen ihren Beinen an. Doch ein Fick war nicht das, was ich von ihr wollte. Zumindest sagte mein Kopf das. Ziemlich laut sogar.

Da ich nicht antwortete, wurde sie nervös. »Ich würde mich freuen, für Sie zu arbeiten, aber ich möchte gern wissen, für welchen Job ich mich gerade hier bewerbe. Außerdem bitte ich Sie, mich nicht Flower zu nennen. Ich heiße Elena.«

Irritiert hielt ich in meinen anstößigen Fantasien inne. Sie siezte mich, obwohl ich ihr gegenüber ganz leger das Du verwendete? Und Flower gefiel ihr auch nicht?

»Hat man dir die Beschreibung nicht zukommen lassen?«

»Doch, doch, aber ich habe sie aktuell nicht dabei.«

Ich drehte mich um und setzte mich an meinen Schreibtisch. Ihre gespielte Unschuld machte mich dermaßen an, dass ich heiß wurde wie ein Hengst, der einer rossigen Stute gegenüberstand. So etwas hatte ich schon lange nicht mehr erlebt. Dementsprechend war es die einzig richtige Entscheidung, einen gewissen Abstand zwischen uns beide zu bringen.

»Nun, dass ich eine Frau suche, die meine Verlobte mimt und mich auf eine Familienfeier begleitet, weißt du hoffentlich noch?«

»Ähm … ja.«

Die Art ihrer Antwort verwirrte mich ein wenig. »Gut, denn du gefällst mir und entsprichst der von mir erfundenen Allegra geradezu perfekt.« Ich griff neben mich und hielt ihr ein Blatt hin. Es war dasselbe, das die Frauen bereits von der Agentur bekommen hatten. Dort hatte ich alles, was ich über Allegra gegenüber meiner Mutter geäußert hatte, aufgeschrieben. »Hier, die Zusammenfassung.« Hoffentlich hatte ich nichts vergessen.

Zaghaft griff sie danach und las das von mir Geschriebene rasch durch. Dieses Mal hatte sie ihr Gesicht verschlossen und ließ sich nicht anmerken, was sie dachte. Sie war ein Profi, eindeutig. Wie vielen Männern sie wohl in solchen Situationen schon aus der Patsche geholfen hatte?

»Und hier«, sagte ich und händigte ihr ein weiteres Schreiben aus, »ist alles, was du als meine Verlobte über mich wissen musst.« Diese Informationen waren recht intim, und von den anderen Bewerberinnen hatte sie noch keine zu Gesicht bekommen. Doch ich hatte mich entschieden. Den Job würde Elena Martinelli bekommen und deshalb musste sie auch so schnell wie möglich alles über mich wissen, was entscheidend war. Sobald sie meiner Mutter begegnen würde, musste sie gut vorbereitet sein, denn die konnte einen Schwindel hundert Meilen gegen den Wind riechen. Und wenn da eine behauptete, meine Verlobte zu sein, und nicht alles von mir wusste, dann würde ihr das schneller auffallen, als uns lieb wäre.

Elena hob den Blick von den Papieren. »Um das klarzustellen, ich muss lediglich Ihre Verlobte spielen und Ihre Mutter an der Nase herumführen?«

»Ja, das ist das Ziel.«

»Gut, ich mache es.«

Amüsiert schüttelte ich den Kopf. »Wenn ich dich nehme.«

Allein die Zweideutigkeit meiner Worte genügte, dass mein Schwanz sich wieder erwartungsvoll in meiner Hose regte. Das konnte ja heiter werden.

Ihr Blick wurde fest, doch die Farbe ihrer Wangen signalisierte mir, dass auch sie die Zweideutigkeit erkannt hatte.

»Sie haben selbst gesagt, dass ich Ihrer Allegra nahezu perfekt entspreche. Sie wollen mich engagieren und ich brauche den Job. Deal?«

Diese Frau imponierte mir.

»Deal!«, erwiderte ich lachend.

Wir gaben uns die Hand und besiegelten unsere Abmachung. Ihre Hand versank geradezu in meiner und fühlte sich warm und weich an. Mein Körper wollte diese Frau wie nichts anderes auf der Welt, und ich musste mich zurückhalten, sie nicht wie ein triebgesteuerter Neandertaler an mich zu reißen.

KAPITEL 6

Elena

Was tat ich da nur? War ich vollkommen verrückt geworden? Der Verlust meines Jobs hatte mir wohl den Verstand aus den Angeln gehoben. Ja, so musste es sein, denn eine andere Erklärung fand ich nicht. Wenn meine Eltern das erleben würden, hätten sie mich vermutlich im Keller eingesperrt, bis ich wieder zu Verstand gekommen wäre. Doch ich war auf mich allein gestellt und musste dringend einen Job finden, ansonsten würde ich kommenden Monat auf der Straße sitzen.

Dieser Mann - Ricardo Colella - war eine Naturgewalt. Ein Mann wie aus einem dieser romantischen Liebesfilme im Fernsehen. Einer, der einen bereits bei der ersten Begegnung aus der Bahn warf. Ein Blick in seine braunen Augen hatte genügt, und meine Knie waren wacklig geworden. Er wirkte geheimnisvoll und zugleich hart wie Stahl. Und er hatte diese Anziehungskraft auf mich, die mir bereits bei unserem ersten Zusammenstoß aufgefallen war. In seiner Gegenwart geisterten unanständige Sachen durch meinen Kopf. Ich stellte mir vor, wie er mich wieder so im Arm hielt.

Halt, ich durfte nicht vergessen: Er war ein Arschloch! Auch die Vorstellung, dass er auf andere Frauen sicher die gleiche Wirkung hatte, ernüchterte mich. Insgesamt jedoch hatte der Mann einen seltsamen Effekt auf mich. Und wirkte sich offensichtlich auf meinen Geisteszustand aus.

Warum zum Teufel brauchte ein Mann wie er eine Frau, die seine Verlobte spielte? Der hatte doch bestimmt an jedem Finger zehn, die in den Startlöchern standen, um ihm jeden Wunsch zu erfüllen. Weshalb beauftragte er nicht eine davon?

»Setz dich, dann können wir gemeinsam den Vertrag durchgehen.« Er wies auf einen Stuhl vor dem Schreibtisch und nahm selbst Platz, nachdem ich mich darauf niedergelassen hatte. »Zuallererst, ich bin Ricardo. Alle meine Freunde nennen mich allerdings Rick.« Nach einer kurzen Pause fügte er hinzu: »Auch meine Verlobte wird vermutlich eher diesen Namen verwenden.«

»Vielleicht wäre es doch besser, wenn Sie mich Flower nennen. Wäre es nicht viel realistischer, wenn wir uns Kosenamen geben?«, gab ich zu bedenken. Im echten Leben redeten sich die Liebespaare doch nicht mit ihrem echten Namen an, oder?

»Schon möglich, das kannst du frei entscheiden,

wenn dir danach ist. Und ich entscheide das auch spontan. Es soll ja auch nicht gestellt wirken, sonst riecht meine Mutter den Braten sofort.«

Wenn mir danach war? »Okay, wenn ich es richtig finden sollte, werde ich Ihnen einen Kosenamen geben.« Mir würden da schon ein paar passende Zuckerschnäuzchennamen einfallen.

»Du! Von nun an duzen wir uns«, brummte er.

»In Ordnung«, erwiderte ich ebenfalls gedämpft, denn der Gedanke an so viel Nähe zu diesem Mann verursachte mir Bauchschmerzen.

Rick vertiefte sich in die Bewerbungsunterlagen und las all meine Eintragungen durch.

»Elena Martinelli. Dreiundzwanzig Jahre alt und diplomierte Bäckerin?« Mit gefurchter Stirn sah er mich an und mir sackte das Herz in die Hose. War das nicht gut? Wollte er eine Studentin der Rechtswissenschaften oder warum reagierte er so schroff?

»Ja, das ist richtig.«

»Und warum bewirbst du dich dann nicht in einer Bäckerei? Ich meine, ich will dich nicht angreifen, aber mit einer guten Ausbildung und einem Diplom in der Tasche dürfte es doch nicht so schwer sein, einen anständigen Job zu bekommen.« Rick erhob sich und ging um den Schreibtisch herum.

Ich unterdrückte den Impuls mich auf dem Stuhl herumzudrehen, um ihn zu sehen, denn seine Präsenz hinter mir machte mich nur noch nervöser. »Ich suche nach einer passenden Stelle, aber bisher habe ich noch nichts gefunden. Es ist nicht so einfach, wie Sie vermutlich denken.«

»Ich denke, wir wissen beide, dass du als Hostess auch wesentlich mehr verdienst, nicht wahr?« Seine Stimme klang abwertend.

Automatisch verspannte ich mich. Er glaubte mir nicht. Er dachte, dass ich freiwillig einen solch anrüchigen Job annahm? Dieser Idiot! »Bisher weiß ich noch nicht mal, was ich verdienen werde«, giftete ich ihn an und griff nach meiner Tasche, weil ich das Bedürfnis verspürte, augenblicklich hier zu verschwinden.

Irritiert kam er neben mir zum Stehen. »Hat dir die Agentur keine Zahlen genannt?«

Puh, was nun? Sollte ich lügen? Nein, denn dann bekam vermutlich diese ominöse Agentur den Gehaltsscheck, den ich so dringend benötigte, und ich würde leer ausgehen.

»Ich arbeite nicht für eine Agentur.« Mit klopfendem Herzen wartete ich ab. Ich hatte mich entschieden, zu bleiben. Was konnte ich stattdessen schon tun? Ich brauchte Geld, ansonsten hätte ich morgen nicht einmal mehr etwas zu Essen.

»Nicht?«

»Nein. Ich habe von dem Job durch eine Bekannte erfahren, die für die Agentur arbeitet.« Ich hasste es, zu lügen, und spürte auch schon die verräterische Röte in meine Wangen steigen. Hoffentlich durchschaute er mich nicht sofort.

»Mh!« Sein Gesicht verriet Unwillen und ich konnte ihn verstehen. Ich fühlte mich selbst wie ein Eindringling, schließlich war ich nicht eingeladen worden und hatte mich hier mehr oder weniger eingeschlichen.

Beinahe, denn eigentlich hatte mich ja der Geldbeutel hierher gelotst.

»Wenn du nur eine Hostess der Agentur einstellen möchtest, dann ist das auch okay.« Hastig erhob ich mich, weil ich nicht länger sitzen bleiben und seinem durchdringenden Blick ausgeliefert sein wollte. »Es tut mir leid, dass ich deine Zeit in Anspruch genommen habe.« Mit drei Schritten war ich bei der Tür und griff nach der Klinke.

Doch im nächsten Moment spürte ich die Hitze seines Körpers direkt hinter mir. Ricks Hand schob sich an meinem Kopf vorbei und drückte gegen die Tür. Ich war eingeklemmt, doch anstatt Angst zu empfinden, fühlte ich Hitze in mir aufsteigen. Sengende Hitze.

»Nicht so eilig, Elena.« Seine Stimme klang rau und ließ einen Schauer der Erregung über meinen Körper jagen. Sofort ließ ich die Klinke los und blieb stehen, dabei streifte meine Wange seinen bloßen Unterarm.

Seine Nähe versetzte meinen Körper in einen Zustand, den man normalerweise erst nach ein paar heißen Küssen erreichte. Doch bei ihm genügte lediglich seine Nähe. Ich spürte seinen Atem an meiner Wange und als seine Haut meine berührte, wurden mir die Knie schlagartig weich wie Eis in der Sonne. Ich hatte das Gefühl, keine Luft zu bekommen, obwohl er mich nicht einmal richtig berührte. Sein nicht ganz glattrasiertes Kinn strich an meiner Schläfe entlang und steigerte damit meine Lust auf diesen mir völlig fremden Mann.

Ich hörte, wie er scharf einatmete. Roch diesen maskulinen Duft, der mich nicht mehr losließ, mich einhüllte und mir die Sinne vernebelte. Spürte, wie er seinen Kopf ein Stückchen näher zu mir herab beugte, und drückte meinen Körper einem Urinstinkt folgend an seinen. Das Bedürfnis war einfach übermächtig. Rechts und links lagen seine Hände am Holz der Tür, während er sein Gesicht in meinem Haar vergrub und meinen Geruch inhalierte.

Oh mein Gott! Ich konnte eindeutig spüren, wie sehr auch sein Körper auf mich reagierte. Hart und unnachgiebig drückte sein Becken gegen meinen Po. Er wollte mich. Und ich wollte ihn. Zwei Menschen, die der Zufall zusammengeführt hatte und deren Körper einem animalischen Instinkt folgten.

Meinem Mund entwich ein Seufzen und ich hielt still, genoss jeden Millimeter, den ich von ihm fühlte.

Doch dann hörte ich ein Geräusch, das ich nicht zuordnen konnte, und Rick stöhnte genervt.

»Oh, sorry. Ich wollte euch nicht stören«, hörte ich eine Frauenstimme. Schlagartig war ich zurück in der Realität und versteifte mich. Was tat ich hier eigentlich?

Rick drückte seine Nase an meine Halsbeuge und ignorierte die Frau, von der ich ein Räuspern vernahm. Dann atmete er noch einmal tief ein und löste sich von mir. Schlagartig wurde mir kalt. Mein Körper schrie nach seiner Nähe wie ein Verdurstender nach einem Schluck Wasser. Ich sammelte mich noch einen Augenblick, doch dann drehte ich mich langsam um. Erst jetzt bemerkte ich, dass der Raum eine zweite Tür besaß.

Die nette ältere Frau, die mich zu dem Vorstellungsgespräch abgeholt hatte, stand dort und sah zwischen mir und Rick hin und her. Der hatte wieder hinter seinem Schreibtisch Platz genommen und tat, als sei nichts gewesen. Der Blick der Frau traf meinen und ich konnte erkennen, wie wenig sie von mir hielt. Was sah sie in mir? Eine Frau, die mit dem Boss rummachte, um einen Job zu bekommen? Schamesröte stieg mir ins Gesicht. Meine Wangen wurden heiß.

Vermutlich konnte nicht nur Rick all den Aufruhr, der in mir tobte, in meinem Gesicht erkennen. Aber ich versuchte dennoch, cool zu bleiben, obwohl ich gerade im Begriff gewesen war, eine absolute Dummheit zu begehen. Für einen Sekundenbruchteil war es mir sogar egal gewesen, eine Zuschauerin zu haben. Ich musste nicht mehr ganz bei Trost sein. Mein Hirn befand sich in einer Art Schweizerkäsemodus, voller Löcher und nicht fähig, seine Aufgaben zu erfüllen.

»Mary ... ich bin mit den Vorstellungsgesprächen noch nicht fertig«, sagte er bestimmt, ohne den Blick von mir abzuwenden.

»Das war nicht zu übersehen! Sag Bescheid, wenn du wieder Zeit hast«, erwiderte sie voller Ironie, verließ den Raum und schloss die Tür ein wenig zu laut. Es war offensichtlich, dass ihr der Anblick, den Rick und ich geliefert hatten, nicht behagte. Wäre sie nicht schon über fünfzig, hätte er sie ja mitnehmen können zu seiner Mutter, denn die Frau war extrem attraktiv. Aber damit wäre seine italienische Mamma wahrscheinlich nicht einverstanden, vermutlich wollte sie demnächst Enkelkinder. Trotzdem fragte ich mich, warum er eine Hostess benötigte. Ein Kerl wie er konnte wahrscheinlich jede haben, die er wollte.

Rick deutete auf den Besucherstuhl und war

offenbar wieder ganz Geschäftsmann. Ich folgte seiner Anweisung und setzte mich, zu verwirrt, etwas zu sagen. Mein Herz hämmerte und mein Körper stand noch immer in Flammen und lechzte nach der Berührung des Mannes vor mir.

»Damit das klar ist, Elena«, sagte er nachdrücklich, »ich entscheide mich für dich. Aber da ich ohne die Agentur keine Sicherheiten habe, wirst du dein Gehalt erst nach dem Job bekommen.«

»Das wäre in Ordnung für mich.« Dann musste ich eben ein paar Tage von den restlichen Konserven leben, die in meiner Wohnung noch zu finden waren, bis das Geld auf meinem Konto gutgeschrieben wäre.

Mit Falten auf der Stirn sah er mich an. »Du bekommst dreitausend Dollar für die drei Tage bei meiner Mutter. Sollten wir erfolgreich sein, kommen noch mal tausend als Erfolgsprämie hinzu. Und du musst dich mit weiteren Treffen einverstanden erklären. Schließlich kann es sein, dass meine Mutter dich nochmals sehen möchte.«

Das heftige Nicken, das ich von mir gab, genügte ihm. Aber sprechen konnte ich nicht, die unglaublichen Summen hatten kurzfristig meine Stimmbänder gekappt. Der Laden musste ja laufen. Das war enorm viel Geld, und ich fragte mich unwillkürlich, wie viel Dollar dieser Mann mit seinem Restaurant verdienen musste, dass er dermaßen damit um sich werfen konnte.

»Gut. Ich werde einen Vertrag aufsetzen lassen. Du musst dich zu absolutem Stillschweigen verpflichten. Zu niemandem ein Wort. Haben wir uns verstanden?«

»Ja, das haben wir.«

Ein Lächeln stahl sich auf sein mürrisches Gesicht. »Sehr schön, dann hätten wir alles besprochen.«

»Wann soll es losgehen?« Nervös rutschte ich auf dem Stuhl nach vorne.

»Morgen früh um neun Uhr hole ich dich zu Hause ab, der Flug nach Chicago geht um zwölf und wir landen ungefähr um vier Uhr nachmittags.« Er beobachtete mich die ganze Zeit, während er mit einem Stift spielte. Das machte mich nur noch nervöser.

»Morgen früh schon?«, gab ich erschrocken von mir.

»Ja, ist das ein Problem?«

»Nein, nein. Alles gut.«

»Schön«, sagte er nachdenklich und spielte noch immer mit dem Stift.

»Wird Ihre ... ich meine, deine Mutter uns dort abholen?«

Der Laut aus seinem Mund irritierte mich. Lachte er oder war das ein Stöhnen gewesen? »Glaub mir, das würde sie sich nicht nehmen lassen. Seit einem Jahr wartet sie darauf, dass ich ihr Allegra vorstelle.«

Da ich nicht wusste, was ich noch mit ihm reden sollte, erhob ich mich erneut und reichte ihm die Hand. »Danke, dann bis morgen.«

Er kam extra um den Schreibtisch herum, ehe er meine Hand ergriff. Als Ricks Finger meine berührten, schoss Hitze durch meinen Körper. Seine Haut fühlte sich warm und rau an und in meinem Kopf wirbelten Fantasien herum, die völlig unangebracht waren angesichts dieser harmlosen Berührung. Dieser Mann konnte mir eindeutig gefährlich werden.

Seine Augen verdunkelten sich und seine Finger hielten meine weiterhin fest. Erschrocken zog ich die Luft ein, als er sich zu mir herunterbeugte. Wollte er mich etwa küssen? Doch stattdessen berührte seine Wange meine und ich inhalierte erneut seinen Duft. Himmel, roch dieser Mann gut. So gut, dass ich leicht schwankte. Lediglich seine Hand gab mir Halt.

Wo war das Arschloch geblieben, das ich in ihm gesehen hatte?

»Bis morgen, Allegra«, flüsterte er in mein Ohr, von dem sich prompt eine Gänsehaut über meinen gesamten Körper ausbreitete. Ich musste mich beherrschen, mich nicht willenlos in seine Arme zu werfen. Ich war mir sicher, dass er mit mir spielte, weil er meine Reaktion vorhin an der Tür bemerkt hatte.

Langsam hob er seinen Kopf wieder und seine braunen Augen fixierten mich, setzten mein Inneres in Flammen, sodass ich einen staubtrockenen Mund bekam.

»Bis morgen«, sagte ich mit fester Stimme, denn ich wollte auf keinen Fall, dass er registrierte, in welchem Ausnahmezustand sich mein Körper befand. Doch wenn er nicht von Blindheit geschlagen war, konnte er es nicht übersehen. Mein Gesicht fühlte sich heiß an und leuchtete bestimmt wie die Werbung am Times Square.

Ohne ihn eines weiteren Blickes zu würdigen, eilte ich aus dem Büro. Kaum hatte sich die Tür geschlossen, lehnte ich mich atemlos gegen die Wand im Flur. Ich hatte Schwierigkeiten, wieder zu klarem Verstand zu kommen. Was war da drinnen passiert? Auf was ließ ich mich da ein? Hatte ich allen Ernstes zugestimmt, eine Verlobte zu spielen? Elena Martinelli, die Hostess? Und fliegen? Ich würde fliegen! Kurzfristig spürte ich das verdächtige Kribbeln, das die Höhenangst immer bei mir hervorrief, aber ich unterdrückte das schnell wieder. Auf keinen Fall sollte der Job daran scheitern.

Kurzfristig spielte ich mit dem Gedanken, umzudrehen und diesem Rick zu sagen, dass es sich dabei um ein Missverständnis handelte. Dass ich überhaupt nicht wegen des Jobs in dem Restaurant gewesen war, sondern weil ich ihm diese verfluchte Brieftasche zurückgeben wollte. Die lag unberührt in meiner Tasche und hatte immer noch nicht den Weg zurück zu ihrem Besitzer gefunden.

Ich würde ihm das Geld nach Erledigung des Jobs zurückgeben, wenn ich es vorher tat, würde das vielleicht dazu führen, dass eine andere Bewerberin seine Verlobte spielte. Da ich aber das Geld brauchte, musste ich auf Nummer sicher gehen. Und dieser Rick wollte zumindest nicht, dass ich mit ihm ins Bett ging, sondern nur seine Mutter an der Nase herumführte. Das war enorm viel Geld. Geld, das ich zum Überleben brauchte. Leicht verdientes Geld, auch wenn mich Ricardo Colella total nervös machte und meinen Körper in Aufruhr versetzte. Er war heiß und seine Art sprach mich an.

Ich würde diesen Job durchziehen und ihm danach die Geldbörse zurückgeben. Ja, ich, Elena Martinelli, war die geborene Allegra und würde diese Rolle perfekt spielen. Ich würde an seinen Lippen hängen und seine Mutter becircen. All das würde sie mir abnehmen. Nun ja, die körperliche Anziehungskraft bestand ganz offensichtlich zwischen uns und musste nicht gespielt werden. Das war doch gut, oder?

»Du hast was?«, kreischte Sandy in mein Ohr.

Ich war nach dem Vorstellungsgespräch vor dem Fernseher eingeschlafen, bis das Klingeln des Telefons mich geweckt hatte. Nachdem ich meiner besten Freundin von meinem neuen Job erzählt hatte, flippte sie jetzt verständlicherweise aus. Mir war immer noch nicht klar, warum ich mich darauf eingelassen hatte. Okay, des Geldes wegen, aber am Verhungern war ich schließlich noch nicht, dass ich mich dermaßen verkaufen musste.

Mein Blick glitt zur Uhr – halb zwölf, eine Uhrzeit, zu der wir öfter telefonierten. Bei Sandy war es jetzt halb sieben abends.

»Wie war dein Tag?«, fragte ich und griff nach der Fernbedienung, um den Fernseher auszuschalten. Mittlerweile lief da irgendeine Verkaufssendung, in der ein Kerl sauteure Putzlappen verticken wollte.

»Jetzt lenk nicht ab. Warum hast du mir nicht gesagt, dass es dir finanziell so schlecht geht?« Ihr Ton wurde sanfter und meine Augen fingen an zu brennen.

Ich konnte nicht antworten, weil es mir peinlich gewesen wäre, meiner Freundin davon zu erzählen, dass ich pleite war. Sie würde vermutlich in den nächsten Flieger steigen und ihren Samariterkomplex an mir ausleben. Sie verdiente mittlerweile recht gut, hatte einen festen Job als Buchhalterin und würde darauf bestehen, mir unter die Arme zu greifen. Das konnte ich nicht zulassen. Beste Freundinnen hin oder her – ich wollte Sandy auf keinen Fall auf der Tasche liegen.

»Elena Gabriella Martinelli! Rede mit mir. Wie schlimm ist es?«

»Jetzt ist es nicht mehr schlimm. Der Job dauert drei Tage, eventuell muss ich noch ein weiteres Mal als seine Verlobte einspringen, und die Konditionen sind sehr gut. Es geht nur darum, seine Mutter zu überzeugen, er verlangt nichts Sexuelles«, klärte ich sie noch einmal auf, falls sie meine Worte vorher aufgrund ihrer Empörung nicht gehört oder verinnerlicht hatte.

»Oh Mann, Elena. Das gefällt mir gar nicht. Was, wenn er dir auf die Pelle rückt und mehr will?« Ich konnte ihre Sorge hören und es ließ meine eigenen Bedenken erneut aufleben.

»Quatsch!«, wiegelte ich ab, obwohl sich in meinem Magen ein Knoten bildete. »Das ist alles vertraglich festgelegt.« Hoffte ich zumindest.

»Na, hoffentlich hält der Kerl sich auch daran. Wie heißt er?«, wollte sie wissen und ich stellte sie mir vor, wie sie mit gezücktem Bleistift und einem Block am anderen Ende der Leitung alles fein säuberlich notierte.

»Rick oder auch Ricardo Colella. Mehr weiß ich nicht von ihm, außer, dass er ein Restaurant besitzt«, gestand ich ihr.

»Colella? Kommt mir irgendwie bekannt vor. Ich google nachher mal, sobald ich wieder zu Hause bin.« Sandy seufzte und in diesem einen Ton lagen alle unausgesprochenen Worte dieser Welt. »Du meldest dich bei mir alle paar Stunden, verstanden? Schreib mir oder ruf an, aber melde dich, ansonsten werde ich hier verrückt vor Sorge.«

»Das mache ich.«, sagte ich sanft, weil ich sie gut verstehen konnte. Wäre ich an ihrer Stelle, würde ich mir auch Sorgen um sie machen.

»Ich muss los, wir sind zum Essen verabredet.«

Ich lächelte und nickte, als ob sie mich sehen könnte. Als ich es bemerkte, sagte ich rasch: »Genieß es!«

»Klar! Und Elena?«

»Ja?«

»Du musst das nicht tun. Ich hab gespart und kann dir was leihen.«

Um mein Herz wurde es ganz warm. Ich liebte diese verrückte Nudel sehr und wusste, im Notfall würde ich mich immer auf sie verlassen können. »Ich weiß, und nun geh mit deinem Traummann essen und vergiss die Sache. Es ist ein gut bezahlter Job wie jeder andere.«

»Wenn du meinst!«

»Meine ich. Bye, Sweetheart.«

»Bye, Nervensäge.«

Nachdenklich drückte ich auf den roten Hörer und legte das Telefon zurück auf den Tisch. Ich hoffte, dass ich mit meiner Einschätzung nicht völlig danebenlag.

KAPITEL 7

Rick

Durchatmend lehnte ich mich in dem Schreibtischstuhl zurück. Diese Frau war wie süßer Wein, sie benebelte meine Sinne. Mehr noch, in ihrer Gegenwart verwandelte sich mein Schwanz in einen verdammten Stahlträger.

Ihr Körper sprach mich dermaßen an, dass ich mich hatte hinsetzen müssen, damit sie nicht bemerkte, wie scharf ich auf sie war. Selbst das plötzliche Auftauchen unserer guten Seele Mary hatte mich kaum interessiert. Ich wäre am liebsten über Elena hergefallen, hätte sie hier in meinem Büro genommen.

Doch ich hatte mich zusammengerissen und von ihr abgelassen, als Mary hereingekommen war, schließlich wollte ich Elena nicht verscheuchen. Und das wäre ganz bestimmt passiert, wenn ich sie vor meiner Angestellten angefasst hätte. Diese Elena war die perfekte Allegra. Und ich brauchte sie, deshalb musste ich Zurückhaltung üben.

Drei Tage. Drei Tage auf engstem Raum im Haus meiner Mutter. Drei Tage im gleichen Bett? Nein, das würde nicht funktionieren. Ich war schließlich kein Heiliger. Notfalls musste ich auf dem Boden schlafen. Das Gästezimmer konnte man abschließen und meine Mutter würde schon nichts mitbekommen. Hoffentlich.

Es klopfte und kurz darauf steckte Mary, die in meinem hiesigen Restaurant das Mädchen für alles war, den Kopf durch die Tür herein.

»Hat alles geklappt?«, wollte sie wissen.

»Ja, ich habe die passende Bewerberin gefunden.«

Mehr verriet ich nicht, denn außer Jim und mir durfte niemand davon wissen, dass ich meiner Mutter eine Fake-Verlobte vorsetzen würde. Meine Angestellten gingen davon aus, dass ich eine neue persönliche Assistentin suchte. Klar waren die Gedanken der meisten beim Anblick der Damen anzüglicher Art gewesen: Junger Chef mit genügend Kohle sucht Assistentin, möglichst gut aussehend. Aber das interessierte mich nicht weiter, sollten sie sich doch das Maul zerreißen.

»Gut, ich mach dann jetzt Feierabend. In Ordnung?«

»Ja, vollkommen okay. Schick mir bitte noch Murdock, bevor du gehst.«

»Verstanden. Viel Spaß bei deiner Mutter.« Mit diesen Worten verschwand sie.

Spaß? Nein, das war da wohl eher der falsche Ausdruck. Es würde eine Herausforderung werden.

Eine Herausforderung, die Finger von Elena alias Allegra zu lassen. Die Beule in meiner Hose beruhigte sich immer noch nicht, meine Fantasie schlug Salti und in jeder einzelnen Sequenz spielte diese Frau auch im Bett meine Verlobte.

Ich brauchte dringend eine kalte Dusche. Am besten packte ich mir ein paar Eisbeutel in die Hose, sobald sie in meiner Nähe war. Denn eins wollte ich ganz sicher nicht: für Sex bezahlen. Und solche Frauen ließen einen sicher für jeden Zentimeter, den man von ihrem Körper berührte, bezahlen. Vorausgesetzt, sie war eine echte Hostess, eine, die Geld dafür verlangte.

Frustriert griff ich nach dem Handy und rief Jim an, um ihm von Elena alias Allegra zu berichten.

Am nächsten Morgen holte ich Elena ab. Ich fuhr in die Park Lane, in der sie laut ihren Bewerbungsunterlagen wohnte. Vor einem der Häuser konnte ich die kleine Flower schon von weitem stehen sehen. Obwohl sie meinem Bild der Allegra zu neunundneunzig Prozent entsprach, passte der Name plötzlich nicht mehr zu ihr. Sie war eine Elena – zart wie eine Blume. Allegra passte viel eher zu einer karriereorientierten Frau.

Sie stand da, hatte wieder ein Kleid mit Blumenmuster an, sah in den Himmel und schloss die Augen. Eins der Merkmale von Allegra war ihre Verträumtheit, so hatte ich es für die Bewerberinnen notiert. Oh mein Gott, sie spielte ihre Rolle wirklich gut. Vermutlich hatte sie bemerkt, dass ich in ihre Straße gefahren war, und zog nun an den Fäden. Doch ich durchschaute sie sofort.

Auf ihrer Höhe stoppte ich und als sie den Motor hörte, öffnete sie die Augen und sah zu mir. Ihr Blick wirkte verschleiert. Wenn ich es nicht besser gewusst hätte, wäre ich der felsenfesten Meinung gewesen, dass sie tatsächlich geträumt hatte.

»Guten Morgen, Rick«, begrüßte sie mich, kaum dass ich aus dem Auto gestiegen war.

»Morgen«, gab ich mürrisch von mir, weil ich mich nicht von ihr um den Finger wickeln lassen wollte. Ich griff nach ihrem kleinen Reisekoffer und packte ihn zu meinem eigenen in den Kofferraum. »Steig ein.«

Ohne ein weiteres Wort tat sie, was ich von ihr verlangte. Ihr Duft wehte zu mir herüber und er gefiel mir. Alleine diese Tatsache machte mich noch übellauniger. Ich trat das Gaspedal meines Dodge RAM ein wenig zu stark durch und entlockte ihr damit ein erschrecktes Keuchen. Doch sie versuchte, es zu überspielen, indem sie an ihrem Gurt herumfummelte.

Mir legte sich ein Grinsen auf die Lippen. So cool wie sie tat, war sie dann doch nicht.

»Ich habe mir noch einmal Gedanken zu dem Kosenamen gemacht«, fing ich eine Unterhaltung an. »Wie wäre es, wenn wir nah bei der Wahrheit bleiben?«

»Inwiefern?«, wollte sie von mir wissen.

»Ich habe meiner Mutter gegenüber nie den vollen Namen erwähnt, also Allegras Nachnamen. Wie wäre es, wenn du mir deinen borgst?« Neugierig hob sie ihre Augenbrauen und forderte mich damit stumm auf, fortzufahren. »Allegra Martinelli und Kosename ist dann Ally. Dann ist das nicht allzu weit von deinem eigenen Namen entfernt und du kannst dich vielleicht besser damit identifizieren. Das wiederum kommt der Rolle zugute und ich kann ein wenig beruhigter an die Sache rangehen.«

In meinen Gedanken würde sie vermutlich weiterhin die unschuldige Flower bleiben, auch wenn sie das ganz bestimmt nicht war – unschuldig.

»Beruhigter?«, echote sie. »Ist es möglich, dass du mir das nicht zutraust?«

Shit! So hatte ich es nicht aussehen lassen wollen. Natürlich hatte ich Bedenken, mit der Nummer aufzufliegen, aber ich traute ihr das schon zu, schließlich war das ihr Job. Ich schüttelte den Kopf.

»Das hast du vollkommen falsch verstanden.«

»Na, dann erkläre es mir mal«, forderte mich Elena freundlich lächelnd auf. Doch ich ließ mich nicht aufs Glatteis führen, denn das Lächeln erreichte ihre Augen nicht.

»Hier geht es viel eher um meine Mutter. Sie erkennt sofort, wenn ich lüge. Kennst du das von deinen Eltern nicht?«

Ein trauriger Ausdruck huschte über ihr Gesicht. »Ja, das hatte meine Mom auch gut drauf.«

Ich registrierte, dass sie von ihrer Mutter in der Vergangenheit sprach, doch ich fragte nicht nach. Das stand mir nicht zu, und ich wollte mit ihr lieber auf der beruflichen Ebene bleiben. Wobei das bei diesem Job schwer werden würde. Mein Schwanz reagierte, sobald sie in der Nähe war. Dennoch würde ich die Finger von ihr lassen. Sie war die verbotene Frucht, die ich nicht pflücken durfte.

»Dann kannst du vielleicht verstehen, warum ich vom Kopf her gewisse Bedenken habe? Mütter wittern Lügen förmlich.« Ich konzentrierte mich auf den Verkehr, der immer dichter wurde, und setzte den Blinker, um an der nächsten Kreuzung abzubiegen.

»Ja. Aber warum schwindelst du sie überhaupt an?«

Ich spürte ihren Blick auf mir. »Das geht dich nichts an, Ally.«

Sie versteifte sich, doch es tat mir nicht leid. Alles in allem war diese Frau meine Angestellte und Details gingen sie nichts an, ganz einfach. Sie würde nur so viel erfahren, wie sie brauchte, um die Allegra glaubhaft dazustellen.

Nach diesem kurzen Gespräch schwiegen wir, bis wir am Flughafen ankamen. Mir war das recht, denn Elenas Gegenwart war nicht gerade vorteilhaft für meine Konzentration, und der Verkehr war noch dichter geworden und erforderte meine gesamte Aufmerksamkeit. Ihre Stimme war wie flüssiger Honig, der meine Sinne vernebelte und mir mein Hirn in Pudding verwandelte.

Gott sei Dank schwieg sie.

Bis wir unsere Plätze im Flugzeug einnahmen, redeten wir nur das Nötigste. Mir kam es vor, als ob sie ebenfalls froh wäre, nicht zu viele Worte mit mir wechseln zu müssen.

»Miss Martinelli, Mr Colella, willkommen an Bord. Kann ich Ihnen etwas zu trinken anbieten?«, begrüßte uns die Stewardess in der ersten Klasse.

»Einen Orangensaft, bitte«, bestellte Ally und überraschte mich damit. Waren solche Hostessen nicht ständig scharf auf Prosecco oder Champagner?

»Für mich bitte einen Bourbon.«

»Kommt sofort.«

Elenas Blick glitt über die Sitze und ich konnte erkennen, dass sie angesichts des Luxus doch überrascht war. Vermutlich war ein erster Klasse Flug Neuland für sie.

Danach schwiegen wir wieder und ich schloss kurze Zeit später die Augen und schlief, bis mich eine zarte Berührung weckte.

KAPITEL 8

Elena

Die letzten vier Stunden hatte ich alle Magazine gelesen, die die erste Klasse zu bieten hatte. Danach war ich zum Filmeschauen übergegangen, aber so richtig fesseln konnte mich das Action-Abenteuer nicht. Der Mann neben mir schlief, und allein seine Präsenz machte mich unruhig. Und natürlich meine Höhenangst, die ich hier oben zwar im Griff hatte, aber unterschwellig war sie dauerhaft da. Den ersten Flug meines Lebens meisterte ich erstaunlich gut.

Meine Gedanken kreisten zudem ständig um meine Aufgabe, die ich ab dem Moment unserer Ankunft in Chicago zu erfüllen hatte. Ich hoffte, dass ich Ricks Mutter würde täuschen können. Die geborene Lügnerin war ich nicht gerade, aber ich brauchte dringend das

Geld, das dieser Job mit sich brachte. Der bittere Beigeschmack blieb trotzdem, denn ein wenig anrüchig war das Ganze schon.

Als die Lichter anzeigten, dass wir uns wieder anschnallen mussten, weil der Pilot zur Landung ansetzte, versuchte ich, Rick zu wecken. Er schlief sehr fest und bevor ich ihn antippte, studierte ich sein Gesicht sehr genau.

Er war wirklich ein gut aussehender Mann. Das dunkle Haar war zerzaust und der leichte Bartschatten verlieh seinem Aussehen etwas sehr Männliches. Seine Lippen wirkten im Schlaf weich und der harte Zug um seine Mundwinkel war verschwunden. In meinen Fingern kribbelte es, weil ich sein Gesicht am liebsten angefasst hätte.

Was war nur los mit mir? Ich reagierte auf Rick wie eine läufige Hündin, das war mehr als peinlich. Gott sei Dank schlief er und bekam von meinem idiotischen Angeschmachte nichts mit.

Dann konnte ich nicht anders, ich strich sachte über seinen Oberarm, dessen Muskeln selbst während des Schlafs steinhart waren. Rick musste regelmäßig trainieren. Gott, fühlte sich das gut an! Er war ein echt heißer Typ. Auf jeden Fall. Und ich hatte damit zu kämpfen, mein Gesicht nicht zu nahe zu ihm zu bringen, ihn nicht zu küssen. Allein die Erinnerung an die heiße Szene in seinem Büro sorgte dafür, dass es zwischen meinen Beinen kribbelte.

Stopp! *Oh verflixt, Elena, reiß dich zusammen!* Das grenzte ja schon an sexuelle Belästigung. Hoffentlich hatte mich niemand beobachtet. Unruhig sah ich mich um, aber die Stewardess war nirgends zu sehen und die anderen Passagiere hatten wohl nichts mitbekommen.

Ich rüttelte energisch an Ricks Schulter, und als er endlich die Augen aufschlug, zog ich rasch meine Hand fort und griff nach meinem Gurt.

»Wir setzen gleich zur Landung an. Du solltest dich anschnallen.«

Der verschlafene Blick, den er mir zuwarf, ließ mich wegschauen.

Reiß dich zusammen, Elena Martinelli!

»Danke«, antwortete Rick mit belegter Stimme und schnallte sich ebenfalls an. Dabei berührte seine Hand meine Finger. Die Finger, die gerade eben noch an seinem Arm und seinem Shirt rumgefummelt hatten.

Röte schoss mir in die Wangen. Hatte er etwa doch nicht so fest geschlafen, wie ich gedacht hatte? Hektisch zog ich meine Hand weg.

»Ally«, begann er, ohne zu wissen, dass dies der Spitzname war, den meine Eltern immer verwendet hatten. *Elli*. Aber ausgesprochen hörte es sich gleich an. Niemand sonst hatte mich je so genannt. Ich musste den Kloß hinunterschlucken, der sich deshalb in meinem Hals gebildet hatte. »Paare berühren sich. Du solltest es schon zulassen, wenn ich deine Hand streichle oder sie halten möchte.« Die leisen Worte waren als Mahnung gedacht, doch für mich hörten sie sich eher wie Versuchung an. So, wie alles an ihm mich in Versuchung führte.

»Ja, schon gut. Ab sofort bin ich Allegra und liebe es, von dir berührt zu werden«, scherzte ich, doch es kam der Wahrheit verdächtig nahe. Aber das musste er ja nicht wissen.

Der Blick, mit dem er mich bedachte, bohrte sich in meinen und er ließ seine Hand langsam an meinem Arm hinaufgleiten. Als er mit seinen Fingern die empfindliche Haut an meinem Hals berührte, keuchte ich.

Ich spürte, wie er in meine Haare griff und mich zu sich zog. Eine Gänsehaut wanderte über meinen ganzen Körper und die Luft zwischen uns schien zu vibrieren. Ricks Augen verdunkelten sich und mich überschwemmte eine Welle der Lust. Doch kurz bevor seine Lippen meine berührten, stoppte er und legte stattdessen seinen Mund an mein Ohr. Ein wohliger Schauer rieselte mir den Rücken hinab.

»Das wäre mir zum Beispiel noch nicht nahe genug, ist aber schon mal ein Anfang.« Sein Atem kitzelte an meinem Ohr und meiner kam nur noch stoßweise. »Wenn du meine Verlobte wärst, hätte ich keine Skrupel, dich zu berühren, überall und egal, wo wir uns befänden.«

Die geraunten Worte, die nur ich hören konnte, schossen wie eine Berührung zwischen meine Beine, und ich spürte, wie ich feucht wurde. Meine Augen weiteten sich. »Ich denke, du verstehst. Ich liebe es, meine Verlobte anzufassen, und werde ganz bestimmt nicht vor meiner Mutter damit aufhören.« Samtig weiche Worte, die mich umgarnten und mir den Verstand raubten.

Ein wohliger Schauer lief über meine Haut, als meine Fantasie mir Szenen vorgaukelte, die nicht jugendfrei waren. Als er mich losließ, rief ich mich mühsam zur Räson und drehte meinen Kopf in Richtung des kleinen Fensters.

Von hier oben hatte man eine gute Sicht über Chicago. Erstaunlicherweise hatte ich meine Höhenangst in dem Flugzeug tatsächlich ganz gut im Griff. Doch davon hatte ich seit einigen Minuten ohnehin nichts mehr gespürt, denn mein Herz hämmerte immer noch und mein Körper bettelte darum, von ihm berührt zu werden.

The windy City offenbarte mir einen grandiosen Anblick. Heute war einer der seltenen Tage im Mai, an denen die Temperatur weit über zwanzig Grad wanderte. Die Sonne schien auf die Stadt und zeigte sie von ihrer schönen und beeindruckenden Seite, dennoch konnte mich auch das nicht wirklich von dem Mann an meiner Seite ablenken. Jede Faser meines Körpers nahm seine Anwesenheit zur Kenntnis, doch ich versuchte, ihn nicht noch einmal anzusehen. Der Kerl hätte mit Sicherheit erkannt, wie heiß ich auf ihn war, und das wäre keine gute Basis für die kommenden Tage gewesen. Aber um eine glaubwürdige Verlobte spielen zu können, würde ich das mit dem Ansehen wohl üben müssen.

Warum ich ausgerechnet auf Rick so reagierte, war mir schleierhaft. Klar, er sah gut aus. Doch im Laufe meines Lebens war ich schon vielen attraktiven Männern begegnet. Warum also er?

Da ich keine zufriedenstellende Antwort darauf fand, beschloss ich, den Landeanflug auf Chicago zu genießen und mir alles genau anzusehen, schließlich war ich noch nie aus San Francisco herausgekommen.

Einige Minuten später konnten wir uns abschnallen. Rick schnappte sich unsere beiden Handgepäckteile und trug sie, bis wir im Flughafengebäude ankamen. Steckte in ihm etwa ein Gentleman?

Doch ich kam nicht dazu, mir länger darüber den Kopf zu zerbrechen, denn in diesem Moment schrie jemand hinter der Absperrung: »Ricardo! Ricardo!«

Eine kleine, leicht untersetzte Frau winkte wild in unsere Richtung und trippelte auf uns zu. Ihr mütterlicher Busen wogte in dem geblümten Kleid, das meinem ähnelte, hin und her. In der Kleiderwahl hatte ich ihren Geschmack schon mal getroffen. Das musste dann wohl seine Mutter sein. Meine zukünftige Schwiegermutter, oder besser gesagt, die von Allegra. Ihr akkurater Dutt wackelte hingegen kein einziges Mal, obwohl alles andere an ihr in Bewegung zu sein schien.

»Die Show kann beginnen«, raunte Rick und zwinkerte mir zu, was die Schmetterlinge in meinem Bauch erneut aufscheuchte. Er war mir so nah, dass ich seine Wärme und seinen Geruch wahrnahm. Beides war nicht gerade förderlich für die Funktion meines Hirns. Ich musste wirken, als wäre ich frischverliebt. Hm, vielleicht gar nicht so verkehrt. Trotzdem ungewohnt und irgendwie ... Egal, da musste ich jetzt durch. Wenn, dann wollte ich mein Geld zurecht verdienen.

»Alles klar, Schatz«, antwortete ich frech und setzte ein strahlendes Grinsen auf, ohne mir darüber Gedanken zu machen, ob ich ihn damit herausforderte.

Kurz verharrte er und sah mich eindringlich an, aber

schon im nächsten Augenblick legte sich ein verruchtes Lächeln auf sein Gesicht. »Spiel nicht mit dem Feuer, Ally.«

Sein Arm war plötzlich um meine Taille geschlungen und seine Lippen berührten meine. Zuerst wollte ich mich wehren, dann erinnerte ich mich an den Job, und danach dachte ich gar nichts mehr. Mein Gehirn setzte aus und mein Körper übernahm die Führung. Ich erwiderte den Kuss, ließ zu, dass seine Zunge meinen Mund eroberte. Der Kuss war wild und besitzergreifend und erregte mich. Ich spürte, wie mich zwei starke Arme hielten, während meine Knie weich wie Butter wurden. Ich roch sein Aftershave, das mich zusätzlich berauschte.

Dann ließ er mich los, und ich fühlte mich irgendwie betäubt, schwindelig. Kurz schloss ich die Augen.

Als ich sie wieder öffnete, begegnete ich seinem Blick. Seine Stirn lag in Falten und in seinen Augen erkannte ich die gleiche Verwirrung wie bei mir. Ein weiterer Ausdruck lag darin wie eine unausgesprochene Frage. Aber ich konnte dem nicht folgen, denn mein Gehirn schwebte immer noch auf einer Wolke weit über mir. Dass ich atmen konnte, verdankte ich nur dem körpereigenen Erhaltungsdrang.

Niemals zuvor war ich so geküsst worden!

Dieser Kuss hatte mich aus meinem bisherigen Leben katapultiert, direkt hinein in Ricks Umlaufbahn. Plötzlich bekam ich es mit der Angst zu tun. Was, wenn ich mich nicht mehr selbstständig aus seiner Anziehungskraft befreien konnte?

Endlich gelang es mir, mich von seinem Blick zu

lösen. Ich packte den Griff meines Koffers und ging auf Mrs Colella zu, die uns jetzt erreicht hatte und mich anlächelte, als wäre ich die vermisste Tochter, die endlich nach Hause zurückkehrte. Auf meinem Gesicht erschien wie von selbst ein freundliches Lächeln, denn die Frau machte es einem leicht, sie zu mögen.

Hinter mir hörte ich Rick brummen, dann folgte er mir.

Gott! Wie konnte ich ihm jemals wieder in die Augen sehen? Das würde wahrscheinlich der schwerste Job meines Lebens werden. In meinem Innern tobte ein Hurrikan und wirbelte alles in meinem Gehirn umher. Und die drei Tage hatten erst begonnen.

»Allegra! *Finalmente*! Wie schön, dich endlich kennenzulernen! Wie sehr habe ich darauf gewartet. Viel zu lange, *troppo tempo*!«, begrüßte mich Ricks Mutter überschwänglich und zog mich in eine Umarmung, in der ich wortwörtlich versank.

Zuerst war es mir etwas unangenehm, einer Fremden spontan so viel Nähe zu zeigen, doch dann entspannte ich mich und erwiderte ihre Begrüßung. Ricks Mom roch herrlich nach Vanille und Plätzchen und erinnerte mich an das, was ich durch den Tod meiner Eltern verloren hatte.

»Ricardo, komm her und umarme deine Mamma, wie es sich gehört. *Dai, vieni*«, sagte sie streng, aber sie zwinkerte dabei und das Strahlen in ihren Augen drückte eine Freude aus, wie sie nur Mütter verspüren, wenn sie ihr Kind in den Arm nehmen können.

Rick hob sie kurzerhand hoch, drückte ihr einen

schmatzenden Kuss auf die Wange und stellte sie wieder auf die Füße.

Mrs Colella jauchzte erfreut und strahlte vor mütterlichem Stolz. Die Situation war einfach zu niedlich und ich konnte nicht anders, als mit den beiden zu lachen.

»*Dimmi, cara* – macht er das mit dir auch immer?«, fragte sie mich zwinkernd.

»*Ma no, credimi* – glaub mir, Mom, mit Ally mache ich ganz andere Sachen.«

Mir blieb der Mund offen stehen. Wie redete er in Gegenwart seiner Mutter? Und erneut beschwor er Bilder in meinem Kopf, die mich erröten ließen.

»*Bene*. Das will ich auch hoffen, *ciccio*«, konterte diese und verschlug mir damit noch mehr die Sprache. Offensichtlich hatten die beiden einen lockeren Umgang, was dieses Thema betraf. »Das heißt übrigens Mamma. *Mammma. Senti,* Ricardo Maria Francesco Colella? Du wirst immer mehr Amerikaner, es wird Zeit, dass du und deine zauberhafte Allegra mich öfter besuchen.« Geschickt wechselte sie das Thema.

»Maria?«, fragte ich Rick scheinheilig und er verdrehte lediglich die Augen, anstatt mir eine Antwort zu geben.

»*Allora* … Ally nennt er dich?«, fragte Mrs Colella und nahm damit ihren Sohn in Schutz. Neugierig sah sie nun genauer zu mir.

»Ja, ich finde, Allegra ist ein viel zu strenger Name für mein Mädchen«, erklärte Rick offenherzig. Ich musste mir unbedingt merken, dass er lügen konnte, ohne rot zu werden. Ein wahrer Meister sozusagen.

Sein Blick lag ernst auf mir, auch wenn auf seinen Lippen ein Lächeln zu sehen war.

»*D'accordo*, du siehst viel mehr wie eine Ally aus.« Ihr warmes Lächeln war wie Sonnenschein nach einem langen Winter. »Ich freue mich jedenfalls sehr, dass du meiner Einladung endlich gefolgt bist. Sobald wir zu Hause sind, musst du mir alles über dich erzählen, *va bene*?«

Perplex nickte ich, als sie sich bei mir einhakte. Niemals zuvor war ich so herzlich irgendwo empfangen worden.

»Im Gegenzug bekommst du pikante Details aus Ricardos Leben von mir«, köderte sie mich zwinkernd. »*A proposito*«, sie drehte sich um. »Ricardo, die Koffer, *avanti*. Ich stehe im Parkverbot, der Parkplatz war mir hier zu teuer.«

Diese Frau war voller Energie, wie ein Wirbelwind, und ich konnte mir gut vorstellen, dass es schwer werden würde, sie drei Tage lang belügen zu müssen. Sie war bestimmt niemand, der es einem einfach machte, denn in ihren Augen erkannte ich Intelligenz. Ich hoffte inständig, dass ich ihrer Verhörmethode standhalten konnte.

KAPITEL 9

Rick

Ich hatte erfolgreich dafür gesorgt, dass Elena so gut wie keine Zeit allein mit meiner Mutter verbringen musste. Und das, obwohl Mamma verrückt nach ihrer zukünftigen Schwiegertochter zu sein schien.

Ständig tuschelte sie ihr etwas ins Ohr und zwinkerte mir verschwörerisch zu. Die beiden lachten viel und je mehr ich Elena dabei beobachtete, wie sie sich hier in meinem Elternhaus bewegte und meine Mutter glücklich machte, desto mehr verfiel ich ihr. Nicht auf die romantische Art, nein, dafür war ich nicht der Typ Mann. Eher auf der sexuellen Ebene. Doch ich konnte nicht leugnen, dass ich ihre Gesellschaft auch sonst mehr als angenehm empfand. Seit ich im Flugzeug aufgewacht war, geisterten in meinem Kopf die heißesten Fantasien herum. Ich stellte mir vor, wie sie nackt und stöhnend unter mir lag oder mich wild und ungehemmt ritt.

Ich hatte mit Elena genau den Geschmack meiner Mutter getroffen, aber ich musste zugeben, nicht nur ihren. Denn abstreiten konnte ich nicht, dass mich die kleine Hostess unglaublich scharf machte.

Die kommende Nacht – allein mit ihr in einem Zimmer – würde mich vermutlich umbringen. Sobald sie in meine Nähe kam, bekam ich einen Ständer, der mir fast die Hose sprengte. Selbst dann, wenn meine Mutter unmittelbar daneben stand.

Elena und ich saßen nebeneinander am Tisch, das Essen war schon lang vorbei, und meine Mutter erzählte eine ihrer vielen Anekdoten aus meiner Kindheit. Ich hörte nur mit halbem Ohr zu, denn Elenas Oberschenkel berührte meinen. Entweder sie bemerkte es nicht oder sie war abgebrühter, als ich dachte.

»… und dann kam er mit dieser Zicke, dieser *bisbetica* hier an. Ich hab ihr sofort angesehen, dass sie nur auf seinen neuen Ruhm scharf war. Sie war eine richtige *puttanella*, wenn du weißt, was ich meine. *Capisci*?«

Das Wort *Flittchen* riss mich aus meinen Überlegungen, ob ich nicht doch von meinen Grundsätzen – niemals eine Professionelle zu vögeln – abweichen sollte.

Meine Mutter richtete ihren Blick auf mich. »Ricardo, stimmt´s denn nicht? Ich hatte recht, *vero*?«

»*Chiaro*, du hast immer recht«, stimmte ich ihr wohlwollend zu, obwohl mir nicht ganz klar war, worum sich das Gespräch gerade drehte. Na ja, außer dass es um ein Flittchen ging, dachte ich schmunzelnd.

»Ricardo! Nimm deine Mamma nicht auf den Arm«, maßregelte sie mich. Offenbar hatte sie mein Grinsen falsch interpretiert.

Ich griff nach dem Glas mit Bourbon und trank einen Schluck. »Als ob irgendjemand dich auf den Arm nehmen könnte, ohne dass du es wolltest.« Ich drehte mich zu Elena. »Unterschätze sie nicht. Sie sieht nur so liebevoll aus, in Wirklichkeit hat sie es faustdick hinter den Ohren!«

Ich wackelte provozierend mit den Augenbrauen und brachte Elena damit zum Lachen. Ein ausgesprochen schönes Lachen, wie ich feststellte.

»Du musst zugeben, diese Janet war eine geldgierige Erbschleicherin«, hörte ich Mom sagen.

Ich atmete tief ein. Das war also das Thema gewesen?

»Ja, das war sie und ist es vermutlich immer noch.«

Janet war die einzige Frau, die ich mit hierher genommen hatte. Bis heute. In Janet war ich seit der sechsten Klasse verliebt gewesen und als sie sich mit mir verabredet hatte, konnte ich mein Glück kaum fassen. Meine Mutter hatte mich von Anfang an vor ihr gewarnt, aber wie das so im Leben ist, auf seine Mutter hört man als verliebter junger Mann nicht.

Tja, am Ende war es Jim gewesen, der mir die Augen geöffnet und mich in einen Club mitgenommen hatte, um mir etwas zu zeigen. Als ich Janet dort sah, wie sie sich lasziv auf dem Schoß des Clubbesitzers räkelte und er ihr vor aller Augen die Finger in ihre Muschi steckte, verschwand mein Bedürfnis nach einer festen Beziehung ein für alle Mal. Wegen ihr – und dem, was danach geschah – hatte ich Chicago verlassen.

Ich kippte den Inhalt des Glases hinunter und stand auf. Über Janet zu reden, war definitiv nicht das, was ich jetzt tun wollte, also griff ich nach Elenas Hand. »Entschuldige, Mom, aber es war ein langer Tag. Ally ist wahrscheinlich ebenso müde wie ich.«

»Ricardo! Ich bin deine *Mamma*! Denk an deine Wurzeln.«

Ich nickte nur, zog Elena hastig hinter mir her und achtete nicht auf das Kichern meiner Mutter, die mich besser kannte, als es mir recht war.

Ja, ich wollte eindeutig meine Grundsätze über Bord werfen, und Elena war die pure Verlockung.

Ich war wütend. Janets Erwähnung und die Erinnerung an das, was damals vorgefallen war, schmeckte selbst nach all den Jahren verdammt gallig. Und wenn mich etwas misslaunig machte, war das beste Mittel, den Ärger zu vertreiben, mir das Hirn rauszuvögeln.

Mit dem festen Ziel genau das zu tun, zog ich Elena die Stufen hoch in den zweiten Stock, wo einst mein eigenes Reich gewesen war. Kaum waren wir durch die Tür, stieß ich sie mit einem Fuß zu.

Elena sah mich mit großen Augen an, leckte sich über die Lippen und öffnete sie leicht. Sie wusste eindeutig, was ich wollte. Ihre Augen glänzten und Röte überzog ihre Wangen. Abwartend sah sie mich an.

Konnte sie wirklich meinen, was ich in ihrem

Gesicht las? *Komm doch her und nimm dir, was du brauchst.*

Verdammt, ja! Ich wollte, dass sie genau DAS meinte!

Mehr brauchte ich nicht. Ich stürzte mich auf sie und ihr Mund gehörte augenblicklich mir. Sie erwiderte meinen Kuss voller Begehren.

Fuck! Die Frau war Verlockung pur!

Ich biss in ihre Unterlippe und entlockte ihr ein Stöhnen. Es war der heißeste Laut, den je eine Frau in meinen Armen von sich gegeben hatte. Er drang in mein Unterbewusstsein und setzte sich dort fest, damit ich ihn nie wieder vergessen konnte.

Zwischen uns lag eine zittrige Erwartung, die mir den Atem stahl. Hitze strömte von einem zum anderen und unser leises Keuchen fachte unsere Lust nur noch mehr an.

Heute war auf jeden Fall kein Tag für Grundsätze. Heute würde ich auf scheinheiliges Getue verzichten und das tun, wonach mir der Sinn stand: geradliniger Sex, ohne Verpflichtungen. Diese Frau in meinen Armen war heiß, und ich würde ihr zeigen, wie ich es gern wollte.

Elena keuchte, als ich sie gegen die Tür schob und zwischen mir und dem Holz einkeilte. Ihre zarten Arme legten sich um meinen Hals und sie presste sich an mich. Ihr Körper schrie nach mir, oh ja, und wie er schrie!

Entschlossen wanderte ich mit meiner Hand über ihr Schlüsselbein, ihre weiche Haut, die so köstlich duftete, und umschloss besitzergreifend eine ihrer

Brüste. Elena stöhnte erneut auf und entlockte mir damit ein kehliges Lachen. Ja, wir passten hervorragend zueinander.

Sie war perfekt. Alles an ihr gefiel mir. Elena war rein äußerlich betrachtet meine Allegra. Die Allegra, die ich mir auf den Leib geschneidert hatte. Nach meinen Wünschen erdacht, um meine Mutter zufriedenzustellen. Doch dann hörten die Gemeinsamkeiten schon auf. Elena war keine Frau für eine Beziehung, aber ihren Körper wollte ich mir nicht entgehen lassen.

Heiß, willig und begierig auf mehr lag sie in meinen Armen und war im Begriff, meine verruchtesten Fantasien real werden zu lassen.

Wir sprachen nicht miteinander, wir sahen uns nur hin und wieder in die Augen, küssten, bissen und leckten uns. Es war wie eine Choreografie, die wir einstudiert hatten. Perfekt aufeinander abgestimmt. Doch jetzt war keine Zeit mehr für Gedanken, jetzt übernahmen meine animalischen Instinkte die Führung.

Heilige Scheiße, ich würde meine Allegra ficken.

Heute!

Jetzt!

Sofort!

Die ganze Nacht!

Meine Finger glitten über ihren Oberkörper, der sich einfach wahnsinnig gut anfühlte, und ich wollte mehr davon. Sehr viel mehr!

Fahrig zog sie am Saum meines Shirts. Mit einem kehligen Lachen löste ich mich von ihr und unsere Blicke begegneten sich. Die Lust, die ich in den schönen blauen Augen sah, stachelte mich nur noch mehr an.

Schmerzhaft drückte sich mein Schwanz gegen den Reißverschluss meiner Jeans und wollte befreit werden.

Langsam zog ich das Shirt aus, sodass sie das Spiel meiner Muskeln genau beobachten konnte. Es funktionierte, ihre Augen weiteten sich begehrlich, ihre Lippen waren leicht geöffnet, und das Zittern der Erregung hatte sie im Griff. Ehrfürchtig berührte sie meinen Oberkörper und zog die Linien meines Six Packs nach. *Yeah, Baby, fass mich an.* Allein die Berührung ihrer Finger genügte, um die Spannung in meiner Hose auf ein kaum mehr zu ertragendes Maß zu steigern.

Begehren loderte in ihrem Gesicht auf. Sie war heiß, heiß auf mich, und das tat meinem Selbstwertgefühl verdammt gut.

»Elena, was machst du mit mir?«, stöhnte ich auf, griff nach ihrer Hand und legte sie auf die mittlerweile gut sichtbare Beule in meiner Hose. Ihr entkam ein Keuchen. Steinhart presste ich mich gegen ihre Finger und im nächsten Moment drückte ich wieder meinen Mund auf ihren.

Anschließend küsste ich Elenas Hals, knabberte daran, und gleichzeitig zog ich den Rock ihres Kleides Zentimeter für Zentimeter nach oben.

Ihre nackten Schenkel waren fest und seidig und meine Hand war nicht mehr weit entfernt von ihrer Pussy. Als ich den Bund des Höschens erreichte, ließ ich meine Finger provozierend langsam unter den Stoff gleiten. Aufstöhnend spreizte sie die Beine, ging ein wenig in die Knie. Als ich weiter über ihren Venushügel hinab strich und ihre Klit berührte, quoll ein spitzer, verhaltener Schrei über ihre Lippen.

»So bereit für mich. So heiß«, raunte ich an ihrem Ohr.

Ihr Körper glühte regelrecht. Sie war erregt, sie war feucht und wie Wachs in meinen Händen. Genau so, wie ich sie haben wollte. Ich zog den Finger zurück und schob ihn mir in den Mund. Ihre Pupillen weiteten sich und ihr süßer Mund bildete ein »Oh«.

Sie geilte mich so dermaßen auf, dass ich aufpassen musste, nicht jetzt schon abzuspritzen. Allein die Vorstellung, wie sich ihre Lippen um meinen Schwanz legten und zu saugen begannen, brachte mich fast so weit.

Mit einem erstickten Laut presste ich meine Lippen auf die ihren und küsste sie. Diesmal härter und fordernder.

Sie krallte sich in mein Haar und zog meinen Kopf näher zu sich. Ich musste grinsen. Elena hatte eindeutig das feurige Blut ihres sizilianischen Großvaters geerbt. Sie war Leidenschaft pur und ich ließ sie gewähren. Ließ ihr das Gefühl, für einen Moment die Kontrolle über mich zu haben.

»Rick!«, stieß sie atemlos hervor.

Ich antwortete nicht, stattdessen öffnete ich den Reißverschluss ihres Kleides. Im nächsten Augenblick stand Elena nur noch in BH, Höschen und Pumps vor mir und um ihre Füße bauschte sich ein Berg Stoff. Meine Augen glitten über ihren fantastischen Körper. Sie fühlte sich nicht nur perfekt an, sie hatte auch die Rundungen an den richtigen Stellen. Erotisch und schön wie eine römische Göttin stand sie vor mir. Aus ihrer Hochsteckfrisur hatten sich einige Strähnen gelöst und umrahmten ihr Gesicht.

Kurzerhand hob ich Elena hoch, trug sie zu dem Bett und legte sie sanft auf die weichen Daunen.

Wieder versanken wir in den Augen des anderen und konnten die Verbindung nicht unterbrechen. Ich drohte zu ertrinken und etwas rüttelte an mir, das mehr als Sex war, aber ich schob es weit fort von mir und konzentrierte mich auf Elenas Körper, der willig vor mir lag.

Vorsichtig löste ich die Haarspange aus ihrem Haar, griff hinein und grinste.

»Das wollte ich gestern schon tun.«

»Was?«, fragte sie lächelnd und bäumte sich mir entgegen. »Mein Haar befreien?«

»Nicht ganz. Eher hineingreifen und deinen Kopf daran nach hinten ziehen, damit ich mich über deinen Hals und deinen Busen hermachen kann. Mein Griff wird dich wehrlos machen und ich werde dich lecken, bevor ich dich ficke. Willst du das?«

Provozierend legte sie ihren Kopf in den Nacken und ich verstand die Aufforderung. Meine Lippen wanderten heiß über Elenas Dekolleté und saugten durch den Stoff des BHs an ihrer Brustwarze.

»Ja! Oh ja! Ich will es«, keuchte sie und rieb ihren zarten Körper an meinem.

Elena war offenbar der Meinung, dass die Hose, die ich noch immer trug, gewaltig störte. Entschlossen, die Barriere, die uns trennte, zu beseitigen, griff sie nach dem Gürtel und begann, ihn zu öffnen. Doch ich war kurz davor, abzuspritzen. Würde ihre Hand auch nur in die Nähe meines Schwanzes kommen, wäre ich erledigt. Also entwand ich mich ihr und ließ stattdessen meine Lippen tiefer nach unten gleiten. Geschickt zog ich ihr den Slip aus – auf dem, wie konnte es anders sein, Blumen aufgedruckt waren – und als mein heißer Atem ihre Mitte traf, öffneten sich Elenas Beine wie von selbst und entblößten mir den Blick auf das Paradies.

Das Bild, das sich mir bot, riss mich mit sich. Sie war so wunderschön und so verdammt bereit für mich, dass ich kaum noch an mich halten konnte.

KAPITEL 10

Elena

Ich lag beinahe nackt in Ricks Bett, nur die Schuhe und den BH hatte ich noch an, und war erregt wie noch niemals zuvor in meinem Leben.

Ich fieberte ihm entgegen, atmete flacher, und dann berührten seine Lippen meine Scham. Zischend zog ich die Luft ein und er verharrte kurz, ehe er seinen Atem ausstieß. Allein der warme Lufthauch sorgte dafür, dass sich in mir alles zusammenzog und etwas Gewaltiges bereit machte. Wild pochend breiteten sich Lustwellen in meinem Körper aus und ich krallte stöhnend meine Hände in das Laken.

Dann spürte ich seine Zunge an meiner Klit, und ich hörte mich selbst lustvoll aufschreien. Hinter meinen Lidern tanzten Sterne, als Rick anfing, mich mit seiner Zungenspitze an meiner empfindlichsten Stelle zu stimulieren. Geschickt neckte, leckte und erregte er mich immer weiter. Ich hatte das Gefühl, zu schweben und zu fallen, alles zur gleichen Zeit. Mein Körper stand in Flammen und ich konnte nicht mehr stillliegen. Ich drückte mich fester an seinen Mund. Er lachte kehlig auf und seine Hände legten sich unter meinen Po und zogen mich noch ein Stück näher. So hatte er mehr Kontrolle über mein Becken, während seine Zunge mich immer weiter trieb und ich kurz vor der Explosion stand. Ich war ihm ausgeliefert, nicht mehr fähig, auch nur einen einzigen klaren Gedanken zu fassen. All mein Sein konzentrierte sich auf die pochende Stelle zwischen meinen Beinen, und die Lustblitze, die mich durchzuckten.

Plötzlich drang er ganz langsam mit zwei Fingern in mich ein.

»Gott, bist du nass, Babe!«, stöhnte er an meiner Scham, und die Vibration seiner Worte trieb mich weiter und katapultierte mich hoch hinaus. Ein phänomenaler Orgasmus überschwemmte meinen Körper und ich schrie Ricks Namen laut hinaus. Niemals zuvor hatte ich etwas so Mächtiges, so Schönes erlebt. Mein ganzer Körper bebte und zuckte, während ich wimmernd dalag.

Atemlos genoss ich Welle um Welle, und Rick liebkoste mich zärtlich weiter, zog so den Orgasmus in die Länge.

Als ich langsam wieder zu Atem kam, beraubte er mich seiner Finger und entledigte sich zuerst seiner Jeans und dann der Shorts. Erwartungsvoll sprang mir sein Schwanz prall und hoch aufgerichtet entgegen. Er sah riesig aus und glänzte im Schein der Lampe. Meine Finger griffen nach ihm. Samten und hart lag er in meiner Hand. Rick hielt gespannt den Atem an, während ich über die seidigweiche Haut strich.

»Du kostest mich mein letztes bisschen Selbstbeherrschung, du Teufelin«, scherzte er und keuchte leise, als er sich zu seiner Hose beugte und ein Kondom aus der Tasche fischte. Widerstrebend ließ ich ihn los, nahm ihm das kleine Päckchen ab und öffnete es mit den Zähnen, während ich ihn nicht aus den Augen ließ.

Rick sah so atemberaubend aus, dass ich kurz innehielt und ihn nur ansah. Gott, dieser Mann war so heiß, dass ich erneut bemerkte, wie sich die Lust in mir aufbaute.

Langsam stülpte ich ihm das Gummi über seinen Penis und hielt dann den Atem an.

Ricks Augen wanderten über meinen Körper, ich spürte seinen Blick wie eine leichte Berührung. Auf seinen Lippen lag ein verruchtes Lächeln. Und dann drang er in mich ein, füllte mich aus, und … oh Gott! Er war so hart, heiß und genau richtig für mich. Mit einem kräftigen Stoß ließ er mich nach Luft schnappen, und meine inneren Muskeln zogen sich spontan zusammen.

Langsam und rhythmisch begann er, sich in mir zu bewegen, und es fühlte sich so perfekt an, so gut. Er bewegte sich schneller in mir und ich folgte seinem Rhythmus. Mit jedem Stoß ritt er mich auf einen weiteren Orgasmus zu – hart und unnachgiebig. Meine Lust steigerte sich ins Unermessliche. Ich hatte das Gefühl, gleich zerspringen zu müssen. Während ich einen Blick in seine dunklen, vor Lust vernebelten

Augen warf, bog ich mich ihm entgegen und ein weiterer Orgasmus schüttelte mich durch. So gewaltig, dass auch Rick sich nicht länger beherrschen konnte. Ich hörte seinen Atem flacher werden und meine Erregung flammte erneut auf, ließ meinen eigenen Orgasmus nicht abebben, weil allein der Anblick dieses Mannes mich so sehr erregte.

Rick steigerte plötzlich das Tempo noch mehr und mit einem tiefen Stöhnen bohrte er sich ein letztes Mal in mich hinein, berührte mein Innerstes.

Als er still verharrte und zum Höhepunkt kam, sah er so schön aus, so wunderbar männlich und stark. Immer wieder zogen sich meine inneren Muskeln um seinen Penis zusammen und es lag etwas sehr Sinnliches in der Luft, wie wir beide unseren eigenen Orgasmus genossen und dabei den anderen beobachteten.

»Elena!«, stieß Rick atemlos hervor und sackte dann neben mir zusammen. Keuchend sah er mich an. In seinen Augen lag ein befriedigtes Leuchten. »Das war der Wahnsinn!«

Ich lächelte verschämt, denn eigentlich war ich nicht besonders erfahren, was Männer betraf. Bisher hatte ich erst eine Beziehung geführt, und Matteo und ich waren einmal mit einem One-Night-Stand schwach geworden, den ich anschließend bitter bereut hatte.

Aber das hier, war so anders, so unglaublich besonders gewesen, dass ich Rick ebenfalls nur anstarren konnte. Er erwiderte mein Lächeln und strich zärtlich mit einem Finger über meine Wange.

Ich wurde nervös. Die Erinnerung an meine

wenigen Erfahrungen und der Anblick des heißesten Kerls ever ließen mich kurz innehalten. Ich konnte es immer noch nicht fassen. Hatte ich gerade wirklich mit meinem vorübergehenden Boss Sex gehabt? Einem Mann, den ich nicht wirklich kannte?

In meinem Kopf blinkte eine große Leuchttafel auf: Ja! Ja! Ja! Ja, das hatte ich und es war fantastisch gewesen. Der beste Sex, den ich je gehabt hatte.

Es war, als hätte ich eine verbotene Frucht gekostet, eine, die einen süchtig machte, die so gut schmeckte, dass man nie wieder eine andere essen wollte, da sich der Geschmack in die eigenen Sinne einbrannte. Dieser Sex konnte niemals übertroffen werden. Für mich war Sex mit Rick das Nonplusultra – die Perfektion. Wie sollte ich jemals wieder mit einem anderen schlafen können, ohne an den Mann neben mir zu denken?

Ein wenig befangen angesichts dessen, was ich gerade mit einem Typen getan hatte, der mir im Grunde genommen fremd war, zog ich mir die Bettdecke über den Körper.

Auf Ricks Gesicht erschien ein schiefes Grinsen. »Du spielst die Rolle der Allegra so gut, dass ich beinahe selbst glaube, du wärst sie.«

Kopfschüttelnd und immer noch grinsend, stand er auf und ging nackt durch das Zimmer in das angrenzende Bad.

Was sollte der Spruch gerade? Glaubte er etwa, dass ich wegen des Jobs mit ihm ins Bett gehüpft war? Glaubte er, dass ich so etwas für Geld tat? Vielleicht sogar regelmäßig? Oh mein Gott! Das konnte er doch nicht ernst meinen?

Augenblicklich fühlte ich mich mies.

Von einer Sekunde auf die andere sammelten sich heiße Tränen in meinen Augen. Niemals zuvor in meinem Leben war ich in dem einen Augenblick so glücklich gewesen und im nächsten dermaßen vor den Kopf gestoßen worden!

Was glaubte er, wer ich war? Eine Professionelle? Ja klar, eine Hostess …

Mit einem erstickten Schluchzer schlug ich mir die Hand vor dem Mund. Vermutlich taten das Hostessen auch, für genügend zusätzliches Geld. Würde er mich jetzt für den Sex bezahlen wollen?

Hastig zog ich meine Unterwäsche wieder an. Ich fühlte mich schmutzig und missbraucht, obwohl der Sex einvernehmlich gewesen war. Jedoch waren wir beide wohl mit völlig verschiedenen Ansätzen an die Sache herangegangen.

Aus dem Koffer holte ich meinen Jogginganzug und schlüpfte hinein, dann zog ich noch die Laufschuhe an und stürzte aus dem Zimmer.

Ich musste hier raus. Raus aus diesem Haus, das mich verwirrte und mich einlullte. Fort von diesem Kerl, der offenbar Frauen für Sex bezahlte, und das im Haus seiner Mutter. Rick war ein Lügner, ein Mann, der glaubte, mit Geld alles kaufen zu können.

Der Abend war toll gewesen und ich hatte mich super mit Ricks Mutter unterhalten. Sie war eine herzensgute Frau und sie machte es mir leicht, mich ihr zu öffnen. Natürlich barg das auch die Gefahr, dass ich ihr zu viel erzählte, weshalb ich es abgelehnt hatte, Alkohol zu trinken.

Immer wieder war mein Blick zu dem Mann gehuscht, der mich mit hierher genommen hatte. Seine Art, wie er entspannt am Tisch gesessen und an seinem Bourbon genippt hatte, faszinierte mich. Auch, wie er mich angesehen hatte, wie er roch und ganz zu schweigen, wie er aussah in dem engen Shirt und der Jeans.

Doch plötzlich hatte sich die ganze Situation völlig gewandelt. Kopflos hatte ich mich von Rick aus dem Esszimmer zerren lassen. Obwohl ich neugierig war, warum er beim Namen Janet so überreagierte, hatte ich in diesem Moment genug damit zu tun gehabt, nicht über meine Füße zu stolpern. Er hatte ein Tempo an den Tag gelegt, dem ich in meinen hochhackigen Schuhen kaum hatte folgen können. Doch der schraubstockartige Griff um meine Hand hatte ein Langsamerwerden nicht zugelassen. Und dann? Dann war die Situation eskaliert.

Er war ein Sexgott!

Stopp! Das tat nichts zur Sache. Ich durfte mich nicht von meinem Körper beeinflussen lassen. Und was anderes war das hier nicht gewesen. Etwas ganz Simples, etwas Sexuelles, nichts, das von Bestand war. Etwas, das ich vergessen musste und nicht an mich heranlassen durfte.

Leise stieg ich die Treppe hinunter. Hier unten war es still und dunkel. Mrs Colella war bestimmt schon ins Bett gegangen. Gut, denn ich wollte ihr auf keinen Fall begegnen, nachdem ich bei einem welterschütternden Orgasmus das ganze Haus zusammengeschrien hatte. Ich wusste nicht, ob ich in dem emotionalen Ausnahmezustand, in dem ich mich gerade befand, hätte lügen können. So verließ ich das Haus glücklicherweise unentdeckt.

Draußen atmete ich tief die kalte Luft ein. Zwar war der Tag außergewöhnlich warm gewesen, doch in der Nacht zeigte Chicago wieder sein normales Klima. Fröstelnd zog ich die Schultern hoch und sah zum sternenklaren Himmel empor.

Auf was hatte ich mich da bloß eingelassen? Ich schämte mich nicht, Lust empfunden und diese auch ausgelebt zu haben. Nein, dafür nicht. Aber die Tatsache, dass Rick glaubte, ich würde das öfter machen und alles wäre wegen des Geldes nur gespielt gewesen, wurmte mich doch mehr, als es mir lieb war. Es verletzte mich. Sehr.

Mir graute es davor, Rick gegenüberzutreten, nachdem ich nun wusste, was er von mir dachte. Am liebsten hätte ich mich in den nächsten Flieger gesetzt und wäre nach Hause geflogen. Aber das war nicht möglich. Ich hatte kein Geld für ein Ticket. Ich war pleite wie eine Kirchenmaus und hatte einen Vertrag unterschrieben, dass ich für drei Tage und drei Nächte die Freundin von Ricardo Colella spielen würde.

Dass ich mich dazu hatte verleiten lassen, mit ihm ins Bett zu hüpfen, war ein Problem, änderte aber nichts an dem Vertrag, den ich zu erfüllen hatte. Ich musste mich zusammenreißen und meinen Stolz hinunterschlucken. Und ich musste eindeutig die Anziehungskraft dieses Mannes ignorieren, ansonsten würde ich am Ende dieses Jobs mit einem gebrochenen Herzen dastehen, denn ich merkte schon jetzt, dass ich mich nicht nur auf der körperlichen Ebene für Rick interessierte. Egal wie oft ich es in den letzten Minuten versucht hatte, mir selbst einzureden. Das war Mist, jedoch war ich nicht verliebt, was es einfacher machte.

Das Handy in meiner Hand vibrierte und ein Blick auf das Display zauberte ein Lächeln auf mein Gesicht, obwohl mir eher nach Heulen zumute war.

»Hey, Sweetie«, begrüßte ich Sandy.

»Hey, du unartiges Mädchen«, hörte ich sie sagen. Sie klang so nah und ich konnte mir kaum vorstellen, dass die halbe Welt uns trennte. Gott! Wie ich sie vermisste!

»Ich doch nicht!«, gab ich kichernd von mir, obwohl mir nicht wirklich nach lachen zumute war.

Sandy räusperte sich. »Also, ich habe diesen Colella mal gegoogelt und jetzt weiß ich auch, woher ich den Namen kenne. Der war schon öfter in den Kochshows zu sehen und vor ein paar Jahren hat er sogar eine eigene gehabt. Und jetzt halt dich fest: Der hat mehr Kohle, als du dir vorstellen kannst. Lass dir also ordentlich Trinkgeld geben.«

Ich brauchte ein paar Sekunden, um das zu verarbeiten, was sie mir da gerade erzählt hatte. »Oha!«

»Ja, das war auch meine erste Reaktion, als ich die Bilder von dem heißen Kerl gesehen habe. Der ist absolut scharf!«, gab Sandy stöhnend von sich.

Ich verdrehte die Augen. »Ja, kann schon sein.«

»Kann schon sein? Bist du blind?«

»Nein, bin ich nicht«, erwiderte ich mürrisch. Warum stieß es mir so bitter auf, dass meine beste Freundin den Kerl, mit dem ich gerade im Bett gewesen war, heiß fand? Warum wohl!

»Elena?«, kam es eindringlich aus dem Telefon.

»Mh?«

»Lass dich nicht von ihm angraben, hörst du?« Sandy hatte einen guten Riecher, was meine Gefühlswelt betraf. Ich war mir nicht sicher, ob sie nicht schon längst etwas vermutete.

»Ja, ich höre!« Kam es mir nur so vor, oder hatte Sandy die Mutterrolle für mich übernommen?

»Der Typ lässt nix anbrennen. Der wechselt seine Betthäschen wie andere ihre Unterwäsche, okay?«

Meine Freundin klang ernst. Mal wieder machte sie sich Sorgen um mich. Das war zwischen uns beiden normal. Gemeinsam waren wir durch dick und dünn gegangen, bis sie die Liebe ihres Lebens gefunden hatte und Australien Amerika vorzog. Bis vor Kurzem hatte ich mir Sorgen um sie gemacht, weil sie mit einem Mann so einfach mal auf einen anderen Kontinent zog. Tja, so schnell konnte sich das ändern.

»Ich pass auf mich auf. Mach dir keine Sorgen« sagte ich.

Allerdings glaubte ich selbst nicht, was ich da gerade von mir gegeben hatte.

KAPITEL 11

Rick

Elena?« Erstaunt stellte ich fest, dass sie nicht da war, als ich aus dem Bad zurückkam. Ich blickte auf die Uhr.

Wo war sie hingegangen? Es war schon nach Mitternacht. Hatte sie noch einmal Hunger oder Durst bekommen? War sie eine Frau, die abends noch einen Spaziergang machte, ehe sie ins Bett ging?

Ich wusste so wenig von ihr. Viel zu wenig. Das wollte ich in den nächsten Tagen ändern. Sobald wir mal ein paar Minuten allein hätten, würde ich ihr ein paar Informationen aus der Nase ziehen. Nicht, dass ich da irgendwelche festen Absichten verfolgte.

Mein Interesse war geweckt. Was für ein Mensch war sie? Warum hatte sie sich dazu entschieden, den

Weg einer Hostess einzuschlagen? Warum konnte sie nicht in ihrem seriösen Beruf Fuß fassen? Oder machte es ihr sogar Spaß, die Hostess und das Sexpüppchen für reiche Arschlöcher wie mich zu spielen?

Ich nahm mir vor, dass das gerade eben ein einmaliger Ausrutscher bleiben sollte, auch wenn ich zugeben musste, dass ich selten so viel Spaß im Bett gehabt hatte. Dennoch durfte es nicht wieder vorkommen. Dabei ging es mir nicht um das Geld, das sie eventuell für ihre extra Dienste berechnen würde. Nein, es war der moralische Aspekt. Auch wenn ich kein Heiliger war und mehr Betthäschen gehabt hatte, als ich zu zählen bereit war, war ich immer noch ein Mann mit Moral. Ich nahm, was mir angeboten wurde, wenn ich es haben wollte, aber ich bezahlte nicht für körperliche Nähe und erst recht nicht für Sex. Das hatte ich definitiv nicht nötig.

Nachdenklich zog ich eine frische Boxershort an und schlüpfte unter die Decke des Kingsize Bettes. An Schlaf war nicht zu denken, zu aufgekratzt war ich von dem genialen Sex, den ich mit Elena gehabt hatte.

Ich konnte mich nicht erinnern, dass ich jemals so abgegangen war.

Unruhig stand ich auf, weil ich schon wieder scharf war auf Elena. Allein an sie zu denken, hatte genügt, um die Beule in meiner Shorts hart werden zu lassen.

Ich ging zum Fenster und öffnete es. Dann stutzte ich. Elena saß unter dem Kirschbaum, den mein Vater anlässlich meiner Geburt gepflanzt hatte, und starrte zum Mond empor. Ich konnte nur ihren Rücken sehen und fragte mich unwillkürlich, welchen Ausdruck ihr Gesicht wohl hatte. Sah es verträumt aus, weil sie genau wie ich über den grandiosen Sex nachdachte, den wir beide gerade gehabt hatten?

Dann bemerkte ich, dass sie ein Handy in der Hand hielt und telefonierte. Mit wem sprach sie um diese Uhrzeit? Es war nach Mitternacht. Hatte sie etwa einen Freund? Einen Verlobten oder gar einen Ehemann? Einen Mann, der es duldete, dass sie so ihr Geld verdiente? Es vielleicht sogar geil fand, wenn er sich vorstellte, wie sie es mit anderen Kerlen trieb?

Unwillkürlich ballten sich meine Hände zu Fäusten. Ich war wütend. Zugegeben, Eifersucht oder auch Besitzdenken war sicher mit im Spiel. Angewidert von meinen eigenen Gedanken, schloss ich das Fenster, legte mich wieder hin und verschränkte die Arme hinter dem Kopf.

Das knarzende Geräusch der vorletzten Treppenstufe riss mich aus meinen Gedanken.

Die Tür öffnete sich leise und Elena schlich sich ins Zimmer. Der Vollmond schien hell durchs Fenster, weshalb sie kein Licht anmachen musste, um sich orientieren zu können.

Ich tat, als ob ich schon schliefe, und beobachtete sie unter gesenkten Augenlidern. Sie wirkte beinahe unsicher, doch das musste ich mir einbilden. Selten hatte ich eine Frau erlebt, die selbstsicherer auftrat als sie.

Elena fischte sich ein paar Dinge aus ihrem Koffer und verschwand im angrenzenden Badezimmer.

Das Rauschen der Dusche beschwor erotische Bilder

herauf. Mein Schwanz schwoll erneut an und ich stöhnte angesichts der Tatsache, dass lediglich ein Fingerschnipsen dieser Frau genügte, um ihr wie ein Hündchen unter die Dusche zu folgen.

Das ging eindeutig zu weit! Wenn überhaupt, folgten die Frauen *mir*!

Reiß dich zusammen, Rick!

Genervt drehte ich mich auf die Seite und versuchte, die Geräusche aus dem Badezimmer auszublenden. Es fiel mir schwer, doch dann dachte ich daran, dass sie das, was sie vorhin mit mir getan hatte, höchstwahrscheinlich permanent mit anderen Männern machte. Gut, ich auch mit anderen Frauen. Aber es war ein Unterschied, ob man etwas aus Lust oder mit kaltem Kalkül gegen Kohle tat. Obwohl es sich nicht angefühlt hatte, als ob es ihr keinen Spaß bereitete, wollte ich dafür nicht meine Hand ins Feuer legen. Diese Frau war berechnend, clever und eine verdammt gute Schauspielerin. Ich wusste nichts über sie. Rein gar nichts, außer ihrer Adresse und ihrem Namen … Und dass sie im Bett eine Granate war.

Elena kam aus dem Badezimmer.

Wir hatten früher am Tag vereinbart, dass wir uns das Bett teilen wollten, schließlich waren wir erwachsene Menschen, die sich beherrschen konnten, ohne übereinander herzufallen. Doch da hatte ich noch nicht gewusst, wie stark ich sein musste, um das zu bewerkstelligen. Und wie gut das bisher geklappt hatte, wusste ich ja jetzt.

Dennoch verharrte ich regungslos, spürte, wie sie

sich auf ihre Seite des Bettes legte, und hörte die Decke rascheln.

Verdammt, neben Elena zu liegen mit einem steinharten Schwanz und sie nicht berühren zu können, weil ich es mir selbst untersagte, schien eine unmenschliche Aufgabe. Es überschritt fast das Potenzial meiner Selbstbeherrschung, denn mein Schwanz wollte unbedingt zurück in ihre heiße Nässe und sich dort vergraben.

Erst ihre regelmäßigen Atemgeräusche beruhigten meine überreizten Sinne und ließen mich ebenfalls zur Ruhe kommen.

Das Erste, woran ich dachte, als ich aufwachte, war Elena. An ihren Körper, ihre Küsse und den Sex, den ich am liebsten sofort wiederholen wollte. Mein schlaftrunkenes Hirn schob sämtliche Bedenken zur Seite und suggerierte mir, dass Sex am Morgen mit Elena genau das war, was ich jetzt brauchte. Mein Schwanz war jedenfalls wacher als der Rest meines Körpers.

Langsam drehte ich mich zu ihr. Und wurde enttäuscht.

Offenbar war sie schon aufgestanden.

Schlagartig war auch der Rest von mir wach.

Ich lauschte. Kein Geräusch im Badezimmer. Sie war weder im Zimmer noch im Bad.

Meine *Verlobte* hatte sich wohl dazu entschlossen,

meiner Mom beim Vorbereiten des Frühstücks unter die Arme zu greifen.

Tapfer ignorierte ich den Ständer in meinen Shorts, sprang aus dem Bett und stieg in meine Jeans.

Kurz hielt ich inne und überlegte. Oder ging sie morgens vielleicht laufen? Wieder eine Sache, die ich über Flower Ally herausfinden wollte.

KAPITEL 12

Elena

Der Gedanke, dass der Mann, mit dem ich gestern Sex gehabt hatte, anscheinend davon ausging, ich würde das öfter machen, und zwar für Geld, schmerzte immer noch und verletzte meinen Stolz. Ich sah Rick eine Weile beim Schlafen zu, schickte Sandy eine Nachricht, dass es mir gut ging, dann schlich ich mich ins Badezimmer und machte mich für den Tag zurecht.

Nach der Dusche zog ich mir eine enge Jeans und einen locker-weichen Pullover über. Der Wetterbericht hatte ab Mittag Regen und Wind gemeldet, sodass ich heute wohl keins der Kleider tragen konnte, die ich eingepackt hatte. Als ich aus dem Fenster blickte, kündigten dunkle Wolken bereits die Schlechtwetterfront an.

Ich könnte nach unten gehen und schauen, ob ich einen Kaffee bekommen würde, und Rick schlafen lassen. Sicher würde er mich nicht gern mit seiner Mom allein lassen. Da sie offenbar Lügen schnell durchschaute, war das verständlich. Aber ich war seit zwei Stunden wach, eine der Nebenwirkungen des Bäcker- und Patisseriehandwerks: Man stand auf, wenn andere erst ins Bett gingen.

Im Erdgeschoss war es still. Vielleicht hatte Mrs Colella ja den gleichen festen Schlaf wie ihr Sohn? Auf leisen Sohlen schlich ich neugierig in die Küche und roch bereits im Flur den frisch gebrühten Kaffee.

Als ich einen Blick in den gemütlichen Essbereich warf, sah ich Ricks Mom am Tisch sitzen, vor sich eine dampfende Tasse Kaffee und in der Hand ein altes, bereits leicht vergilbtes Fotoalbum. Sie hatte mich noch nicht bemerkt und ich räusperte mich.

»Guten Morgen.«

»Oh, Ally. *Boungiorno, cara*. Nimm dir einen Kaffee und setz dich zu mir«, begrüßte sie mich lächelnd, doch ich konnte in ihren Augen sehen, dass darin unvergossene Tränen schwammen.

»Sehr gern.« Das ließ ich mir nicht zweimal sagen und trat zu der Kaffeemaschine, neben der bereits zwei weitere Tassen standen. Ich griff nach einer mit Blumen verzierten Henkeltasse und ließ die hellblaue für Rick stehen.

»Wenn du Milch magst, im Kühlschrank steht welche«, hörte ich Mrs Colella sagen.

Rasch goss ich mir zuerst den Kaffee und dann die Milch in die Tasse, um mich anschließend zu Ricks

Mom an den Tisch zu setzen. Ich war zwar schon eine Weile wach, aber mein Gehirn schien noch im Ruhemodus zu sein. Ich gierte regelrecht nach dem schwarzen, bitteren Getränk.

Mrs Colella nahm einen Schluck Kaffee, während sie mich über den Rand der Tasse beobachtete. Ihre andere Hand lag dabei auf dem Fotoalbum. Zu gern hätte ich einen Blick hinein geworfen.

»Hast du gut geschlafen?«, fragte sie mich.

Irrte ich mich oder war da ein zweideutiger Ton in ihren Worten? Ich beschloss, nicht darauf einzugehen, weil es mir gerade jetzt in diesem Moment peinlich war, wie laut wir gewesen sein mussten. Gestern hatte ich an seine Mutter, die ein oder zwei Stockwerke tiefer im gleichen Haus anwesend war, keinen Gedanken mehr verschwendet. Warum eigentlich nicht? Dann wäre ich eindeutig leiser gewesen.

»Ja, danke, sehr gut sogar, aber ich bin es gewohnt morgens früh aufzustehen. Um diese Uhrzeit habe ich meist schon ausgeschlafen.« Lächelnd nippte ich am Kaffee. Oh Gott, er war köstlich.

Von Rick wusste ich, dass er seiner Mutter nur erzählt hatte, Allegra würde ebenfalls in der Gastronomie tätig sein. Das passte natürlich hervorragend und ich musste auch nicht lügen.

»Was genau machst du?« Neugierig wartete sie auf eine Antwort.

»Ich bin diplomierte Bäckerin mit einer Zusatzausbildung für die Patisserie.« Ich hielt die Tasse mit beiden Händen und nahm einen weiteren tiefen

Schluck vom Kaffee. Heiß und stark lief er mir die Kehle hinab und weckte meinen Geist.

»Oh, *che bello*! Sehr schön! Wie wäre es, wenn du mir hilfst, für heute Nachmittag einen Kuchen oder etwas anderes Leckeres zu backen?« Freudestrahlend stand sie auf und schaute in ihren Vorratsschrank. »Ich habe immer alles Mögliche an Backzutaten da. Schau mal, was wir daraus machen könnten, *per favore*«, forderte sie mich auf.

Mit der Tasse in der Hand stand ich auf und trat zu ihr. Sie hatte tatsächlich eine Menge Vorräte. Rasch ging ich im Kopf durch, was ich damit anstellen konnte. Dann fiel mir ein Rezept ein, dass passen würde, und Mrs Colella hatte auch alle Zutaten im Haus, die ich benötigte. Ich nickte. »Das sieht schon mal gut aus. Butter, Sahne und Eier haben Sie auch?«

»Selbstverständlich. Alles da. Und Ally?«

»Ja?«, fragte ich und machte mir im Kopf schon einen Plan.

»Nenn mich Giulia.«

»Einverstanden«, sagte ich lächelnd und sie strich mir liebevoll über den Arm. In dem Moment wurde mir wieder klar, dass ich sie belog. Sie ging davon aus, ich würde irgendwann ihre Schwiegertochter werden und ihr eine Schar Enkelkinder schenken. Schlagartig fühlte ich mich mies.

Es war so einfach, Giulia zu mögen. Sie war eine wundervolle Frau, auch wenn sie gern hinter die Fassade anderer Menschen schaute. Aber heute hatte ich vor, den Spieß umzudrehen und ein bisschen zu spionieren. Die Erwähnung dieser Frau – Janet – hatte etwas in Rick ausgelöst. Ich war natürlich extrem neugierig geworden und wollte herausfinden, wer sie war und welche Rolle sie im Leben von Ricardo Colella gespielt hatte. Vielleicht würde Giulia mir ja die Geschichte erzählen. Sie ging mich zwar nichts an, schließlich war ich für Rick lediglich eine Hostess, die mit ihm im Bett gewesen war. Dennoch – meine Neugier war geweckt.

In der Küche duftete es mittlerweile herrlich nach Karamell, als Rick sich um die Mittagszeit zu uns gesellte.

»Morgen, Ladys!«

Giulia warf mir einen Blick zu und verdrehte die Augen, sodass ich kichern musste. Doch als ich zu Rick sah, verging mir das Lachen. Er stand barfuß im Türrahmen, die Jeans hing auf seiner Taille und sein Oberkörper war nackt. Augenblicklich bekam ich einen trockenen Mund, weil ich mich erinnerte, wie hart sich seine Muskeln unter meinen Fingern angefühlt hatten.

Giulia schnalzte missbilligend mit der Zunge, als sie ihren halb nackten Sohn erblickte.

»Ricardo, *vai su a vestirti* - zieh dir sofort etwas an. Stell dir mal vor, die alte Harrison käme hier rein. Du weißt, dass sie das manchmal macht.« Giulia wandte sich zu mir und erklärte: »Ohne anzuklopfen, schneit sie hin und wieder über die Hintertür ins Haus. Das ist gruselig. Aber sie ist schon über neunzig und wer weiß, wie ich sein werde, wenn ich erst einmal ein solches Alter erreicht habe.«

Ich nickte schnell und sah dann wieder zu ihrem Sohn, der mich provozierend angrinste und mit den Augenbrauen wackelte. Mit einem raubtierhaften Gang kam er auf mich zu und ehe ich mich's versah, hatte er mich in eine Umarmung gerissen und küsste mich innig. Die Welt um mich herum verblasste und all meine Sinne waren auf den Mann gerichtet, der meinen Mund eroberte, als wäre er eine unentdeckte Insel. Er schmeckte nach Minze, nach Mann und nach wilden Fantasien.

»*Mi dispiace*, ich störe euch ja nur ungern, aber zwei Stockwerke höher habt ihr ein nettes Schlafzimmer, da könnt ihr weitermachen, *capito*?«, hörte ich Giulia sagen.

Abrupt löste ich mich von Rick, der mich aus dunklen unergründlichen Augen anblickte. Nervös leckte ich mir über die Lippen, sie waren von dem stürmischen Kuss ganz empfindlich.

Giulia räusperte sich und zog somit unsere Blicke auf sich. »Aber ehe ihr über einander herfallt wie zwei Verhungernde, werden wir beide«, ihr Zeigefinger deutete zwischen ihr und mir hin und her, »diese wundervollen Nuss-Tartelettes mit Karamell fertig backen. Einverstanden, *tesoro*? *D'accorodo*?«

»*D'accordo*«, murmelte ich verlegen und kehrte Rick den Rücken zu. Hinter mir hörte ich ein genervtes Schnauben, dann verließ er die Küche.

Erleichtert atmete ich aus. Ich musste es irgendwie schaffen, uns auf Abstand zu halten. Das war ja nicht normal, welche Anziehungskraft er auf mich ausübte. Sobald er in meiner Nähe war, setzte mein Verstand komplett aus und mein Körper übernahm die Führung. Wie sollte ich das noch zwei Nächte und zweieinhalb Tage aushalten? Auf keinen Fall durfte ich noch einmal schwach werden.

»Puh!« Giulia fächerte sich mit ihren Händen vor dem Gesicht Luft zu. »Man bekommt ja Hitzewallungen, wenn man euch so betrachtet.«

Die Hitzewallungen hatte nicht nur sie. Auch mir war beinahe der Schweiß ausgebrochen, so sehr musste ich mich konzentrieren, nicht hinter dem heißen Kerl herzuhechten und über ihn herzufallen.

»So habe ich ihn nicht mal mit Janet erlebt«, erklärte sie, als ich nichts erwiderte.

Ich horchte auf. »Ach ja? Wer ist diese Janet eigentlich und was ist damals zwischen den beiden passiert?« Etwas zu hastig griff ich nach der Kaffeetasse und nahm einen Schluck davon.

Mit gerunzelter Stirn blickte sie mir in die Augen. »Er hat dir nichts von ihr erzählt?«

Ich schüttelte den Kopf.

»Nun ja, wenn ich euch nicht gerade so innig miteinander gesehen hätte, dann würde ich denken, dass ihm die Sache mit Janet immer noch nahegeht. Aber … jetzt hat er ja dich.«

Eindringlich sah sie mich an und ich hatte das Gefühl, dass sie etwas ahnte. Hatte ich mich irgendwie verraten? Hätte ich von Janet wissen müssen? Ich versuchte, ihrem Blick standzuhalten und mir meine Unsicherheit nicht anmerken zu lassen, aber es fiel mir verdammt schwer. Befangen stellte ich die Tasse weg.

»Janet war Ricks große Liebe.« Verächtlich schnaubte sie bei dem Wort *Liebe*. »Er war ihr verfallen. Warum, weiß der Geier! Männer denken manchmal mit den falschen Körperteilen, anders kann ich mir nicht erklären, warum er diese …« Sie machte eine Pause und atmete tief durch. »*Mannaggia*. Glaub mir, es fallen mir spontan tausende Schimpfwörter für diese Person ein. Jedenfalls brachte er sie in mein Haus. Ein Abend hat gereicht, und ich habe gewusst, was das für eine ist. Ein halbes Jahr später war es auch Ricardo klar.« Sie stoppte in ihrer Erzählung und sah in den heißen Ofen.

Erst jetzt fiel mir auf, dass die Zeituhr geklingelt hatte. Ich war zu abgelenkt gewesen, denn menschliche Schicksale faszinierten mich schon immer. Das hatte rein gar nichts mit Rick zu tun, redete ich mir ein.

Wir nahmen die Tartelettes heraus und stellten sie auf ein Gitter zum Abkühlen.

»Was ist passiert, dass er dann doch erkannt hat, wie Janet war?«, wollte ich wissen.

Mit angehaltenem Atem hing ich an Giulias Lippen, weil mich die Geschichte doch mehr einfing, als ich dachte. Das zeigte mir eindeutig, dass ich zu viel Interesse an Rick und seiner Vergangenheit hatte.

»Sie waren gerade zwei Wochen verlobt, da kam er eines Abends müde nach Hause und dachte, sie sei krank. Sie sah wohl sehr elend und blass aus, lag die ganze Zeit im Bett. Na ja, ganz so war es dann doch nicht. Sie hatte eine Abtreibung machen lassen, und erst, als sie in der Nacht starke Blutungen bekam, war es klar. *Maledetta* ...« Ich konnte in Giulias Mimik sehen, wie sehr sie diese Frau immer noch verabscheut.

»Sie hat sein Kind wegmachen lassen und er wusste nichts davon?«, fragte ich fassungslos.

»Das hat er zuerst auch gedacht und war todunglücklich. Er kam weinend zu mir, *povero ragazzo*. Das war das erste und bisher letzte Mal, dass ich ihn habe weinen sehen, seitdem er ins College kam. Es war nicht so, dass er sich ein Kind zu diesem Zeitpunkt gewünscht hätte, aber der Gedanke, dass er nie die Chance haben würde, das kleine Wesen kennenzulernen, schmerzte ihn sehr.« Giulia füllte ihre Tasse erneut mit Kaffee und setzte sich an den Esstisch.

Ich folgte ihr und ließ mich ihr gegenüber auf einem Stuhl nieder. »Und dann?«

»Es war …«, begann sie, wurde jedoch von einem extrem wütenden Rick unterbrochen. Er kam langsam zu dem Tisch, an dem wir saßen, und sah mich mit einem abschätzigen Blick an.

»Es war so, dass dem Volltrottel trocken mitgeteilt wurde, dass es gar nicht um *sein* Kind ging. Denn mit mir hat die Schlange es vorbildlich mit Gummi gemacht. Aber mit ihrem anderen Typen fickte sie immer ohne, weil er es hasste, sich eins überzuziehen.«

Giulia erhob sich mit gesenktem Blick und entschuldigte sich. »Ich gehe einkaufen. Die Milch ist alle.« Ich hörte einen Schlüssel klimpern und kurz darauf fiel die Haustür ins Schloss.

Ich schwieg, traute mich nicht, Rick in die Augen zu blicken. Seine vulgäre Ausdrucksweise verriet, wie aufgebracht er war, und es war vermutlich besser, wenn seine Mutter sich das nicht länger anhören musste.

Erschüttert wusste ich nicht, was ich sagen sollte, und starrte auf die Tischplatte.

»Es war ein abgekartetes Spiel«, fuhr Rick fort.

Ich hob den Kopf. »Ein Spiel?«

Mit angewidertem Gesicht und verschränkten Armen über einem grauen, engen Shirt stand er am Tisch. »Allerdings. Die beiden hatten mich ausgesucht, weil ich schon als junger Kerl immer erfolgreicher wurde und dementsprechend Kohle in der Tasche hatte. Ich war naiv … Und sie war eine Heiratsschwindlerin. Mehr muss ich nicht mehr sagen, oder?«

»Was für eine miese Sache. Ich weiß gar nicht, was ich sagen soll. Ich …«

»Vergiss es.« Verächtlich sah er mich an. »Ausgerechnet von einer käuflichen Frau sollte ich für diese Story kein Mitleid bekommen.«

Erschrocken japste ich nach Luft und schlug mit der Hand auf den Tisch. »Du ... du ... Was fällt dir ein, über mich zu urteilen? Du weißt nichts über mich. Gar nichts. Ich bin nicht käuflich, nur weil ich mit dir diesen Deal eingegangen bin.«

»Nein?«, fragte er mich mit hochgezogener Augenbraue und setzte ein fieses Grinsen auf.

»Nein!«

»Und was war mit letzter Nacht?«

Wütend sprang ich auf und presste die Fäuste zusammen »Wage es nicht, mich eine …«

»Eine *was*? Hostess? Eine, die es für Kohle macht? Willst du mir etwa weismachen …«

Weiter kam er nicht, denn meine Hand landete klatschend in seinem Gesicht.

Im nächsten Moment packte er mich am Arm und zog mich nah zu sich. Sein Zorn war fast körperlich spürbar. »Wage es nie wieder, die Hand gegen mich zu erheben«, knurrte er bedrohlich und bevor ich etwas erwidern konnte, drückte er seine Lippen auf meine und küsste mich hart.

Ich blieb stocksteif stehen. Dachte er etwa, ich würde seinen Kuss jetzt erwidern? Einen Teufel würde ich tun, obwohl es augenblicklich zwischen meinen Beinen zu pochen begann. Mit offenen Augen sah ich ihn an und wartete auf den Moment, in dem er registrieren würde, dass ich nicht auf seinen groben Versuch, mich zu küssen, einging.

KAPITEL 13

Rick

Sie machte mich wütend! Damit hatte ich nicht gerechnet. Seit Janet hatte es keine Frau geschafft, mir solche Emotionen zu entlocken. Plötzlich war der übermächtige Wunsch aufgekommen, sie zu verletzen, ihr zu zeigen, was sie war.

Wer ich war.

Am liebsten hätte ich sie zwei Stockwerke nach oben gezerrt und ihr den Verstand aus dem Leib gefickt. Doch sie stand nur stocksteif da und mir wurde bewusst, dass ich mich benahm wie ein Arschloch, wie ein verdammt großes noch dazu.

Ich war zu weit gegangen. Seit wann fiel ich über Frauen her? Doch Elena löste etwas in mir aus. Es war wie ein Urtrieb, den ich nicht unterdrücken konnte.

Und nun sah sie mich aus ihren blauen Augen so

kühl an, dass es mich tatsächlich fröstelte. In ihrem Blick lag so viel Abscheu, dass ich mich unwillkürlich fragte, ob ich ihr vielleicht doch Unrecht getan hatte. Was ausgemachter Schwachsinn war, schließlich war sie eine Hostess und wurde bestens bezahlt für gewisse Dienste. Und sie war verdammt gut in ihrem Job.

Diese Frau vor mir wirkte wie die leibhaftige Unschuld, obwohl sie ganz bestimmt alles war, nur nicht unschuldig.

Ich ballte die Hände zu Fäusten. Die Wut auf mich selbst sorgte dafür, dass ich mich so absurd verhielt. Elena war nicht für meinen Zorn verantwortlich. Egal, was sie tat, um sich ihren Lebensunterhalt zu verdienen. Wer war ich, dass ich über sie richten durfte?

Jeder, der mich kannte, wusste, dass ich mich selten für etwas entschuldigte, deshalb überraschte ich mich selbst mit den nächsten Worten.

»Es tut mir leid«, spie ich aus und drehte mich um. Doch eine Berührung an meinem Oberarm ließ mich innehalten.

»Schon in Ordnung.« Leise und doch mit einem harten Unterton sagte Elena diese drei Worte, die mich aufatmen ließen.

Warum war ich so erpicht darauf, dass sie mir verzieh? Sonst war mir doch auch egal, was andere Menschen von mir dachten.

»Setz dich, ich hol dir einen Kaffee«, hörte ich sie sagen. Anschließend klapperten Tassen. Offensichtlich fühlte sie sich hier schon heimisch. Wann war das geschehen? Wie viel Zeit hatten die beiden Frauen miteinander verbracht, während ich geschlafen hatte?

Ich fragte mich, ob Elena tatsächlich so nett war, oder ob es hier um das Geld ging, das sie bei dem Job verdienen würde. Sie konnte doch nicht ernsthaft nachgeben, nach dem, was ich ihr an den Kopf geworfen hatte. Ich setzte mich an den Tisch. Die Fragen, die auf meinen Lippen lagen, schluckte ich herunter.

Mit einem leisen Seufzer setzte sie sich mir gegenüber und sah mich ernst an.

»Rick«, begann sie.

Aha, sie würde mich also doch nicht so leicht davonkommen lassen. Ein Lächeln schlich sich auf meine Lippen. Ich mochte Frauen, die nicht klein beigaben und einen starken Charakter hatten. Elena gehörte anscheinend zu dieser Gruppe Menschen. Vor anderen hatte ich keinen Respekt. Sie verdiente ihn sich gerade in diesem Moment.

»Wir sollten eins klarstellen …«

Ich lehnte mich zurück und verschränkte die Arme vor der Brust.

»… von nun an bleiben wir auf der geschäftlichen Ebene.« Ihr Blick war eindringlich, ihre Stimme fest.

Sie imponierte mir, doch was sie sagte, gefiel mir nicht. Alles in mir rebellierte gegen diese Aussage. Klar war, ich würde sie nie wieder sehen, nach diesen drei Tagen. Klar war, dass sie absolut genial im Bett war, und dass ich mich nicht auf eine solche Frau einlassen würde. Trotzdem wollte ich sie. Sie, ihren Körper, ihr süßes Stöhnen und Seufzen.

»Geschäftlich?«

»Du hast mich schon richtig verstanden. Du erinnerst dich an den Vertrag?« Ich nickte. »Mehr nicht«, gab sie mit festem Ton von sich.

Mehr nicht? Und wenn ich mehr wollte? Ich kniff die Augen zusammen und beobachtete sie. Irgendwie reizte mich diese Aussage nur noch mehr, ihr heute Nacht ein weiteres Mal zu zeigen, dass es nicht so einfach war, mich nur auf Geschäftliches zu reduzieren.

»Ich gehe nicht für Geld mit Männern ins Bett. Das mit uns ...«, kurz strauchelte sie in ihren Ausführungen, »das war so nicht geplant und ...« Ihr Blick flackerte und ich erkannte, dass ich sie verletzt haben musste.

»So?«, fragte ich, obwohl ich genau wusste, dass es sie erneut verletzen würde. Wie gesagt, sie reizte etwas in mir. Ihr war es möglich, zeitgleich die Bestie und den sanften Part aus mir herauszukitzeln. Aber immer hatte ich das Gefühl, als wollte sie mich herausfordern. Keine gute Mischung.

Elena presste die Lippen zusammen. Zorn blitzte in ihren Augen auf, doch ich entschuldigte mich kein zweites Mal. Und sie sagte auch nichts mehr. Stattdessen stand sie auf und verließ die Küche. Der Drang war übermächtig, sie festzuhalten, auf meinen Schoß zu ziehen und ihr meine Zunge in den Hals zu stecken, bis endlich wieder dieses süße Stöhnen ihren Mund verlassen würde. Am liebsten hätte ich sie hier auf dem Küchentisch genommen und sie gevögelt, bis sie diesen *nur geschäftlich* Schwachsinn vergaß. Doch ich blieb sitzen, rührte mich nicht und ließ sie gehen. Verdammte Scheiße, sie war nur eine Hostess!

Bis zum Nachmittag gingen Elena und ich uns aus dem Weg. Die Show musste jedoch weitergehen, also saßen wir später alle zusammen am Küchentisch und kosteten die vorzüglichsten Tartelettes, die mir je untergekommen waren. Elena war tatsächlich eine begnadete Bäckerin. Warum vertrödelte sie ihre Zeit damit, reichen Wichsern das Leben zu erleichtern?

»Die sind grandios«, stöhnte ich zwischen zwei Bissen.

Eine leichte Röte überzog Elenas Gesicht. »Danke.«

Meine Mom lächelte selig. »Ja, *fantastici,* einfach himmlisch. Ich habe schon lange nicht mehr so etwas Wundervolles gegessen.« Kurz sah sie mich mit einem gespielt vorwurfsvollen Blick an. »Ricardo hat früher immer mal für mich gekocht, aber das macht er schon lange nicht mehr.«

»Hey, willst du mir ein schlechtes Gewissen machen?«, fragte ich sie feixend. Dieses Geplänkel legten wir immer wieder mal an den Tag. Tatsächlich war es aber so, dass meine Mutter sich freute, wenn sie mich bekochen konnte. Sie würde es gar nicht zulassen, wenn ich in ihrer Küche etwas zubereiten wollte.

»Hat es denn funktioniert?«, stellte sie die Gegenfrage.

»Nicht wirklich«, sagte ich und erntete ein Hieb gegen meinen Oberarm. »Pass auf, sonst brichst du dir was«, ärgerte ich meine Mutter.

»Hörst du das, Ally?«, sagte sie zu Elena und verdrehte die Augen. »Dieser überhebliche Kerl ist mein Sohn, *incredibile*! Irgendetwas muss ich falsch gemacht haben bei seiner Erziehung!«

Elena kicherte und sah mit leuchtenden Augen zu mir.

Ich musste schmunzeln. Elenas Lachen hatte mich entspannt. Bis dahin war ich davon ausgegangen, sie würde in meiner Gegenwart nicht mehr locker sein können.

War ich ein Trottel? Da buchte ich eine Hostess, die nicht über eine Agentur kam und von der ich nichts wusste. Ich ging davon aus, dass sie auch den Sex verkaufte, ohne sie überhaupt danach gefragt zu haben. Voller Vorurteile hatte ich ihr gar keine Chance gegeben, mir das Gegenteil zu beweisen, hatte sie verurteilt und mit meinem Urteil vermutlich verletzt. Ich war eindeutig übers Ziel hinausgeschossen und entgegen meiner sonstigen Scheißegalmentalität beschloss ich, es wiedergutzumachen.

»Pass auf, Mamma, Ally und ich werden uns heute um das Abendessen kümmern.« Dann hätte ich ein wenig Zeit mit Elena und könnte dafür sorgen, dass sie wieder mehr lachte. »Du kannst dich entspannen oder gehst zu einer deiner Freundinnen oder was immer du tun möchtest. Was sagst du dazu?«, fragte ich sie mit dem Lächeln, das ich immer als kleiner Junge aufgesetzt hatte, wenn ich etwas von ihr wollte. Meistens zeigte es Wirkung.

»Ja, das ist eine gute Idee!«, pflichtete Elena mir bei und ihr Lächeln schoss mir sofort in andere Regionen meines Körpers. Shit, die Frau brauchte nur ein Lächeln und schon stand mein Schwanz.

Meine Mutter sah von ihr zu mir, ihre Augen waren dabei zusammengekniffenen.

»Wer sind Sie? Und was haben Sie mit meinem Sohn gemacht?«, fragte sie scherzhaft, sodass wir alle lachen mussten. »*Ma no*, jetzt mal ehrlich, ihr beiden, das ist nicht nötig. Ricardo, zeig Ally lieber ein bisschen was von Chicago. Sie hat mir erzählt, dass sie noch nie hier war.«

Kein schlechter Vorschlag. So würde ich genügend Reue zeigen können und vielleicht ein bisschen mehr über Elena Martinelli herausfinden. Und wenn alles gut lief, hätte ich sie so weit, dass sie heute Nacht wieder mir gehörte. »Die Idee gefällt mir.« Grinsend sah ich zu Elena. »Wollen wir?«

Zuerst wirkte sie skeptisch, doch dann gab sie nach. »Sehr gern.«

Kurz darauf zogen wir Regenjacken an und fuhren mit Moms Wagen in Richtung des Sears Towers. Ein Muss für jeden Chicago-Touristen.

Elena sah während der Fahrt aus dem Fenster und schien die für sie neue Umgebung aufzusaugen.

War es wirklich so, dass sie nicht mit ihren Kunden ins Bett ging? Wenn ja, dann wollte ich heute Nacht unbedingt eine Wiederholung dessen, was wir in der letzten gemacht hatten. Der Sex mit ihr war unvergleichbar gewesen. Atemberaubend, heiß und befriedigender als alles, was ich bisher erlebt hatte. Andererseits wurde mir die Frau immer mehr zu einem

Rätsel. Nun, bald würde ich mehr über die dunkelhaarige Schönheit wissen.

Ich parkte in einer der Tiefgaragen, wir stiegen aus und ich teilte ihr mit, was ich ihr zuerst zeigen würde.

»Sears Tower also?«, fragte sie seltsam gepresst.

»Ja, die Aussicht ist einfach phänomenal. Wobei er ja mittlerweile Willis Tower heißt.« Ich drückte die Tür auf, die in das Treppenhaus führte und ließ sie mit einer galanten Handbewegung zuerst eintreten.

Als wir das Parkhaus verlassen hatten, ergriff ich kurz entschlossen Elenas Hand und zog sie durch die Menschenmenge, die sich rund um den Tower tummelte. Ihre Hand lag warm in meiner. Es fühlte sich gut an, und ich ließ sie nicht los, bis wir im Fahrstuhl angekommen waren, der uns nach oben zur Aussichtsplattform bringen würde.

Es war voll und eng, so blieb es nicht aus, dass wir aneinandergedrückt wurden. Ihr Hintern berührte mein Becken und sofort erhob sich mein kleiner Freund in freudiger Erwartung. Elenas Körper bebte leicht, das spürte ich zu deutlich, und ich legte von hinten die Arme um ihren Oberkörper.

»Sch, du willst doch nicht die Aufmerksamkeit auf uns lenken, oder?«, raunte ich ihr ins Ohr und sie drückte sich fester gegen mich. Ich konnte ein Keuchen nicht unterdrücken.

Eine Frau sah uns missbilligend an und schirmte ihre Enkelin vor uns ab.

Elena schüttelte den Kopf und auf meinem Gesicht erschien ein fettes Grinsen, während ich den Duft ihres

Haares in mich aufnahm. Ich war wie berauscht von ihr.

»Schade, dass die Fahrt nach einhundertdrei Etagen vorbei ist. So könnte ich es noch eine Weile aushalten«, gestand ich ihr flüsternd. Meine Stimme hatte einen heiseren Tonfall angenommen. Ich war scharf auf sie.

Anstatt jedoch auf meine Sprüche einzugehen, versteifte sie sich plötzlich.

»Alles okay?«, fragte ich und drehte sie zu mir um.

Elena sah mich mit großen Augen an und kaute nervös auf ihrer Unterlippe.

»Hey, sag schon!« Ihr Verhalten versetzte mir einen Stich und ich fragte mich, ob ich ihr doch zu nahe getreten war.

Sie schluckte und rang offensichtlich mit sich, ob sie mir erzählen konnte, was ihr auf der Seele brannte.

Dann beugte sie ihren Oberkörper leicht nach vorne und flüsterte: »Höhenangst.«

»Was? Warum sagst du mir das erst jetzt?« Sie musste kurz vor einer Panikattacke stehen.

Doch Elena antwortete nicht und zuckte stattdessen nur mit den Schultern. In mir erwachte der Drang, sie zu beschützen, deshalb zog ich sie in eine Umarmung und sie legte vertrauensvoll ihren Kopf an meine Brust. Die Geste berührte mich in meinem Inneren. Sie suchte Schutz bei mir, und den würde sie bekommen. Denn das hier war eine verdammte Ausnahmesituation für Elena.

»Wir fahren gleich wieder runter, sobald der Aufzug hält, okay?« Liebevoll strich ich ihr über das Haar.

Ich sollte mich zusammenreißen können, aber ich

war ein Kerl. Meinem Schwanz gefiel das alles nur zu gut. Erwartungsvoll drückte er sich gegen Elenas Bauch und mir war es das erste Mal seit meiner Schulzeit peinlich, einen Ständer zu haben. Die Situation hätte nicht unpassender sein können.

KAPITEL 14

Elena

Ich erregte ihn, was ich nur zu deutlich spüren konnte. Interessanterweise machte mich das total an, was vermutlich auch mit dem Adrenalin zusammenhing, das mit jedem Herzschlag durch meinen Körper raste.

Die Angst war noch da, aber das, was sich da gegen meinen Bauch drückte, lenkte mich ab. Zumindest erklärte ich mir das so, als ich mich auch schon die nächsten Worte sagen hörte: »Nein, lass uns aussteigen.«

Mit zusammengezogenen Augenbrauen sah er mir ins Gesicht. »Bist du dir sicher?«

Tapfer nickte ich, obwohl ich mir alles andere als sicher war. Mein Herz raste, vermutlich näherte ich mich einem Zweihunderter Puls. Aber ich wollte das erste Mal seit langem vor dieser blöden Angst nicht klein beigeben. Und der Mann, der mich mit seinem harten Penis ablenkte, würde mir helfen, das zu überstehen. Hoffentlich.

Rick zwinkerte mich locker an, als wäre es keine große Sache, auf die Plattform hinauszutreten. Wenn er wüsste! Ich versuchte mich an einem Lächeln, das sich völlig verkrampft anfühlte. Aber Rick zog mich einfach noch einmal an seine Brust und ich genoss die Wärme und Stärke seines durchtrainierten Körpers. Er roch so gut und ich ertappte mich dabei, wie ich meine Nase in sein Shirt drückte und tief einatmete. Wie konnte ein Mensch so gut riechen? Er sollte sich seinen Geruch patentieren lassen.

Viel zu früh ertönte ein leises Ping, das ankündigte, dass wir am Ziel waren.

Noch einmal sah ich in Ricks Gesicht. »Bleib ganz nah bei mir, okay?«

»Ich weiche nicht von deiner Seite.« Sein schräges Grinsen gab mir Kraft.

Ich folgte den anderen Touristen und verließ den Lift, dicht gefolgt von Rick, der ständig auf irgendeine Weise Körperkontakt hielt. Es war, als würde er mich erden und mir dadurch ein wenig die Panik nehmen. Klar war es nicht so, als wäre ich geheilt, aber es war ein absoluter Fortschritt für mich.

Zaghaft schlich ich mich an der inneren Wand entlang. Auf keinen Fall wollte ich in den Abgrund sehen können, was die großen bodentiefen Fenster versprachen. Mein Herz hämmerte wild in meiner Brust und ein leichtes Zittern durchlief meinen Körper.

Rick spürte es, lehnte sich gegen die Wand und zog mich in eine Umarmung. »Du schaffst das!«

Ich antwortete ihm mit einem Nicken und drehte mich in seinen Armen um. Tapfer öffnete ich die Augen und sah aus dem Fenster. Der sichere Abstand half mir, dies durchzustehen.

Ein grandioser Ausblick offenbarte sich uns. Dann sah ich etwas, das mir die Luft abschnürte. Es gab hier kleine Plattformen mit durchsichtigem Boden. Menschen gingen nacheinander auf die Fläche und machten Selfies oder ließen sich von Freunden oder Verwandten fotografieren. Allein der Gedanke, es selbst zu tun, verursachte mir heftige Schweißausbrüche und aufkommende Übelkeit.

»Atmen, Elena. Ein und aus, und sieh mich an«, forderte Rick mich auf.

Wie ein Rettungsanker erschien er mir. Also drehte ich mich zu ihm um und versank in seinen Augen. Er atmete gemeinsam mit mir und langsam beruhigte ich mich wieder. Die Panikattacke ebbte ab.

»Siehst du, du kannst das«, freute er sich mit mir.

Tapfer nickte ich, doch um sein Lächeln zu erwidern, war ich einfach zu erschöpft. Müde ließ ich meinen Kopf gegen seine Brust sinken und er strich mir wieder über das Haar, so wie vorhin im Lift. Ich fühlte mich geborgen und vergaß für einen Augenblick, wo wir uns befanden. Ich nahm nur noch Rick wahr. Ihn und seinen faszinierenden Duft. Ihn und seinen Körper, der mir mehr als nur gefiel.

»Na komm, Flower. Ich finde, du warst mutig

genug«, flüsterte er in mein Ohr und zog mich anschließend zu den Aufzügen.

Erleichtert atmete ich auf, als sich die Kabine in Bewegung setzte und wir zielstrebig nach unten sausten.

»Flower?«, stellte ich leise die Frage, die mir nicht erst seit ein paar Minuten unter den Nägeln brannte. Doch jetzt war es eine willkommene Ablenkung.

Ein schelmisches Grinsen legte sich auf Ricks Gesicht, wodurch er jünger wirkte. Kleine Grübchen bildeten sich neben seinen Mundwinkeln und ich wollte sie am liebsten berühren. Doch ich ließ es.

»Am ersten Abend, als du in mein Büro kamst, hast du ein Kleid mit Blumenprint getragen. Da entstand der Name von ganz allein in meinem Kopf. Am Tag darauf dann, als ich dich abholte, trugst du wieder etwas mit Blümchen. Na ja, und …«, Rick beugte seinen Kopf, bis seine Lippen mein Ohr berührten, »der Slip, den ich dir gestern Nacht ausgezogen habe, hatte auch ein Blumenmuster. Das war mir genug an Bestätigung.« Frech zwinkerte er mir zu, nachdem er sich wieder aufgerichtet hatte. Das amüsierte Leuchten in seinen Augen, zauberte mir wie von selbst ein Lächeln aufs Gesicht. Er war ein aufmerksamer Beobachter.

So standen wir da, sahen uns an und keiner wollte diese Verbindung unterbrechen. Doch letztendlich war jede Aufzugfahrt einmal vorbei, auch hundertunddrei Stockwerke brachte man irgendwann hinter sich.

Wir verließen Hand in Hand den Fahrstuhl und gingen zum Ausgang.

»Wo wollen wir jetzt hin?«, fragte er mich, als uns ein paar verirrte Sonnenstrahlen draußen blendeten.

»Entscheide du. Ich kenne mich in Chicago nicht aus. Hauptsache wir bleiben auf dem Boden«, erwiderte ich.

»Das dürfte kein Problem sein. Was hältst du vom Millennium Park?«

Ich überlegte kurz, aber mir fiel dazu nichts ein. Ich hatte zwar schon von diesem Park gehört, aber mehr, als dass es ihn gab, wusste ich nicht über ihn. »Gern!«, sagte ich deshalb und Rick seufzte erleichtert.

Der Millennium Park war faszinierend. So faszinierend, dass ich mich staunend umsah. Es war wild, es war bunt und es war laut. Viele Familien mit Kindern waren hier und fuhren Fahrrad, Inlineskates und irgendwelche Boards. Es war ein Park, der vor Leben nur so sprühte, und das, obwohl sich die Sonne wieder hinter dicken grauen Wolken versteckte.

Rick und ich gingen nebeneinander. Immer wieder berührten sich unsere Hände, und die Luft schien zu knistern angesichts der Energie, die zwischen uns hin und her floss.

»Das ist fabelhaft!«, sagte ich ein wenig zu laut, doch Rick lachte.

»Ja, es ist schon ein Highlight.«

»Was war hier vorher?«

»Ein alter Rangierbahnhof. Ich kann mich aber kaum noch daran erinnern. Da war ich noch recht klein und ab und an mit meinem Dad hier.« Nachdenklich blickte er sich um, als suche er etwas. Plötzlich schien er meilenweit entfernt zu sein.

Mir fiel auf, dass Rick das erste Mal von seinem Vater sprach. Unweigerlich fragte ich mich, was mit ihm passiert und was aus ihm geworden war. Hatte er seine Familie verlassen? Oder war er tot?

Ich störte ihn nicht, während er seinen Gedanken nachhing. Doch dann entdeckte ich ein riesiges silbernes Gebilde. »Wow! Was ist das?«, entfuhr es mir.

Rick blinzelte und kehrte zurück ins Hier und Jetzt, wo immer er sich zuvor befunden hatte. »Das ist The Bean oder auch Cloud Gate genannt. Komm, wir gehen näher heran.« Wie selbstverständlich ergriff er meine Hand und zog mich hinter sich her.

Ich hatte schon lange nicht mehr einen so unbeschwerten Tag gehabt. Den Aufenthalt in schwindelerregender Höhe außen vor gelassen. Wann war ich das letzte Mal spazieren gewesen? Wann hatte ich das letzte Mal so viel gelacht? In den letzten Jahren hatte ich geschuftet wie eine Wahnsinnige, nur um zu überleben. Und nun genoss ich jede Minute in dieser windigen Stadt. Lag es an Rick? Oder daran, dass mich endlich mal keine Geldsorgen plagten?

»Das Faszinierende an The Bean ist, dass es aus hundertachtundsechzig Metallplatten zusammengeschweißt worden ist, aber geh mal näher ran. Du wirst keine einzige Naht entdecken. Es ist ein wahres Meisterwerk«, lobte Rick die silberne Bohne, die meterhoch vor uns aufragte.

Ich reckte mich und suchte, doch ich fand tatsächlich keine Stelle, die darauf hindeutete, dass The Bean nicht aus einem Stück war. Es wirkte viel eher wie ein Ding, das Außerirdische hier auf der Erde vergessen hatten, nachdem sie sie erforschten.

»Das ist ein Kunstwerk«, staunte ich.

»Ja, absolut«, flüsterte Rick. Doch als ich zu ihm blickte, sah er nicht das Metall an, sondern mich.

Mit einem Mal traten alle Geräusche um uns herum in den Hintergrund und ich nahm nur noch ihn wahr. Rick schien es genauso zu gehen. Seine Hand glitt langsam in meinen Nacken und vergrub sich in meinem Haar. Im nächsten Moment zog er mich zu sich und seine Lippen fanden meine.

Bereitwillig erwiderte ich seinen Kuss, nahm mir und gab ihm alles. Ich versank in dem Gefühlsstrudel, den er in mir verursachte, und griff haltsuchend an seine Brust. Sein Herz hämmerte kraftvoll und schnell gegen meine Hand. Vermutlich schlug mein eigenes in doppelter Geschwindigkeit, denn leichter Schwindel erfasste mich. Als er leise stöhnte und sich von meinen Lippen löste, wollte ich schon protestieren, doch dann wurde mir wieder bewusst, wo wir uns befanden.

Einige Kinder blickten uns mit großen Augen an, ein paar Jugendliche grölten, weil ihnen die Show, die wir geboten hatten, anscheinend gefallen hatte. Viele andere schenkten uns keine Notiz.

Ich spürte die Hitze in meinen Wangen pulsieren und doch wollte ich nichts mehr, als ihn erneut an mich zu ziehen und dort weiterzumachen, wo wir aufgehört hatten.

»Heute abend setzen wir das fort«, raunte Rick an meinem Ohr.

Die feinen Härchen auf meinen Unterarmen richteten sich auf. Ich blickte in sein Gesicht und las in seinen dunklen Augen ein Versprechen, das mich mehr erregte als der Kuss. Und das, obwohl ich mir das bis gerade eben nicht hatte vorstellen können.

KAPITEL 15

Rick

Elena sorgte dafür, dass ich einen Dauerständer in meiner Hose spazieren trug. Sie machte mich scharf, wie keine andere zuvor. Oh, fucking Soft Drugs! Elena war wie eine Droge, sie durchströmte jede einzelne Zelle meines Körpers und berauschte meine Sinne.

Wir hatten den ganzen Nachmittag im Millennium Park verbracht. Ich hatte ihr den Grant Park gezeigt und wir waren bis zum Michigansee gelaufen. Ihre Hand in meiner zu halten, fühlte sich so verdammt richtig an, dass ich sie durchgehend festhielt, doch es schien Elena nichts auszumachen.

Immer wieder brachte ich sie zum Lachen und sie mich. Die letzten Jahre hatte ich mich voll und ganz meiner Arbeit gewidmet, und Freizeitaktivitäten mussten hintenanstehen. Der Erfolg hatte mir recht gegeben, aber hier in Chicago zusammen mit Elena wurde mir klar, auf was ich verzichtet hatte. Schon lange hatte ich nicht mehr so viel Spaß gehabt.

Irgendwann waren wir auch auf ernstere Themen zu sprechen gekommen und sie hatte mir von ihren Eltern erzählt. Dass ihre Mutter einen Unfall gehabt hatte, bei dem sie sofort ums Leben gekommen war, und ihr Vater einige Jahre später an einer kurzen, aber schweren Krebserkrankung gestorben war.

Durch ihre traurigen Worte hatte sie mich sogar dazu gebracht, ihr von meinem Vater zu erzählen. Sie war schockiert gewesen, als sie erfuhr, dass er an einer Depression gelitten und sich letztendlich selbst umgebracht hatte. Diese Geschichte kannte so gut wie niemand außer meiner Familie, ein paar Bekannte meiner Mutter und Jim. Noch nie hatte ich das einer Frau erzählt, nicht einmal Janet. Doch die Details ersparte ich ihr.

Etwas entstand zwischen uns, das mir einerseits ein mulmiges Gefühl verursachte, andererseits begrüßte ich dieses Etwas mit offenen Armen. Ich würde dieser Sache zwischen uns eine Chance geben, vorerst. Vielleicht war die Zeit gekommen, dass ich mich auf eine Frau festlegen würde. Vielleicht. Nur die Art, wie sie sich ihren Lebensunterhalt verdiente, machte mir zu schaffen. Aber ich konnte ja schlecht nach einer gemeinsamen Nacht von ihr verlangen, ihr Leben für mich umzukrempeln. Dennoch blieb ein kleiner Kern in mir skeptisch. War es wirklich so, dass sie ihren Körper ihren Kunden nicht anbot?

All das schwirrte in meinem Kopf herum, als ich aus dem Auto stieg und auf das Haus meiner Kindheit zutrat.

»Hey, da seid ihr ja wieder!«, rief meine Mutter, als wir näherkamen. Sie stand auf der Veranda und trocknete sich die Hände an einem Geschirrtuch ab. »*Buonasera, ragazzi*!«

Elena strahlte über das ganze Gesicht. »Ja, da sind wir wieder und es war großartig. Danke, dass du deinen Sohn überredet hast, mir Chicago zu zeigen.«

»Er scheint seine Sache gut gemacht zu haben. Du lächelst so strahlend, dass du der Sonne Konkurrenz machst.« Sie strich liebevoll über Elenas Wange, was mich wieder daran erinnerte, dass wir sie anlogen. Doch angesichts der Entwicklung zwischen mir und Elena hielt sich mein schlechtes Gewissen in Grenzen, denn allzu weit von der Wahrheit waren wir nicht mehr entfernt.

»Ja, er ist der beste Stadtführer, den man sich vorstellen kann. Er hat es sogar geschafft, mich auf den Willis Tower zu bekommen und das, obwohl ich unter Höhenangst leide«, erklärte Elena immer noch lächelnd.

»Oh, Höhenangst«, sagte meine Mutter und über ihr Gesicht legte sich ein Schatten. Ich wusste, woran sie dachte.

Elena sah alarmiert zwischen uns beiden hin und her, doch sie fragte nicht nach, was meiner Mutter so plötzlich zusetzte. Das rechnete ich ihr hoch an, und es zeigte mir wieder, dass diese Frau mehr war als das, was ich glaubte.

»Na kommt, Ladys, lasst uns reingehen! Ich habe einen Bärenhunger!«

Meine Mutter ergriff den rettenden Strohhalm, den ich ihr bot, und eilte in die Küche, wo es bereits herrlich nach Knoblauch duftete.

Stunden später nahmen Elena und ich die Treppe nach oben. Jede Stufe, die wir erklommen, steigerte unsere Erregung. Elenas Atem ging unregelmäßig. Mein Herz hämmerte. Unsere Hände waren ineinander verschränkt, klammerten sich in die Finger des anderen vor Aufregung.

Kaum schnappte die Tür ins Schloss, fielen wir übereinander her.

Fahrig fuhren unsere Hände über den Körper des anderen und endlich hörte ich wieder diesen unendlich süßen Ton aus ihrem Mund – sie stöhnte. Mit einem Grinsen schnappte ich sie mir und trug Elena zum Bett, was sie zum Kichern brachte.

Ihr dunkles Haar breitete sich auf dem hellen Kissen aus und ihre Wangen hatten eine hinreißende Farbe angenommen. Sie lächelte und in meinem Innern geschah etwas. Es war, als ob ein Puzzleteil an die richtige Stelle gerückt und zugleich ein Erdbeben utopischen Ausmaßes ausgelöst würde.

»Oh, Elena«, raunte ich und ließ meinen Blick langsam und genüsslich über ihren noch angezogenen Körper wandern. Dann begann ich, sie auszuziehen. Wie ein Geschenk, das man zu Weihnachten bekommt und auf das man sich schon seit Ewigkeiten gefreut hat. Deshalb ließ ich mir auch ausgesprochen viel Zeit hierbei. Stück für Stück entblößte ich ihren Körper und alles, was ich sah, ließ mir das Wasser im Mund zusammenfließen.

Ich bemerkte, wie erregt sie war, denn sie rieb ruhelos ihre Schenkel aneinander und räkelte sich im Bett. Sie trug nur noch ihre Unterwäsche, und ich wollte verdammt sein, wenn ich je etwas Schöneres gesehen hatte. Bewundernd genoss ich ihren Anblick. Elena war vollkommen.

Ich ließ meine Hände Zentimeter für Zentimeter über ihren Bauch nach oben wandern, bis ihre Brüste in meinen Handflächen verschwanden. Elena atmete erregt ein und drückte mir ihren Oberkörper entgegen. Damit entlockte sie mir ein kehliges Lachen. Sie war eindeutig erregt und sie wollte mehr. Sie wollte mich, was meinem Selbstbewusstsein mehr als gut tat.

»Sag mir, was du willst, Babe!«, forderte ich sie auf.

Nervös kaute sie auf ihrer Unterlippe und ihre Lider flatterten. Es war ihr peinlich?

»Was willst du?«, fragte ich noch einmal mit vibrierender Stimme und ließ meine Finger unter ihren BH gleiten. Vorsichtig liebkoste ich ihre Brustwarzen und erntete ein weiteres Stöhnen. Dann schob ich den Stoff zur Seite und leckte die gereizte Haut. »Das?«

»Ja!«, stieß Elena stöhnend hervor.

Erneut saugte ich an den harten Nippeln, die sie mir begierig entgegen schob. »Noch etwas?«

Aus lustverschleierten Augen blickte sie mich an

und ihr Blick ließ den Ständer in meiner Hose so prall werden, dass ich mich von ihr löste und entkleidete.

Als ich nackt vor ihr stand, ließ sie ihren Blick über meinen Körper gleiten und beinahe fühlte ich, wie sie mich liebkoste, ohne mich zu berühren. Das war heiß und machte mich noch schärfer.

Ich atmete tief durch. Sog den Sauerstoff in beide Lungenflügel und ermahnte mich zur Ruhe, schließlich wollte ich noch ein wenig Zeit mit ihr verbringen – nackt. Doch ihr Anblick und die Lust, die sie mir so offenherzig zeigte, machte es mir schwer, der rücksichtsvolle Liebhaber zu sein.

Rasch entfernte ich das dünne Stückchen Stoff, das mich vom Paradies trennte, und beugte mich über sie. Elena sog scharf die Luft ein.

Also hob ich den Kopf und blickte sie an. »Aha, das ist es, was du willst?«

Mit einem Leuchten in den Augen nickte sie und veranlasste mich, von ihr zu kosten. Meine Zunge fuhr langsam über ihr feuchtes Fleisch. Es war nicht schwer, sie zeigte mir ziemlich deutlich, wie sie es mochte, lenkte mich durch ihre Bewegungen in die richtige Richtung. Als sie kam, schrie sie meinen Namen. Ich verharrte, spürte ihre Zuckungen an meinen Lippen.

Kaum, dass sie wieder zu Atem gekommen war, stülpte ich mir ein Kondom über und drang mit einem einzigen festen Stoß in sie ein. Ihr zarter Körper bäumte sich mir entgegen und ich griff unter ihre Taille. Dieses Mal nahm ich sie hart. Immer wieder stieß ich in Elena hinein. Sie schrie vor Lust und schon spürte ich meinen

Orgasmus näher kommen. Doch auch Elena schien erneut auf Hochtouren zu sein.

Da ich es nicht mehr allzu lange hinauszögern konnte, legte ich meinen Daumen auf ihre Klit, stimulierte sie sachte, während ich nun langsamer in sie drang. Der Erfolg blieb nicht lange aus. Zuckend kam Elena erneut und die Kontraktionen in ihrem Innern sorgten dafür, dass ich nicht mehr weitermachen konnte. Ich steuerte auf einen gewaltigen Orgasmus zu, der meinen ganzen Körper erschüttern würde. Noch ein paar Mal stieß ich in sie. Auf dem Gipfel brüllte ich ihren Namen und verharrte zitternd, bis ich darum rang, Luft zu bekommen.

Langsam kam ich wieder zur Besinnung und sah auf Elena herab, die träge lächelte. Ein Lächeln, das ganz klar zeigte, wie befriedigt sie war, was mich wie einen Trottel grinsen ließ.

Ohne darüber nachzudenken, beugte ich mich zu ihr herab und küsste sie innig, um sie anschließend in meine Arme zu ziehen und mich mit ihr zusammen auf den Rücken zu drehen. Es fühlte sich verdammt gut an, diese Frau nach dem Sex festhalten zu können.

Normalerweise war ich nicht der gefühlsduselige Typ. Nach dem Sex hatte ich bisher stets den Wunsch gehabt, auf Abstand zu gehen. Bei Elena war es genau umgekehrt. Das starke Bedürfnis, sie festzuhalten und nie wieder loszulassen, war übermächtig.

Mir stockte der Atem. War ich tatsächlich im Begriff, mich zu verlieben? Ich, Ricardo Colella?

KAPITEL 16

Elena

Ein Zittern durchlief meinen Körper. Und das kam definitiv nicht von Kälte. Es war der ungeheure Gefühlscocktail, der in mir tobte und mir Angst machte.

Innerhalb kürzester Zeit hatte Rick es geschafft, sich in mein Herz zu schleichen.

Der Nachmittag war wundervoll gewesen, die Nacht berauschend. Ich liebte es, mit ihm zu lachen, denn er hatte den gleichen Sinn für Humor wie ich. Wir harmonierten in allen Breichen, was an sich schön gewesen wäre. Doch in meinem Kopf tobte ein Tornado. Immer wieder fragte ich mich, wie Rick mich sah.

Dachte er immer noch, dass ich für Geld mit Männern ins Bett gehen würde? Mit ihm? Was würde nach den drei Tagen passieren? Gingen wir dann getrennte Wege, oder wäre es gar so, dass er mich hin und wieder für eine schnelle Nummer buchen würde? Nein, dafür hatte er ja genügend Betthäschen im ganzen Land verteilt und wenn nicht, würde er sich eine neue Gespielin suchen. Für eine Nacht oder zwei, so wie er mich zur Zeit benutzte.

Ekel brandete in mir hoch und ich löste mich aus seiner Umarmung, stand auf und eilte ins Bad. Dann verschloss ich die Tür zweimal. Vielleicht tat ich ihm unrecht. Vielleicht aber auch nicht. Eins war jedoch klar: Ich musste mich schützen. Vor ihm. Vor meinen Gefühlen. Vor dem Schmerz, den dieser Mann mit sich brachte.

»Alles in Ordnung?«, rief er mir hinterher, doch ich antwortete nicht, sah nicht zurück zu ihm. Ich konnte es einfach nicht, mein Mund war wie ausgedörrt und meine Zunge klebte am Gaumen fest. Außerdem wollte ich es nicht. Alles was ich zu sagen hätte, wäre bei ihm auf Unverständnis gestoßen. Ich begriff selbst nicht einmal, was in mir vorging. Warum musste ich Gefühle mit ins Spiel bringen? Denn nichts anderes war das hier: ein Spiel.

Ich brauchte dringend Abstand, um zu Verstand zu kommen.

Im Spiegel blickte mir eine zerzauste Version meiner selbst entgegen: Wangen, noch von dem grandiosen Sex gerötet, und große blaue Augen, die Angst zeigten. Berechtigterweise.

Warum war ich erneut auf diese enorme körperliche Anziehungskraft hereingefallen? In unserer Beziehung hatte sich doch nichts geändert. Wir hatten kein einziges Mal über das gesprochen, was er mir an den Kopf geworfen hatte. Klar, ich hatte ihm gesagt, dass ich nicht *so eine* war, aber ob er mir das glaubte, wusste ich nicht. Wie auch? Ich hatte ihn nicht einmal gefragt.

Ein Klopfen an der Badezimmertür riss mich aus meinen Gedanken.

»Hey, Kleines. Lässt du mich rein?«

Warum musste Rick nur so nett sein? Konnte er sich nach dem Sex nicht einfach wie ein Idiot benehmen? Dann würde es mir leichter fallen, das alles unter einem One-Night-Stand abzubuchen. Ich schniefte leise und wischte mir die Tränen weg. Auf keinen Fall durfte ich ihm zeigen, wie nahe er mir ging. Wie sehr er sich schon in meinem Herzen breitgemacht hatte.

»Moment!«, rief ich deshalb.

Kaltes Wasser lief über meine Unterarme und als ich diesmal in den Spiegel sah, blickte mir eine verweinte Elena entgegen.

Schnell wusch ich mir das Gesicht und drehte anschließend die Dusche auf. Als das Wasser eine angenehme Temperatur erreicht hatte, drehte ich den Schlüssel um und stellte mich rasch unter die Dusche.

Mein Herz klopfte wie wild, doch so war es am besten. Hier unter der Dusche konnte Rick meine verweinten Augen nicht erkennen.

Einen Moment später öffnete sich die Tür der Duschkabine und Rick trat zu mir. Sofort schmolz mein Widerstand. Hatte ich nicht vorgehabt, ihn auf Abstand zu halten? Doch sein wunderschöner Körper wurde nass und ich beobachtete fasziniert die Wassertropfen, die an seinen Brust- und Bauchmuskeln herunterflossen. Ja, er legte eindeutig mein Denken lahm. Nur leider konnte ich das zwischen uns nicht nur auf das Sexuelle beschränken.

Rick griff nach dem Duschgel und nachdem er sich selbst etwas auf die Handfläche gedrückt hatte, reichte er mir die Flasche. Ich nahm sie entgegen und keuchte auf. Rick hatte begonnen mich einzuseifen. Mit langsamen Bewegungen rieben seine Hände über meine Brüste, hinab zu meinen Hüften, und ein frischer Duft breitete sich in dem kleinen Raum aus.

Noch nie hatte ich so etwas erlebt. Es war atemberaubend, erregend und doch auf eine merkwürdige Art unschuldig, wie er mich wusch.

Kaum hatte er mir den Schaum abgespült, stützte er seine Handflächen auf den Kacheln ab, spreizte leicht die Beine und schloss die Augen.

Nun war ich an der Reihe. Ich wusch ihn mit der gleichen Langsamkeit wie er mich. Ich fühlte seine harten Muskeln unter meinen Fingern, spürte, wie er sich wand und wie er zuckte, als ich an seinem Intimbereich ankam. Er war steinhart, und das, obwohl wir gerade miteinander geschlafen hatten.

Entschlossen ließ ich mich auf den Knien nieder und nahm seinen Penis in die Hand. Er stöhnte und warf den Kopf in den Nacken. Das Wasser lief über seinen perfekten Oberkörper, schlängelte sich an seinen Bauchmuskeln entlang und lief letztendlich über meine Hand. Ricks Anblick raubte mir den Atem.

Ein unbekanntes Gefühl der Macht durchströmte mich, was mich dazu verleitete, meine Lippen über das harte und zugleich samtweiche Fleisch zu stülpen. Ich hatte noch nie so inbrünstig einen Mann mit dem Mund befriedigt, aber nichts wollte ich in diesem Augenblick sehnlicher.

Langsam ließ ich mich auf seine Bewegungen ein, und das Spiel, das wir hier spielten, gefiel mir sogar. Immer mehr fiel die Unsicherheit von mir ab und ich bekam ein Gefühl für den Rhythmus, der Rick gefiel. Zwischen meinen Schenkeln pulsierte es, so sehr erregte es mich, ihm einen zu blasen.

»Babe, wenn du nicht willst, dass ich in deinem Mund komme, musst du aufhören!«, keuchte Rick zwischen mehreren hektischen Atemzügen. Doch ich dachte gar nicht daran, aufzuhören.

Später lag ich noch lange wach und lauschte seinen regelmäßigen Atemgeräuschen, weil ich nicht schlafen konnte. Ich war zu aufgewühlt, zu durcheinander. Mein Herz wurde weit und krümmte sich dann schmerzvoll zusammen. Ich hatte mich verliebt. In einen Kerl, der seine Mutter anlog, weil er unfähig war, eine tiefe Beziehung zu einer Frau einzugehen. Und ich dämliche Kuh hatte mein Herz ausgerechnet an ihn verloren.

Da an Schlaf mal wieder nicht zu denken war, zog ich mich an und schlich aus dem Zimmer, in den Händen mein Telefon.

Kaum hatte ich die Terrassentür hinter mir geschlossen, drückte ich auf die Kurzwahltaste, die mich mit Sandy verbinden würde.

»Hey, geht es dir gut?«, hörte ich auch schon die Stimme meiner besten Freundin und musste lächeln. »Ich dachte schon, du meldest dich gar nicht mehr.«

»Hey, ich hab dir doch gesagt, dass alles läuft. Mach dir keine Gedanken. Es ist ein Job und den erledige ich.«

»Ja, ich mache mir trotzdem fürchterliche Sorgen. Was, wenn dieser scheiß Promi sich auf dich stürzt und dich vergewaltigt. Ich meine, ihr teilt euch sogar ein Bett.«

Ich schwieg, was die Alarmglocken in Sandys überstrapaziertem Nervensystem zum Läuten brachte.

»Hat er dich etwa angefasst?«, schrie sie fast ins Telefon.

»Ja, aber anders, als du denkst«, gestand ich ihr.

Schweigen. Dann schrie sie so laut, dass ich das Handy von mir strecken musste. »Du bist mit Rick Colella ins Bett gegangen?«

»Schuldig.«

»Oh Mann!«

»Ja, kann man so sagen.«

»Mensch, Elena. Seit wann stehst du auf One-Night-Stands? Ich dachte, die Sache mit Matteo war dir eine Lehre?«

Mit dieser Frage hielt sie mir ziemlich deutlich vor Augen, dass selbst sie wusste, was sie von Rick zu halten hatte. Nur ich Dummkopf hatte mein Herz mit ins Spiel gebracht. Matteo und ich, das war tatsächlich ein One-Night-Stand gewesen, und ich hatte auch nie mehr von ihm gewollt. Trotzdem war eine ganz miese

Situation für uns beide daraus geworden, bis irgendwann Gras über die Sache gewachsen war.

»Nein, sag es nicht!«, stöhnte sie.

»Ich sag ja schon nichts.«

»Ach, das brauchst du auch nicht, Elena Martinelli. Ich kenne dich.« Mit diesen drei Worten setzte sie eine Aussage, die ich schlecht widerlegen konnte. Wenn mich jemand kannte, dann Sandy. »Ist es schlimm?«

»Mh, ein bisschen«, gab ich zu.

»Und erwidert er deine Gefühle?«

»Nein.«

»Dann tu dir einen Gefallen und halt dich von ihm fern. Oder noch besser, schmeiß den Job. Ich schick dir Geld. Wir bekommen das zusammen hin. Ich hab dich lieb.«

Nun flossen meine Tränen ungehindert. »Ich hab dich auch lieb, Sandy. Aber ich werde den Job durchziehen. Es ist nur noch die morgige Party und am nächsten Morgen fliegen wir schon zurück nach San Fran.«

»Lass dir nicht das Herz rausreißen. Das hast du nicht verdient. Nimm es vom Silbertablett runter und pack es wieder in deine Brust, wo es hingehört.« Sandy redete sanft, aber es war deutlich herauszuhören, dass sie es bitterernst meinte.

»Ich versuche es.«

»Ruf mich an, egal wann. Ich bin für dich da.«

»Und ich für dich!«

Am nächsten Morgen war der Platz neben mir leer. Ich hatte lang geschlafen, was angesichts der Uhrzeit, als ich endlich die Augen zugemacht hatte, nicht verwunderlich war.

Unten ging es laut her und es schien, als herrschte Chaos im Haus, was mich neugierig machte. Als ich zum Frühstück in die Küche ging, fand ich dort nicht nur Giulia und Rick vor, sondern auch ein paar andere ältere Damen. Sie alle waren gekommen, um Giulia bei den Vorbereitungen für die Party zu helfen. Und alle redeten gleichzeitig. Nur Rick stand an einen der Küchenschränke gelehnt und starrte nachdenklich in die Kaffeetasse, die er in den Händen hielt.

»Guten Morgen«, rief ich in die Runde. Kurz begegnete ich Ricks Blick. Er verschlang mich mit seinen Augen, in denen ein dunkler Ausdruck lag, den ich nicht zu deuten wusste. Wie von einer unsichtbaren Schnur gezogen, ging ich langsam auf ihn zu, doch dann nahm mich plötzlich Giulia in Beschlag.

»*Buongiorno,* Ally!« Mit der Erwähnung des Namens riss sie mich in die Realität zurück. Nichts zeigte mir offenkundiger, dass ich hier normalerweise nicht hergehörte. Ich war nur eine Schauspielerin, die engagiert worden war, Allegra zu spielen.

Nach und nach stellte Giulia mich ihren Freundinnen vor. Interessiert wurde ich begutachtet und ausgequetscht. Eine der Frauen wollte von mir einen Tipp für einen Vollkornhefeteig haben und brachte mich damit aus der Ruhe. Nicht alle Rezepte kannte ich auswendig.

Doch in diesem Moment trat Rick zu mir und

lächelte entschuldigend in die Runde, während er besitzergreifend seinen Arm um meine Taille legte. »Es tut mir leid, aber ich muss euch jetzt meine Verlobte entführen. Wir haben noch was vor. Mamma, brauchst du uns noch? Oder sollen wir was besorgen?«

»*No, no,* schon gut. Macht euch einen schönen Tag, aber denkt dran, um drei steigt die Feier.« Giulia stand auf und gab ihrem Sohn einen Kuss auf die Wange, und zu meinem Erstaunen bekam ich auch einen.

KAPITEL 17

Rick

Sobald wir außerhalb des Hauses waren, zog ich Elena an mich und küsste sie. Ihr Körper schmiegte sich bereitwillig an meinen und ich stöhnte an ihren Lippen. Elena machte mich wahnsinnig. Ihr Anblick, ihr Duft, das Gefühl, das in mir erwachte, wenn ich sie berührte.

Atemlos verharrten wir, Stirn an Stirn. Als ich die Augen aufschlug, sah ich in blaue Tiefen, in denen so viel Schmerz lag.

»Alles okay?«, fragte ich sie leise. Diese kleine Person mit dem großen Herzen und einem Dickkopf, der meinem in nichts nachstand, hatte sich in mein Herz geschlichen. Noch wusste ich nicht, ob ich das gutheißen sollte.

Elena schloss die Augen wieder und schmiegte sich

in meine Arme. Es war, als würde sie da schon immer hingehören – in meine Arme.

Sie wollte meine Frage nicht beantworten. Auch gut. Ich würde sie nicht drängen, noch nicht. Im Moment war das alles noch zu zart und ich wollte es nicht zerstören, bevor es begonnen hatte. Ich nahm Rücksicht. Auch ein Punkt, der für mich neu war.

Nach einer Weile atmete Elena tief ein. »Was soll ich nachher anziehen?«

Befreit lachte ich auf. »Ihr Frauen habt alle immer das gleiche Problem, oder? Einen riesigen Kleiderschrank voll nichts anzuziehen.«

»Na ja, das liegt in unserer Natur.« Schelmisch grinste sie mich an. »Nein, Spaß beiseite. Soll ich ein Kleid tragen oder eher leger Jeans und T-Shirt? Ich weiß ja nicht wirklich, was deine Mutter plant.«

»Du stellst mir Fragen! Ich werde eine Jeans tragen, aber du kannst gerne eins deiner hübschen Flowerkleidchen anziehen.«

Ihr Grinsen wurde noch breiter und ich freute mich, dass der Schmerz in ihren Augen verschwunden war. »Dann entscheide ich mich für ein Kleid.«

»Oder wir gehen shoppen.«

»Nein, lass mal.«

»Warum? Ich dachte, das machen Frauen gern«, neckte ich sie und zwinkerte frech.

»Ja, schon. Aber ich habe genug Kleider eingepackt. Das muss reichen.« Irgendetwas bedrückte sie. Sie verbarg es, aber in den letzten Tagen hatte ich sie so gut kennengelernt, dass ich auch die Feinheiten aus den nicht ausgesprochenen Worten heraushören konnte.

»Komm schon, wir bringen meine Kreditkarte zum Glühen!«

Sie schüttelte aufgebracht den Kopf. »Auf keinen Fall. Du zahlst mir so viel Geld für die drei Tage, da wirst du nicht auch noch ein Kleid für mich kaufen!«, wies sie mich entschieden zurecht, was mir nur ein mildes Lächeln entlockte.

»Das lass mal meine Sorge sein.« Jedoch war meine gute Laune ein wenig verpufft, denn dieser blöde Job, den sie hier für mich übernommen hatte, stand eindeutig zwischen uns. So ein Mist! Am liebsten hätte ich ihr hier und jetzt die Kündigung überreicht, nur um sie anschließend zu küssen und ihr zu verdeutlichen, dass das alles nichts mit dem Vertrag zu tun hatte. Aber ich ließ es.

»Nein, Rick.« Sie sah so niedlich aus, wie sie da mit verschränkten Armen stand und mich böse anfunkelte.

»Dann komm mit und berate mich. Ich brauche eine neue Jacke.« Das war natürlich gelogen. Ich hatte genügend Jacken in meinem Schrank in New York hängen, dass ich bis an mein Lebensende keine neue mehr benötigte. Doch es ging mir viel mehr darum, ein bisschen Zeit mit ihr zu verbringen. Sorglos und so, wie das normale Paare taten.

Skeptisch sah sie mich an, ließ dann aber die Arme sinken und sagte: »Na gut.«

Nachdenklich packte ich die beiden neuen Jeanshosen in den Koffer und hängte die Jacke in den Schrank. Elena hatte sich tatsächlich nicht überzeugen lassen, sich etwas zu kaufen. Es war das erste Mal, dass eine Frau darauf beharrt hatte, nichts von mir anzunehmen. Bisher hatte ich immer nur das Gegenteil erlebt, wenn ich mit Frauen shoppen war.

Im Moment war sie unten und half meiner Mutter bei den letzten Handgriffen. Sie hatte sich eins ihrer mitgebrachten Kleider angezogen, die so typisch für sie waren, und war dann nach unten gegangen. Jedoch nicht, bevor ich ihre Lippen erneut in Besitz genommen hatte. Ja, sie war eine Droge, meine ganz persönliche.

Als ich diesen Vertrag hatte aufsetzen lassen, hatte ich damit bezweckt, meine Mutter glücklich zu machen und mich vor weiteren heiratswütigen Nachbarsfrauen zu bewahren. Ich war froh gewesen, mich mit dem Schreiben ein Stück weit auch schützen zu können. Doch mittlerweile verfluchte ich den Vertrag, weil er mich auf unangenehme Weise behinderte.

Sobald wir wieder in San Francisco waren, würde ich packen müssen. New York und meine Restaurants dort brauchten mich. Nur wie sollte das funktionieren? Eine Fernbeziehung? Das ging bekanntlich irgendwann in die Hose. Doch was dann?

»Ricardooooooo!«, hörte ich meine Mutter rufen, die mich damit aus meinen Überlegungen riss.

Aha, mein Auftritt. Die Party. Nun hieß es lächeln und den Vorzeigesohn mimen.

Den *verlobten* Vorzeigesohn.

Am nächsten Morgen wachte ich vor Elena auf und dachte über den gestrigen Abend nach. Die Party war ein voller Erfolg gewesen. Nachdem die letzten Gäste gegangen waren, hatten wir zu dritt aufgeräumt. Müde, still, aber zufrieden hatten wir den gröbsten Dreck beseitigt und meine Mutter hatte uns selig angelächelt, als wir ihr eine gute Nacht wünschten.

Elena und ich hatten uns im Arm gehalten und ich hatte dem Gefühl der Zusammengehörigkeit gelauscht, das sich in mir breitmachte. Es war das erste Mal, dass ich mit einer Frau im Bett lag, die mich zwar heißmachte, die ich jedoch nur im Arm hielt, weil wir beide einfach zu müde und ausgelaugt von der Party waren. Und es fühlte sich verdammt gut an. So viele erste Male, mit Elena war das irgendwie möglich.

Heute würden wir nach San Francisco fliegen und jeder wieder in sein normales Leben zurückkehren. Doch es war nichts mehr wie vor dem Flug hierher. Irgendwie schien es mir, als hätte ich mich total verändert.

Ich nahm mir vor, Elena um ein Date zu bitten. Ein richtiges Date, kein bezahltes. Eins, das ihr zeigen sollte, dass ich sie mochte, sie begehrte und sie gerne wiedersehen wollte, abseits des Vertrags und des Jobs, den sie großartig erledigt hatte.

Bei diesen Gedanken an ihre Arbeit verdüsterte sich meine Laune schlagartig. Ich war kein Mann, der teilte. Im Gegenteil. Das war ein Haken, den ich beseitigen musste.

Entschlossen, mich auf jeden Fall mit diesem Thema

ein anderes Mal auseinanderzusetzen, stand ich auf und legte die Decke über Elena, ehe ich im Bad verschwand.

Heute Abend würde ich mit ihr ausgehen und ihr sagen, was in mir vorging. Und ich wusste auch schon wie und wo. Ein Grinsen schlich sich auf mein Gesicht, denn ich hatte vor, diese Frau nun auf eine ganz andere Weise zu erobern.

Der Abschied von meiner Mutter fiel tränenreich aus. Sogar Elena weinte. Mir schnürte es wie immer die Kehle zu, meine Mutter wieder zu verlassen, obwohl ich wusste, dass sie es sich gut gehen ließ. Sie ging zum Yoga, zu Bingoabenden und spielte mit ihren Freundinnen Bridge. Und nun hatte sie für die nächsten Wochen genug Stoff, über den sie mit den anderen Frauen tratschen konnte.

»Ally, du hast meine Handynummer. Melde dich, wenn dir der Kerl auf die Nerven geht und ich mal ein ernstes Wörtchen mit meinem Sohn reden soll, *va bene*?«, sagte meine Mutter mit neckendem Tonfall zu Elena, sah aber dabei zu mir und zwinkerte.

»Das werde ich, keine Sorge.« Elena schniefte und ich hielt beiden schmunzelnd jeweils ein Papiertaschentuch hin.

»Und nächstes Mal kommst du wieder mit, lass mich nicht mehr so lange warten!«, gab meine Mutter streng von sich.

Elena nickte wiederum beklommen. Sie sah

verstohlen zu mir und ich lächelte ihr aufmunternd zu. Sie war unsicher, weil wir noch nicht darüber geredet hatten, was wir nach den drei Tagen machen wollten.

»Mamma?« Sie sah aus verweinten Augen zu mir. »Wir müssen los, sonst verpassen wir den Flug.« Liebevoll nahm ich meine Mutter, die gut eineinhalb Köpfe kleiner war als ich, in die Arme und hob sie hoch.

Jauchzend rief sie: »Lass deine alte Mamma sofort runter! *Subito*! Ich bin doch kein Kätzchen.«

Also setzte ich sie vorsichtig ab und drückte ihr einen Kuss auf die Wange, ehe ich nach unseren beiden Koffern griff.

Winkend traten wir in den Sicherheitsbereich und Elena schniefte ein weiteres Mal.

»Deine Mom ist so ein wundervoller Mensch!«

»Ja, jetzt weißt du, woher ich meinen Charme habe«, gab ich an.

»Ach, du wieder!« Ein Hieb gegen meinen Oberarm unterstrich ihren Satz.

Es war so einfach, mit Elena Spaß zu haben, sie glücklich zu machen. Ihre Gegenwart war wie eine warme Decke, die mich einhüllte und ein wohliges Gefühl hervorrief.

Im Innern des Flugzeugs nahmen wir unsere Plätze ein und kuschelten uns aneinander. Ich hätte liebend gern noch etwas anderes mit ihr gemacht, doch dieses Mal waren alle Plätze der ersten Klasse besetzt und auf Zuschauer stand ich nicht.

»Hast du Lust, heute Abend mit mir essen zu gehen?«, fragte ich, weil ich es vor Spannung kaum mehr aushielt. Oh Mann, die Frau machte aus mir noch ein echtes Weichei.

Erstaunt sah sie mich an. Ihr Kopf lag noch auf meiner Schulter und eigentlich wäre diese Position perfekt gewesen, um einen heißen Kuss zu bekommen, aber ich wollte ihre Antwort noch dringender wissen.

Damit sie mich nicht falsch verstand, fügte ich flüsternd hinzu: »Nur du und ich, ohne Vertrag.«

Elenas Augen wurden groß und ich erkannte darin ein glückliches Funkeln. »Ja, sehr gern«, hauchte sie.

Und dann nahm ich mir den Kuss, der an einem anderen Ort zu weiteren Dingen geführt hätte, doch hier in dem Flugzeug beschränkte ich mich darauf, ihre Lippen so zu küssen, dass sie bis zum Abend noch an mich denken würde.

Und nur an mich.

KAPITEL 18

Rick

Hey, Boss!«, rief Murdock, als ich das Restaurant betrat.

Ich signalisierte ihm, dass ich ihn in meinem Büro sehen wollte, und er folgte mir. Murdock wusste, wenn ich kurz angebunden war, gab es Wichtiges zu besprechen.

Ich ließ mich auf meinem ledernen Schreibtischstuhl nieder und warf einen raschen Blick zu der Tür. Dort hatte ich das erste Mal Elenas Duft wahrgenommen, ihre Hitze gespürt und gemerkt, wie heiß sie mich machte. Sofort war mein Schwanz bereit.

Kopfschüttelnd sah ich auf den Stapel Post vor mir. Damit hätte ich genug zu tun, um mich von der dunkelhaarigen Elena abzulenken, bis ich sie heute Abend traf.

»Sind die Bestellungen alle aufgegeben worden?«,

wollte ich wissen. Ich musste sichergehen, dass auch in meiner Abwesenheit alles wie am Schnürchen lief. Bald war es soweit und ich wäre wieder in New York, da musste alles klappen. Wobei Murdock einen guten Job machte.

Er setzte sich auf den Besucherstuhl mir gegenüber und lächelte entspannt. »Ja, habe alles erledigt und auch der Weinhändler ist bezahlt.«

»Schön!« Den hatte ich vergessen. Gut, dass Murdock mitdachte. Zufrieden nickte ich und lehnte mich zurück. »Wie laufen die Reservierungen?«

»Für die nächsten zwei Monate nichts mehr frei«, erklärte er stolz.

»So muss es sein. Ab Montag nächster Woche hast du hier wieder allein das Sagen.«

Murdock nickte.

»Sollten wir noch etwas klären, bevor ich aus San Francisco verschwinde?«

Murdocks Mimik wirkte mit einem Male angespannt. Unruhig rutschte er auf dem Stuhl herum. »Ja, eine Sache wäre da noch.«

Alarmiert setzte ich mich wieder auf. So kannte ich den Mittdreißiger nicht, den so schnell nichts aus der Ruhe brachte. »Erzähl!«

»Gestern Abend kam Bürgermeister Miller wieder her. Diesmal allein.« Murdock stockte.

»Ja, und weiter?«, fuhr ich ihn ungeduldig an.

»Er war betrunken und wollte den Mistkerl sprechen, der dafür verantwortlich ist, dass seine Frau sich von ihm trennen will.«

»Und wer soll das sein? Ich etwa?« Ich fing an zu lachen, aber Murdock fiel nicht mit ein.

»Er war ziemlich laut und McFinlay war da.«

Nun war mir klar, warum Murdock so besorgt war. Dieser Scheißreporter McFinlay würde die Sache für seine Zwecke ausbauen und daraus mal wieder eine Titelstory machen. So ein verdammter Scheiß!

Mit einem Umschlag und einem kleinen Kästchen bewaffnet, stieg ich aus meinem Auto. Erstaunlicherweise hatte ich vor Elenas Haus auf Anhieb einen Parkplatz gefunden. Das konnte nur ein gutes Omen für diesen Abend sein.

Die Haustür stand offen, weshalb ich nicht klingelte, und stattdessen gleich hinein ging.

Ich wusste, dass Elena im dritten und obersten Stockwerk wohnte, das hatte sie in einem Gespräch beiläufig erwähnt. Also stieg ich gut gelaunt die Treppen nach oben. Ich kam gerade um den letzten Treppenabsatz herum, als ich oben Elenas Stimme hörte.

»Danke für das Geld.«

Dann erwiderte ein Mann: »Honey, du hast gute Arbeit geleistet, du hast es verdient. Und ich bezahle gut, das weißt du. Ich will, dass du wieder für mich arbeitest. Das mit uns beiden hat doch prima funktioniert.«

Angespannt lauschte ich. War das etwa das, was ich

dachte? Unwillkürlich spannte sich mein ganzer Körper an.

»Oh, Matteo! Du bist und bleibst ein Charmeur.«

»Nein, jetzt mal ehrlich, Elena. Ich will dich wieder haben. Ohne dich ...« Er ließ seinen Satz unvollendet und ich wäre am liebsten die restlichen Stufen nach oben gerannt, um ihn zu schütteln. Was hatte er sagen wollen?

»Ich ruf dich an, wenn ich wieder frei bin.«

»Mach das. Bald.«

Sie verabschiedeten sich noch, dann hörte ich, wie die Tür geschlossen wurde. Der Mann kam mir pfeifend und offensichtlich gut gelaunt entgegen. In diesem Haus gab es auf jeder Etage nur eine Wohnung, weil es eins von diesen schmalen Häusern war, die zwischen zwei andere gequetscht worden waren. Dementsprechend wenig Wohnraum besaßen die einzelnen Stockwerke. Das wiederum bedeutete, dass dieser widerlich grinsende Scheißkerl sofort wusste, dass ich zu Elena wollte.

»Sie ist müde und krank«, sagte der Idiot im Vorübergehen.

»Wie bitte?«

»Elena geht es nicht gut. Bringt nicht viel, zu klingeln«, klärte er mich auf.

»Aha. Und Sie sind?« Aus zusammengekniffenen Augen sah ich ihn mir genauer an, während ich auf eine Antwort wartete. Unwillkürlich ballten sich meine Hände zu Fäusten. Der Umschlag zerknitterte und das Päckchen wurde auch in Mitleidenschaft gezogen.

Krampfhaft presste ich meine Hände an meine Oberschenkel. Ich kannte ihn nicht mal.

»Matteo«, stellte er sich vor und reichte mir die Hand, die ich natürlich nicht ergriff. »Ihr ...« Er machte eine Pause. »Boss und Freund.« Nun war es an ihm mich zu begutachten.

»Freund? Boss?«, krächzte ich. Er war ihr Boss? Etwa ihr Zuhälter? Oder wie immer man diesen *Beruf* nannte. Bittere Galle bahnte sich den Weg meine Kehle hinauf.

»Beides.« Matteo grinste dreckig.

Ich musste den unermesslich starken Drang beherrschen, ihm nicht augenblicklich die Fresse zu demolieren. Er sprach tatsächlich von Elena. War sie etwa mit diesem Schleimscheißer ins Bett gegangen? Oder besser gesagt, hatte sie sich von ihm ficken lassen? Etwa gerade eben? Wenn ich mir sein Scheißgrinsen anschaute, deutete alles darauf hin.

»Aha«, stieß ich hervor und erntete ein verschwörerisches Zwinkern.

»Heiße Braut, was?«

Gott sei Dank erwartete er keine Antwort, drehte sich stattdessen um und schritt pfeifend die Treppen hinunter.

Und ich?

Enttäuscht, wütend und unfähig einen Schritt weiterzugehen, ballte ich die Fäuste. Deshalb stand ich nur da, sah dem Kerl hinterher und heißer Zorn stieg in mir empor.

Fuck! Fuck! Fuck!

Ich hatte ihr geglaubt! Ich hatte ihr abgenommen, dass das zwischen uns etwas Besonderes war. Ich hatte vergessen, wozu Frauen wie sie – wie Janet – fähig waren!

Ich atmete noch ein paar Mal geräuschvoll ein und aus, um nicht an meiner Wut zu ersticken, und ging dann langsam die Treppe hinunter. Weg von Elena, die eine absurde Hoffnungen in mir geweckt hatte.

Ich Idiot hatte ihr tatsächlich geglaubt, als sie mir gesagt hatte, dass sie nie mit Kunden ins Bett ginge. Da hatte ich mich ganz schön verarschen lassen.

Vor ihrem Briefkasten stoppte ich. Zuerst warf ich das kleine Kästchen hinein und zog dann den Scheck aus dem Umschlag. Rasch zerriss ich den Scheck und griff nach meinem Scheckheft, um einen neuen auszufüllen. Anstatt der vereinbarten Summe von 4000 erhöhte ich auf 5000 und schrieb darunter:

Vielen Dank für die Zusatzdienste. Rick

Dann schob ich ihn in den Schlitz des Briefkastens und verließ das Haus.

Ich hatte mich geirrt. In Elena. In allem.

Mit verkrampften Fingern fischte ich mein Handy aus der Hosentasche und rief Mary an.

»Hey Rick.«

»Buch mir den nächsten Flug nach New York. Kosten spielen keine Rolle. Sag Murdock Bescheid, dass ich abreise«, kommandierte ich sie herum.

»Alles klar, wird erledigt.«

Wenigstens etwas, das funktionierte. Meine Angestellten hatte ich zumindest im Griff.

KAPITEL 19

Elena

Genervt schloss ich die Tür. Dieser Vollidiot hatte tatsächlich die Nerven, bei mir vorbeizukommen und mich zu fragen, ob ich wieder bei ihm arbeiten wolle! Und natürlich für weniger Geld als zuvor. Von wegen er bezahle gut. Pah! Der konnte doch nicht mehr ganz dicht sein! Was ging nur in Matteos Hirn vor?

Als ob ich nur ein einziges Mal mit dem Gedanken spielen würde, zu ihm zurückzukommen. Das *Marnie´s* lief schlecht und er hätte keine andere Wahl, als mich zur Rückkehr zu bewegen.

Aha! Das war traurig, aber sein persönliches Problem. Nachdem er mich entlassen hatte, erwartete er etwa noch Mitleid? Nicht von mir!

Ich freute mich auf den Tag, an dem ich klatschend

vor dem Geschäft stehen würde, wenn er Konkurs anmelden musste. Matteo hatte auch mit mir kein Mitleid gehabt, warum sollte ich welches mit ihm haben? Klar, es würde mir wehtun, wenn unser alter Laden nicht mehr wäre, aber in Matteos Händen wollte ich ihn auch nicht wissen. Egoistisch von mir, aber meine Gefühle konnte ich deshalb noch lange nicht unterdrücken.

Dass ihm ausgerechnet Großmutters Rezeptheft ins Spülwasser gefallen war, brachte mich noch jetzt zum Lachen. Schade um das schöne Familienerbstück, das er sich unter den Nagel gerissen hatte. Aber das geschah ihm recht. Hätte ich an Geister geglaubt, wäre das die beste Geschichte überhaupt. Meine toten Vorfahren hatten dafür gesorgt, dass das *Marnie´s* ohne eine Martinelli den Bach runterging. Großartig! Und nun brauchte er mich, weil ich mich seiner Meinung nach an alle Rezepte erinnern konnte. Ja, da hatte er recht, doch ich würde niemals dorthin zurückkehren.

Jetzt beruhig dich mal, Elena! Wenigstens hat er mir das restliche Gehalt noch gegeben, sagte ich zu mir selbst. Doch kaum hatte ich aufgehört zu lachen, kam wieder das Gefühl hoch, versagt zu haben. Noch besaß Matteo den Laden und auch ohne meine Hilfe war und blieb er der Boss des Geschäfts meiner Eltern. Zumindest bis er es runtergewirtschaftet hatte.

In meiner Hand hatte ich noch den Flyer, den er mir in die Finger gedrückt hatte: Ein Wettbewerb, an dem er gemeinsam mit mir teilnehmen wollte. Da hatte er sich aber sowas von geirrt. Matteo wollte, dass wir den Preis einheimsten und so Publicity für das *Marnie´s* bekämen. An sich eine gute Idee, aber nicht mit mir.

Und zu allem Übel hatte er auf unsere gemeinsame Nacht angespielt und dass er das gerne mal wiederholen wolle. Mir war schlecht. Wie hatte ich mich nur jemals auf diesen Typen einlassen können? Er hatte jahrelang sein wahres Ich gekonnt vor mir versteckt.

Um mich abzulenken, warf ich noch einen Blick in den Spiegel, legte den Flyer achtlos auf die Kommode und strich meine Haare glatt. Rick war spät dran, vermutlich war er aufgehalten worden, schließlich hatte er ein gut gehendes Restaurant. Nicht nur hier in San Francisco.

Dennoch wurde ich immer unruhiger, je näher der Zeiger meiner Küchenuhr auf neun Uhr zuschritt. Hatte ich mich verhört? Hatte er neun Uhr gemeint? Nein, Rick hatte eindeutig acht Uhr gesagt.

Ich griff nach einem uralten Magazin und blätterte durch die Seiten, ohne wirklich wahrzunehmen, was ich mir anschaute. Um halb zehn Uhr war ich mit den Nerven am Ende. Rick hatte mich versetzt!

Ich hatte noch nicht einmal eine Handynummer, um ihm eine Nachricht zu schreiben. Er hatte meine, wie mir klar wurde, denn ich hatte sie in die Bewerbungsunterlagen geschrieben. Vielleicht war wirklich etwas dazwischen gekommen. Er würde sich bestimmt melden, sobald es ihm möglich war.

Enttäuscht kickte ich meine hochhackigen Schuhe von den Füßen und setzte mich auf die Couch. Ein Film würde mich vermutlich besser ablenken als eine zwei Jahre alte Zeitschrift, die ich schon auswendig kannte.

Also griff ich nach der Fernbedienung, doch die Unruhe blieb.

Als ich am nächsten Tag aufwachte, dachte ich sofort an Rick. Enttäuschung schmeckte immer bitter, aber das Gefühl, das mich jetzt im Griff hatte, war stärker. Der Scheißkerl … Wie hatte ich mich nur in ihn verlieben können? Was hatte ich erwartet? Jedenfalls nicht, dass er mich kommentarlos versetzen und sich nicht mal bei mir melden würde.

Keine Nachricht, kein Anruf, nichts!

Die Enttäuschung brannte sich wie Säure durch meinen Körper und meine Augen wurden feucht. Aber ich würde nicht weinen, definitiv nicht! Ich war ja selbst schuld an allem.

Von Anfang an hatte Ricardo Colella deutlich gemacht, was er von mir hielt. Und ich dämliche Kuh hatte geglaubt, er würde etwas für mich empfinden. Dabei war ich nur ein netter Zeitvertreib für ihn gewesen. Eine Frau, die sich für Geld als seine Verlobte ausgab und dann auch noch mit ihm ins Bett hüpfte. Wie praktisch!

Rasch blinzelte ich die Tränen fort, die sich nun doch ihren Weg nach draußen suchten. Vielleicht tat ich ihm unrecht? Vielleicht war ihm etwas zugestoßen?

Doch auch im Laufe des Vormittags kam keine Nachricht von ihm. Und in mir drin wuchs ein Stein gigantischen Ausmaßes. Er drückte mir die Luft ab und ich weinte bittere Tränen. Ich hatte mich in ihm getäuscht. Ganz gewaltig.

Aber so einfach wollte ich es nicht auf sich beruhen lassen, zudem wollte ich ihm sein Geld wiedergeben. Mittlerweile war es früher Nachmittag und ich hatte mich genug in meinem Elend gesuhlt. Hektisch suchte ich deshalb in dem Geldbeutel von Rick nach der Karte, auf der die Nummer des Restaurants stehen musste. Nach kurzer Zeit wurde ich fündig und rief an.

Ein Mann nahm das Gespräch entgegen und nachdem er den Namen des Lokals genannt hatte, erfuhr ich, dass er Murdock hieß.

»Guten Morgen, ich würde gern mit Mr Colella sprechen. Mein Name ist Martinelli. Er ... er ist mein Boss.« Meine Stimme hörte sich zittrig an, aber das war meinem wild schlagenden Herz geschuldet.

»Mr Colella ist gestern Abend nach New York zurückgeflogen ...«

Ich hörte nicht mehr, was dieser Murdock mir noch zu sagen hatte, denn das Telefon rutschte aus meiner Hand und landete in meinem Schoß.

Ich brauchte dringend einen Job. Daran führte kein Weg vorbei. Die Welt drehte sich weiter, auch wenn ich das Gefühl hatte, jemand – oder besser gesagt, ein gewisser Ricardo Colella – hätte mir das Herz bei lebendigem Leib herausgerissen. Es war, als hätte ich sämtliche Energie verloren.

Matt schlurfte ich die Treppen hinab. Unten angekommen, stellte ich fest, dass der Briefkasten mit Werbung überfüllt war, also schloss ich ihn auf und holte alles heraus. Dabei fiel mein Blick auf einen zerknitterten Umschlag und ein kleines Kästchen.

Zuerst warf ich den Stapel Werbung in die Papiertonne und setzte mich dann auf die oberste Treppenstufe vor dem Haus. Die Sonne schien und wärmte mich, obwohl der Wind an diesem Morgen noch recht kühl war.

Alles war wie immer, nur ich war es nicht mehr. Ich war kaputt, zerbrochen.

Ein wenig unentschlossen drehte ich das Kästchen hin und her. Es sah aus wie eine von diesen Verpackungen, die man bei Juwelieren bekam. Aber wer …? Rick! Vielleicht hatte er mir die noch schicken lassen, bevor er dringend irgendwohin musste. Er hatte mich gar nicht vergessen!

Fahrig entfernte ich die Schleife und sah aufgeregt hinein. Auf weißem Samt lag ein zartes Armband. Es bestand aus unzähligen Blumen, die ineinander verschlungen waren.

Flowers. So, wie er mich immer genannt hatte.

Nun rannen mir doch die Tränen die Wangen hinab. Er hatte mich tatsächlich nicht vergessen. Vermutlich war es schon zu spät gewesen, als er endlich hier angekommen war. Und weil er mir gleich am Morgen eine Freude hatte bereiten wollen, ließ er das Kästchen hier.

Was stand in dem Brief? Glücklich lächelnd öffnete ich den Umschlag. Doch dann erstarb sämtliche Mimik in meinem Gesicht und wich einer eisernen Maske. Hätte ich die nicht aufgesetzt und den aufkommenden

Schmerz in mein Innerstes verbannt, wäre ich wahrscheinlich schreiend und weinend aufgesprungen. Oder ich hätte mich zusammengekrümmt und wäre nie wieder fähig gewesen aufzustehen.

Ein Scheck über fünftausend Dollar und der handgeschriebene Satz sagten alles, was ich wissen musste. Ich war eine Hure. Eine Professionelle, die man für ihre Zusatzdienste bezahlte.

In meinem Herz zerbrach etwas, obwohl ich nicht gedacht hatte, dass das noch möglich wäre. Es tat weh, höllisch weh. So schlimm, dass ich kaum Luft bekam. Schlimmer noch als der Schmerz, den ich am Tag zuvor empfunden hatte, denn nun war es Realität geworden. Rick hatte sich nie wirklich für mich interessiert. Das gehörte alles für ihn zum Spiel. Und ich dummes, naives Blödchen war darauf hereingefallen!

Der Wind hatte meine Tränen getrocknet, die ich kurz vorher aus purer Freude vergossen hatte. Zurück blieb Kälte, die nach meinem Herzen griff und einen eisigen Panzer darum legte. Das half mir, den Schmerz zu verdrängen.

Ich sah zum Himmel empor und beneidete die Vögel, die sorgenlos herumflogen. Wie hatte ich mich nur so dumm verhalten können? Sandy hatte mich gewarnt, hatte mir gesagt, dass Rick ein Weiberheld war. Dass er nichts anbrennen ließ und niemals auf der Suche nach etwas Festem gewesen war. Warum hatte ich mir eingebildet, ausgerechnet bei mir würde er sich ändern?

Das Armband drückte sich schmerzhaft in mein Fleisch, weil ich es so fest umklammert hielt. Aber ich hieß den Schmerz willkommen. Er erdete mich, zeigte mir, dass ich noch lebte, auch wenn in mir drin alles tot zu sein schien.

Noch einmal sah ich es mir an. Es war so schön. Rick hatte genau meinen Geschmack getroffen, was es nur noch tragischer machte.

Entschlossen legte ich es mir an. Drehte den Arm im Sonnenlicht und sah mir das Schmuckstück genauer an. Ich würde es in Zukunft immer tragen, denn es würde mich daran erinnern, dass ich nicht mehr mein Herz öffnen wollte. Dieses Armband würde mir jeden Tag vor Augen halten, wo Dummheit hinführte – zu einem gebrochenen Herzen. Von nun an sollte es mein ständiger Begleiter sein.

Ich atmete noch einmal tief durch, wischte über mein Gesicht und machte mich dann auf den Weg zu Mr Sanders kleinem Gemüseladen, um mir Lebensmittel zu kaufen, und anschließend würde ich beim Kiosk eine Zeitung besorgen und die Stellenanzeigen durchgehen.

Es wäre doch gelacht, wenn ich nicht bald einen Job bekommen sollte. Wenn nicht, hatte ich immer noch einen fünftausend Dollar Scheck, für den ich bitter bezahlt hatte. Diesen Job hatte ich offenbar zur vollsten Zufriedenheit meines Chefs erledigt, dachte ich sarkastisch.

Dann fiel mir die Geldbörse ein, die oben in einer meiner Schubladen lag. Doch dieses Geld wollte ich nicht anrühren. Ich würde es ihm einfach irgendwann zurückgeben. Nur wann? Eine so hohe Summe nicht persönlich zu übergeben wäre verantwortungslos.

Ich zuckte mit der Schulter. Irgendwann wäre er mal wieder in San Francisco, die Presse würde darüber berichten und ich gab es ihm dann zurück, lächelnd.

Ja, das war ein guter Plan.

Die Tage zogen an mir vorbei, ohne dass ich sie so richtig wahrnahm. Ich hatte einen Job in einem kleinen Café in der Bondstreet angenommen. Die Besitzerin hatte einen Barista gesucht und da ich genau dafür einen Lehrgang absolviert hatte, stellte ich mich dort vor.

Es war zwar mies bezahlt, aber ich hoffte, dass das Trinkgeld üppig ausfiele. Heute würde ich dort beginnen und einen neuen Lebensabschnitt anfangen.

Mein Rauswurf aus dem *Marnie´s* war zwar erst zehn Tage her, aber es kam mir vor, als wäre ein halbes Leben vergangen, so viel war seither geschehen und hatte mich aus der Bahn gerissen.

Sandy machte sich fürchterliche Sorgen und ich konnte sie nur mit viel reden davon abhalten, in den nächsten Flieger zu springen und zu mir zu fliegen.

Klar hätte ich mich gefreut, meine beste Freundin wiederzusehen, doch ich wusste auch, dass ihre Gegenwart mich in ein Häufchen Elend verwandeln würde. Vermutlich wäre ich dann zusammengebrochen und hätte nicht mehr aufgehört zu weinen. So musste ich stark sein und funktionieren. Und das tat ich auch an diesem Morgen.

Die Arbeit war nicht schwierig, entsprach sie doch

im Großen und Ganzen der im *Marnie´s*. Nur das frühe Aufstehen blieb mir erspart, denn das Café ließ sich mit Backwaren beliefern.

Ich war freundlich, aber distanziert zu den Gästen und meiner Kollegin. Doch Mary-Anne versuchte ständig, mit mir zu reden, und als ich nicht antwortete, plapperte sie so viel, dass es für uns beide reichte. Sie war ungefähr in meinem Alter und eine schrille Person, nicht nur was ihr Äußeres betraf.

»Mein Freund und ich«, begann sie. Fast alle Sätze fingen so an, was mich langsam, aber sicher in den Wahnsinn trieb. Ich wollte mich aber nicht gleich am ersten Tag unbeliebt machen, indem ich sie zurechtwies.

»Wir wollen am Wochenende zum Strand. Hast du Lust, mitzukommen?« Sie steckte eine ihrer pinkfarbenen Haarsträhnen fest und sah mich abwartend an.

»Sorry, ich kann nicht.«

Doch anstatt mich in Ruhe zu lassen, fragte sie nach. »Warum nicht?«

Das durfte vielleicht Sandy fragen, aber niemand, der mir völlig fremd war. Innerlich stöhnte ich genervt, doch ich blieb nach außen cool.

»Privat.«

Kurz verengten sich Mary-Annes Augen zu Schlitzen. »Okayyyyy, hab verstanden.«

Als sie sich umdrehte und anfing, die Regale zu schrubben, überkam mich dennoch ein schlechtes Gewissen.

Warum war ich nur so abweisend zu ihr? Schließlich konnte sie nichts für den Mist, der hinter mir lag. Doch ich konnte nicht über meinen Schatten springen, also schwieg ich und räumte das Geschirr aus der Maschine zurück in die Schränke.

Kurz vor Feierabend kam ein älterer Mann in einem feinen Anzug in das Café, setzte sich an den Tresen und bestellte einen Cappuccino.

Ich machte mich sofort an die Arbeit und bereitete ihm gekonnt die italienische Kaffeespezialität zu. Auf die Untertasse packte ich einen Keks, den ich aus einem Metallbehälter entnahm.

Als ich mich umdrehte, erstarrte ich jedoch und ein kleiner Teil der Flüssigkeit schwappte aus der Tasse auf das Gebäck.

Rasch wendete ich mich wieder um und kämpfte mit meinen Gefühlen. Damit ich nicht noch mehr verschüttete, stellte ich das Getränk ab und nahm einen neuen Teller aus dem Schrank. Ich richtete alles wieder schön her und brachte es dann dem Gast.

Lächelnd legte er die Tageszeitung zur Seite und gab zwei Stück Zucker in die Tasse.

Immer wieder huschte mein Blick zu der Titelseite der Tageszeitung. Der Hauptartikel bestand aus zwei Fotos. Das eine zeigte den Bürgermeister und seine Frau und wies in der Mitte einen, mittels eines Grafikprogrammes eingefügten, Riss auf. Daneben war ein überdimensionales Plus zu sehen und ein weiteres Bild. Auf diesem Foto blickte Rick in die Kamera und grinste selbstgefällig.

Die Aufnahmen und wie sie arrangiert waren,

hätten genügt, doch die Schlagzeile verdeutlichte noch einmal, was ich mir bereits zusammengereimt hatte:

Trennung!
San Franciscos Bürgermeister muss zukünftig allein regieren.New Yorks Herzensbrecher Nummer 1 hat wieder zugeschlagen!

Ich schluckte den dicken Kloß hinunter, der sich in meiner Kehle gebildet hatte.

Du hast schon Schlimmeres überstanden, Elena, sagte ich mir selbst und atmete tief ein.

KAPITEL 20

Rick

»Verfickte Scheiße!«, platzte es aus mir heraus.

Um mich herum war es mucksmäuschenstill. Meine Bostoner Mitarbeiter waren einiges von mir gewöhnt, aber Fluchen während der Arbeitszeit und dann noch in einer solchen Lautstärke gehörte nicht dazu. Das erste Mal seit meiner Ausbildungszeit war mir etwas angebrannt.

Elena ging mir nicht aus dem Kopf. Da war es auch nicht hilfreich, dass mich meine Mutter vor zwei Stunden angerufen hatte, um mir die Hölle heißzumachen.

»Ich versuche seit Tagen, deine Verlobte zu erreichen, doch die geht weder ans Telefon noch antwortet sie auf meine Nachrichten«, hatte Mom in aufgebrachtem Tonfall erklärt. »Ist ihr etwas passiert? Geht es ihr nicht gut? *Perché non mi dici niente? Voglio una risposta, adesso, hai capito?*«

»Es geht ihr gut. Vermutlich hat Elena im Moment zu viel zu tun. Was willst du denn von ihr?«, hatte ich genervt gefragt und ein betretenes Schweigen geerntet. »Hallo? Mamma?«

»Elena? Ich dachte, sie heißt Allegra?«

Oh nein!

»Mom, ich bin gerade am Kochen, melde mich später.« Damit hatte ich kurzerhand aufgelegt.

Kopfschüttelnd schob ich die Pfanne auf die Arbeitsfläche. Aufgrund eines Banketts, das heute hier in meinem Bostoner Lokal stattfand, hatte man mich extra als Koch gebucht und ich war von New York hierher gefahren. Manche wollten eben direkt vom berühmten Chef bekocht werden und ließen dafür extra Summen hier. Aber so wurde das nichts. Ich war unfähig ein Steak anzubraten!

»Tyler, du übernimmst die Aufsicht. Ich bin für heute raus!«, motzte ich in den Raum hinein. Und als ich die Küche verließ, nahm ich wahr, wie aufgeregtes Getuschel einsetzte. Da würden meine Leute noch ein paar Tage länger dran zu knabbern haben.

Matt ließ ich mich auf den Stuhl meines Bostoner Büros fallen. Dass ich die Aufsicht über die Küche meinem Stellvertreter anvertraut hatte, war wahrscheinlich besser so. Wer wusste schon, was ich noch alles an Gerichten versaut hätte.

Ich war müde und brauchte dringend Schlaf, denn der war in den letzten vier Wochen auch zu kurz gekommen.

Das erste Mal in meinem Leben – wieder ein erstes Mal – verzehrte ich mich nach einer ganz bestimmten Frau. Und das war noch untertrieben für den Schmerz, der in mir tobte.

Immer wieder ertappte ich mich dabei, wie ich grundlos aufbrauste, wütend herumschrie und völlig unangemessen handelte. Nun hatte es die Mitarbeiter in der Küche erwischt. Mittlerweile war ich für meine Mitarbeiter in New York zu einer wandelnden Zeitbombe geworden, weshalb ich kurzentschlossen das Angebot angenommen und die Stadt und das Restaurant gewechselt hatte. Ich war davon ausgegangen, dass mich der Ortswechsel auf andere Gedanken bringen würde. Das war wohl die falsche Entscheidung gewesen.

Früher hatte ich mich damit gebrüstet, dass in meinen Küchen ein harmonischer Umgangston vorherrschte, doch davon war ich nun meilenweit entfernt. Selbst Jim, der endlich wieder in New York war, hatte ich schon angeschrien, woraufhin er mit mir ins Gym gefahren war, wo ich mich hatte austoben können. Aber das half nur zeitweise.

Ein Klopfen an der Tür riss mich aus meinen Gedanken.

»Ja?«, rief ich.

Monica steckte ihren hübschen Kopf ins Zimmer herein. Die junge Kellnerin hatte vor ein paar Monaten hier angefangen und stellte sich gut an. Ich hatte ihr, als ich vor ein paar Tagen hier angekommen war, einen Festvertrag gegeben.

»Soll ich Ihnen etwas zu trinken bringen? Matthew meint, das wäre vielleicht nötig.«

Ich sah ihr deutlich an, wie unangenehm es ihr war, dass der Barkeeper ihr diese Aufgabe zugeteilt hatte. Vermutlich dachte sie, ich wäre ein Choleriker. Warum auch nicht, sie kannte mich nicht anders.

Sie gefiel mir. Vielleicht gerade deshalb, weil sie mit Elena nichts gemein hatte. Sie sah gut aus, allerdings auf eine ganz andere Art. Während Elena warm und feurig war, war Monica eher zart und kühl.

Wie Feuer und Wasser, ging es mir durch den Kopf.

»Schon gut, ich habe alles, was ich brauche.«

Fast alles. Bis auf die Frau, die mich sogar in meinen Träumen verfolgte. Ausgerechnet ich, der sich nie verliebte, verschenkte mein Herz an so ein Flittchen.

»Okay«, erwiderte Monica schüchtern und wendete sich zum Gehen.

»Warte«, herrschte ich sie an und bereute es gleich wieder. Sie konnte ja nichts dafür.

Unsicher drehte sie sich noch einmal zu mir und sah mich an, als hätte sie Angst vor mir. Vermutlich waren ihr meine Wutausbrüche in der letzten Woche nicht verborgen geblieben.

»Nenn mich Rick.«

Ein Nicken.

»Komm her!«

Mit geweiteten Augen tapste sie auf mich zu. Ihr Busen drückte die Knopfleiste ihrer weißen Bluse auseinander und fachte meine Fantasie an.

»Hast du Lust, nach deiner Schicht noch etwas trinken zu gehen?« Langsam fuhr ich mit meinem

Daumen über meine Lippe und beobachtete die Frau, wie sie die Augen aufriss.

Vielleicht würde sie dafür sorgen können, dass Elena aus meinem Kopf verschwand.

»Ja, sehr gern!« Ein schüchternes Lächeln wanderte über ihr Gesicht, ehe sie sich umdrehte und den Weg zur Tür zurücklegte. Doch ihr kleiner wackelnder Arsch bewirkte nichts bei mir.

Nachdem sie die Tür von außen geschlossen hatte, stellte ich mir vor, wie ich ihr nachher die Klamotten vom Leib reißen und meinen Schwanz in ihrer Pussy vergraben würde. Aber selbst diese Vorstellung sorgte nicht dafür, dass ich mich auf die Verabredung freute. In meiner Hose blieb es still.

Elena! Diese verfluchte Elena hatte mich dazu verdammt, nur an sie denken zu können!

Wütend ballte ich meine Hände zu Fäusten und stand auf. Monica würde ihren Feierabend allein verbringen müssen. Ich griff nach meiner Jacke und dem Autoschlüssel, dann verschwand ich, ohne jemandem Bescheid zu geben. New York hätte mich spätestens in drei Stunden wieder.

Vermutlich würden sowieso alle erleichtert aufatmen, wenn sie bemerkten, dass ich das Restaurant und Boston verlassen hatte.

Am nächsten Morgen sah die Welt auch nicht viel besser aus. Ich hasste diesen Zustand, in dem ich mich befand. Vielleicht hätte ich mir die kleine Monica doch mit ins Hotel nehmen sollen, statt nach New York zurückzurasen.

Irgendwie musste ich aus diesem Mist herauskommen. Deshalb schrieb ich Jim eine Nachricht. Da Samstag war, hatte er vielleicht Zeit für eine Trainingseinheit und kurz darauf erhielt ich auch schon die Antwort:

Elf Uhr, Central Park, zieh deine Laufschuhe an, keine Lust auf Mief, brauche frische Luft, gestern zu viel getrunken.

Grinsend schüttelte ich den Kopf. Jim hatte gestern einen Pokerabend mit seinen Kollegen gehabt. Zu viel Alkohol sprach dafür, dass er verloren hatte. Und das verkündete eher ein Rennen als einen gemütlichen Lauf. Er würde die Niederlage wettmachen wollen, indem er mich so lange durch den Park hetzte, bis ich aufgab, aber nicht mit mir. Aufgeben war etwas für Feiglinge, die nicht kämpfen wollten.

Alles klar! CU

Eine Stunde später stand ich an unserem üblichen Treffpunkt und konnte Jims Ankunft mit einem Schmunzeln verfolgen. Das Basecap tief ins Gesicht gezogen und die dunkle Sonnenbrille auf der Nase schirmte er sich vor jeglichem Sonnenlicht ab. Ein Vampir im Central Park.

Es war mir ein Rätsel, wie ein Mann mit einem Kater immer solche sportlichen Höchstleistungen bringen konnte. Aber Jim verstoffwechselte Alkohol offenbar schneller als andere.

Er legte ein beachtliches Tempo an den Tag. Aber auch ich war gut in Form, und so blieben wir gleichauf und konzentrierten uns auf unsere Schritte und die Atmung.

Irgendwann hatte ich den Punkt erreicht, an dem sich wieder Elena in mein Bewusstsein schlich und mein Denken vereinnahmte.

Ich fragte mich, ob sie auch nur einen Gedanken an mich verschwendete. Oder war die Begegnung zwischen uns spurlos an ihr vorbeigegangen? War ich nur ein weiterer Kunde auf einer unendlich langen Liste?

»Lass mich raten, du denkst wieder an die kleine Hostess. Heiß, dunkelhaarig und nicht dein?« Jim konzentrierte sich auf den Weg vor uns, aber ihm war nicht entgangen, dass ich geistig nicht anwesend war.

Das war so typisch für ihn. Er tat immer auf obercool und doch war er feinfühliger als jede Frau. Das war wahrscheinlich auch ein Grund, warum er sich nicht auf eine Beziehung einlassen wollte. Im Gegensatz zu mir hatte er noch nie etwas Festes gehabt. Na gut, die Sache mit Janet war auch extrem in die Hose gegangen, aber es zeigte doch, dass ich es nicht grundsätzlich ablehnte. Oder besser gesagt, bisher hatte ich es abgelehnt, jetzt nicht mehr. Denn seitdem war viel passiert.

Jim war aber ein Mann, der einfach keine Beziehung wollte, weil er der Meinung war, früher oder später würden die rosaroten Wolken verschwinden und dann wären da nur noch Schmerz und Leid. Vermutlich gründete das in seiner Kindheit. Seine Mutter hatte einen Männerverschleiß, der bei uns in der Nachbarschaft legendär gewesen war. Insgesamt sechsmal war sie schon verheiratet gewesen und ihre vielen Beziehungen wagte niemand mehr von uns zu zählen.

Jim hatte früh mitbekommen, wie es war, wenn Beziehungen auseinandergingen. Er hatte erlebt, wie seine Mutter weinend zurückblieb, wie Männer weinend vor ihrem Haus standen, und wie sehr er selbst gelitten hatte, konnte ich nur erahnen. Alles hatte er mir mit Sicherheit nicht erzählt. Aber eins war klar: Er war ein Mann mit dem Grundsatz, niemals eine Beziehung einzugehen.

»Welche Hostess?«, fragte ich scheinheilig und setzte zu einem Spurt an.

»Na warte!«, rief Jim und rannte mir hinterher, doch er hatte keine Chance. Dafür waren wir beide in etwa gleich stark und weil ich nun einen guten Vorsprung hatte, konnte er mich nicht mehr einholen.

Lachend kam ich an der Gothic Bridge zum Stehen.

»Du Arsch! Du hast mich erwischt!«, schimpfte Jim neben mir und ließ sich ins Gras fallen.

»Danke, du auch!« Ich wartete noch einen Moment, bis ich nicht mehr ganz so außer Atem war, und setzte mich dann zu ihm.

»Also?«

»Also, was?«, fragte ich, obwohl ich wusste, auf was er hinaus wollte.

»Ach komm schon, Rick! Was ist mit Elena? Hast du versucht, Kontakt zu ihr aufzunehmen?«

»Warum sollte ich?« Ich legte mich zurück und sah

in den wolkenlosen Himmel. Es war Sommer geworden, ohne dass ich es richtig mitbekommen hatte.

Jim gab nur einen undefinierten Laut von sich und ließ sich ebenfalls auf den Rücken fallen, dann schwiegen wir eine Weile.

Ich brach als erster die Stille. »Ich werde mich von ihr fernhalten.«

»Hat sie inzwischen den Scheck eingelöst?«

»Nein.« Das war der Punkt, der mich immer wieder an der Entscheidung zweifeln ließ, Elena zu vergessen. Die fünftausend Dollar waren noch immer auf meinem Konto und nicht auf ihrem. Sie hatte das Geld, das ich ihr für den Job gezahlt hatte, nicht angerührt. Keinen einzigen Cent.

»Vielleicht solltest du mit ihr sprechen. Ich meine, sie war nicht von der Agentur, hat dein Geld nicht genommen und sie hat dir deutlich gesagt, dass sie so etwas normalerweise nicht macht. Und dann packst du ihr den Umschlag in ihren Briefkasten und verschwindest.« Jim drehte sich zu mir und stützte sich auf dem Ellbogen auf. »Was, wenn du total daneben gelegen hast?«

»Denk an den Typen!«, brummte ich mürrisch und schloss die Augen.

»Was, wenn es ihr eifersüchtiger Exfreund war?«

»Was, wenn es ihr Zuhälter ist?«, stellte ich die Gegenfrage.

»Warum hat sie dann nicht den Scheck eingelöst?«

»Was weiß ich denn? Vielleicht hat sie ihn verloren!«

»Das glaubst du doch selbst nicht, Rick!«

Nein, das glaubte ich nicht. Und das war das

Problem an der ganzen Sache. Ich konnte Elena nicht vergessen, weil es sich so echt angefühlt hatte. Und die Tatsache, dass sie das Geld nicht wollte, obwohl sie es bestimmt brauchte, ließ mir keine Ruhe.

»Denk mal drüber nach und dann entscheide dich für das Richtige. Die Zeit arbeitet gegen dich.«

»Ja, Mamma!«, stieß ich genervt hervor und sprang auf. »Komm schon, lass uns einen Sprint zu unseren Autos einlegen«, forderte ich Jim heraus. Das ließ er sich nicht zweimal sagen, und schon donnerten unsere Schritte über den Boden des Central Parks.

KAPITEL 21

Elena

Und? Machst du mit?«, fragte Mary-Anne aufgeregt, als wir kurz vor Feierabend den Laden aufräumten. Ihre lilafarbene Mähne wippte dabei auf und ab und erinnerte mich an eins dieser bunten Plastikponies, die ich als Kind gehabt hatte. Nur, dass dieses Pony auch noch hyperaktiv war.

In den letzten Wochen hatte ich Mary-Anne in mein Herz geschlossen. Klar, sie war völlig anders als ich – wild, verrückt und durchgeknallt. Aber sie besaß das Herz eines Engels, auch wenn man das zuerst nicht erkennen konnte, weil die schrillen Farben und ihre flippige Art es gut verbargen. Ihr Freund war ein Nerd und passte rein optisch überhaupt nicht zu ihr. Doch die beiden verband eine reine und aufrichtige Liebe.

Mary-Anne und ich lachten viel zusammen und ich vertraute ihr mittlerweile. Sie würde vermutlich nie Sandys Platz einnehmen können, aber sie war zu einem wichtigen Teil meines Lebens geworden.

Und dann hatte sie mir noch eine ganz große Last von den Schultern genommen. Sie hatte mir klarmachen können, dass ich nicht dafür verantwortlich war, dass der Laden meiner Familie den Bach runtergegangen war. Das half mir zwar nicht wirklich, denn um ihn mir zurückzuholen, bräuchte ich Geld, viel Geld, aber immerhin war dieses immense moralische Gewicht von meinen Schultern genommen.

»Ich weiß nicht«, gab ich zweifelnd zu bedenken und stellte einen Stuhl auf einen der fünf Tische.

Mary-Anne blieb stehen und stemmte ihre Fäuste in die Hüften. »Was weißt du nicht? Du willst mir doch nicht ernsthaft weismachen, dass du bis an dein Lebensende die Barista in einem mittelmäßigen Café spielen willst?«

»Warum denn nicht? Ich mag meinen Job und Mrs Chester bezahlt pünktlich.«

»Warum denn nicht?«, äffte sie mich nach. »Weil du verdammt noch mal begnadet bist. Du kannst backen, dass ich Tränen in die Augen bekomme, wenn ich deine Kreationen nur rieche.«

»Jetzt übertreib mal nicht so!« Lächelnd, weil ich mich doch geschmeichelt fühlte, griff ich nach dem nächsten Stuhl. »Außerdem würden mich die Fahrkarte und die zwei Übernachtungen eine ganze Stange Geld kosten.«

»Ich bezahle die Hälfte deiner Fahrkarte, wenn du es machst. Schlafen werden wir bei meinem Bruder, so sparen wir uns die Kosten für ein Hotel. Wenn du gewinnst, bekomme ich es wieder. Wenn nicht, dann sind die Juroren geschmiert worden. Anders kann es gar nicht sein.« Meine Kollegin und Freundin sah mich ernst an. Das war selten, da sie eigentlich immer am Lachen war.

»Das ist Blödsinn.« Kopfschüttelnd nahm ich den Wischmopp.

Doch Mary-Anne riss ihn mir aus der Hand. »Pass mal auf, wenn du da nicht freiwillig hinfährst, werde ich dich fesseln und knebeln und dich persönlich zu dem Contest schleifen.«

Das traute ich ihr sogar zu.

Doch was Mary-Anne nicht wusste – Matteo würde ebenfalls an diesem Wettbewerb teilnehmen und ich wollte ihm auf keinem Fall wiederbegegnen.

Vor zehn Tagen war Mary-Anne mit dem Flyer zu ihrer Schicht erschienen und hatte wie wild damit herumgewedelt. Zuerst hatte ich mich von ihrer Euphorie anstecken lassen und tatsächlich mit dem Gedanken gespielt, mich dort anzumelden. Ein Back- und Patissierie-Wettbewerb mit einem Preisgeld von fünfzigtausend Dollar und einem Werbevertrag. Insgeheim hatte ich mir schon überlegt, was ich damit machen könnte. Doch dann hatte ich mir den Flyer genauer angesehen und mich an denjenigen erinnert, den Matteo mir mitgebracht hatte, als er versucht hatte, mich zurück ins *Marnie´s* zu bekommen. Es war nicht der gleiche, aber als ich mir die Daten und alles durchgelesen hatte, war klar, dass es sich um denselben Wettbewerb handelte. So ein Mist!

»Matteo wird bestimmt auch dort sein.«

Mary-Anne hielt kurz inne, um dann umso wilder zu gestikulieren und sich aufzuregen. »Gerade deswegen musst du da hin. Du kannst doch nicht zulassen, dass er mit abgeänderten Rezepten deiner Großmutter den Wettbewerb gewinnt.« Wütend wischte sie den Boden, als wäre dieser dafür verantwortlich, was Matteo mir angetan hatte.

Von Matteo hatte ich Mary-Anne bereits erzählt, aber Rick war in unseren Unterhaltungen nie Thema gewesen. Es tat immer noch weh, an ihn zu denken. Vielleicht wurde es aber auch Zeit, darüber zu reden. Das würde mir vielleicht helfen, ihn zu vergessen.

Eine Stunde später saßen Mary-Anne und ich immer noch an einem der kleinen Tische im Café. Der Raum war nur in das Licht der einzelnen Kerze getaucht, die wir angezündet hatte. Der Tee war getrunken und die letzten Cookies des heutigen Tages hatten wir auch verputzt.

»Und er hat echt gedacht, dass du eine Professionelle bist?« Mary-Anne runzelte die Stirn so stark, dass ich Angst hatte, ihre Haut würde dauerhaften Schaden erleiden.

»Ja«, erwiderte ich traurig.

»Unfassbar!«

»Ja!«

»Sag doch nicht immer nur Ja! Reg dich auf, fluche und rede schlecht von ihm, aber nicht nur *ja*! So wirst du nie über ihn hinwegkommen«, schimpfte meine Freundin.

Ich wusste nicht, ob ich jemals über die Sache hingekommen würde. In den drei Tagen war zwischen mir und Rick etwas entstanden, das so ganz anders war – so echt – so richtig. Es hatte sich so angefühlt, als wäre ich vollständig. Doch ich konnte froh sein, dass der Job nicht länger gedauert hatte, denn dann wäre ich vermutlich ganz zerbrochen.

»Wir reden mit Mrs Chester«, riss mich Mary-Anne in diesem Moment aus meinen Gedanken. »Wir fahren Sonntag nach der Schicht im Nachtzug nach Los Angeles, sind dann Montagmittag da, und du nimmst an dem Event teil. Abends ist die Verkündung der Gewinnerin, also in dem Fall die Verkündung deines Namens. Wir feiern, übernachten bei meinem Bruder, machen die Stadt am Dienstag unsicher, damit wir wenigstens mal Venice Beach und den Walk of Fame gesehen haben, und dann fahren wir mit dem Nachtzug wieder zurück nach San Fran. Das wird mega anstrengend, aber wir schaffen das!«

»Wir?« Lächelnd blickte ich meine Freundin an.

»Na klar, ich begleite dich natürlich und beschütze dich vor diesem Idioten. Der kommt keine zwei Meter an dich heran, dafür werde ich schon sorgen.« Mary-Anne wirkte dermaßen entschlossen, dass ich anfing zu lachen.

»Und du glaubst, Mrs Chester macht da mit?«

»Logisch, wenn ich ihr erzähle, dass du Liebeskummer hast und mich an deiner Seite brauchst, um dich abzulenken und meinem Bruder Damian vorzustellen, wird sie Feuer und Flamme sein. Sie verschlingt jeden Tag einen dieser Heftchen Romane.« Ihr Augenrollen brachte mich erst recht zum Lachen. »Bevor du hier angefangen hast, saß sie manchmal stundenlang dort hinten in der Ecke und hat gelesen.«

»So so?« Doch ich konnte mir Mrs Chester sehr gut vorstellen, wie sie sich mit einem Liebesroman zurückzog. Mittlerweile war sie über siebzig Jahre alt und froh, sich nun nicht mehr um das Geschäft kümmern zu müssen.

»Und wenn wir es ganz groß aufziehen wollen, nehmen wir meinen Bruder mit und geben ihn als deinen Freund aus. Der sieht ungelogen echt krass scharf aus. Aber wehe, du baggerst ihn an.« Ihre Augenbrauen wackelten verschwörerisch auf und ab.

»Ich weiß nicht«, gab ich matt von mir. Allein der Gedanke, bei dem Event Matteo zu begegnen, sorgte dafür, dass mir die Lust darauf verging. Klar, so ein paar Tage in L.A. gemeinsam mit Mary-Anne waren mit Sicherheit eine willkommene Abwechslung. Aber vielleicht sollte ich an irgendeinem anderen Wettbewerb teilnehmen und nicht ausgerechnet an diesem.

Mary-Anne war vor Vorfreude total überdreht und klatschte in die Hände. »Und um dem Arsch den Todesstoß zu verpassen, wirst du ihm das beschissene Preisgeld vor der Nase wegschnappen. Und falls er dich wieder anmacht, hältst du mit Damian Händchen.«

Unwillkürlich wanderte meine Hand zu dem Armband, das ich nie ablegte.

»Was hat es eigentlich mit dem Armband auf sich? Wenn dieser andere Arsch … Wie war noch mal sein Name?«

»Rick.« Seinen Namen auszusprechen tat weh.

»Okay, wenn dieser Rick dich so verletzt hat, warum trägst du das Scheißteil noch?« Ratlosigkeit stand in ihrem Gesicht geschrieben.

»Es soll mich daran erinnern, dass ich nie mehr mein Herz öffnen will. Dieses Armband hält mir jeden Tag vor Augen, wo Dummheit hinführt.« Meine Worte klangen entschlossen, in mir drinnen sah es jedoch völlig anders aus.

»Oh Elena!« Schnell stand Mary-Anne auf und kam um den Tisch herum. Im nächsten Moment fühlte ich ihre Arme, die sich tröstend um mich schlangen.

Kurz versteifte ich mich, doch dann brachen alle Dämme. Schluchzend klammerte ich mich an ihr fest.

So standen wir einige Minuten da und sie strich mir immer wieder tröstend über den Rücken, während ich mir endlich den Schmerz zugestand, den ich seit Wochen in mir verbarg.

»Weine ruhig, aber glaub mir, es gibt sie, die Liebe. Irgendwann wirst du glücklich sein, ganz sicher.«

»Ich will den Kerl gar nicht mehr«, flüsterte ich halbherzig. »Ich werde allein glücklicher sein.«

Der Blick, den sie mir schenkte, zeigte deutlich, dass sie mir nichts von dem abnahm, was ich sagte. Wie auch? Ich glaubte mir ja selbst nicht.

»Dein Kerl interessiert mich einen Scheiß! Ich will,

dass er sich selbst fragt, wie er so dumm sein konnte, die wundervollste Frau überhaupt so zu behandeln. Sein kleines lächerliches Herz soll zerbrechen und dann werden wir beide auf den Splittern herumtanzen.«

»Aha!«, erwiderte ich wenig überzeugt.

»So, und nun vergiss das Arschloch und denk drüber nach, Matteo fertig zu machen.«

Irgendwie sprang Mary-Anne zu schnell hin und her. Oder mein Hirn befand sich in Auflösung nach so vielen Tränen. Fragend sah ich sie an.

»Ich will, dass du gewinnst. Und dass wir mit einem fünfzigtausend Dollar Scheck nach Hause fahren. Das sollte auch dein Ziel sein. Nichts anderes.«

Bitte, liebe Mrs Chester.« Mary-Anne sah unsere Chefin an wie ein verhungernder Welpe. Mit Erfolg. »Ich habe Elena außerdem schon vor Tagen dort angemeldet und sie haben sie als letzte Kandidatin zugelassen!«

»Du hast was?«, entfuhr es mir.

Entschuldigend lächelte sie mich an. »Ich weiß doch, wie du bist, und ich weiß auch, dass du darauf spekuliert hast, dass du die Anmeldung zu spät abgeben würdest und dann nicht hinfahren musst. Schätzchen, ich habe dir geholfen.« Sie drückte mir einen Kuss auf die Wange und hinterließ mich sprachlos.

Eins musste ich ihr zugestehen, insgeheim war ich tatsächlich davon ausgegangen, dass die Anmeldefrist bereits überschritten war.

»Mrs Chester?«, fragte Mary-Anne wieder mit diesem Hundeblick.

»Schon gut, schon gut. Ich übernehme den Laden von Sonntag bis Mittwoch, dann habt ihr zwei Tage länger, um euch die Stadt anzugucken.« Dann sah Mrs Chester ernst zu mir. »Und wenn du den Wettbewerb gewinnst, dann gibt es hier zukünftig zu jedem Kaffee oder Tee einen selbst gebackenen Keks. Auch wenn du dann nicht mehr bei mir arbeitest. Einverstanden?«

Feierlich nickte ich, auch wenn bei mir nun die Aufregung stieg angesichts der Tatsache, dass ich definitiv angenommen werden würde. »So schnell werden Sie mich nicht los.«

Sie winkte gutmütig ab. »Gut, dann haben wir einen Deal!«

Mary-Anne klatschte aufgeregt in die Hände und jauchzte. »Ja, ja, das haben wir. Deal!«

»Und ich will Bilder von Elena und Damian«, fügte meine Chefin dann noch hinzu und zwinkerte mir grinsend zu.

Jauchzend sahen Mary-Anne und ich uns an. Ich konnte mir im Moment nicht vorstellen, dass ich eine Chance hatte, zu gewinnen, aber wenn, dann wäre die Möglichkeit gegeben, dass ich mich mit meinem eigenen Laden selbstständig machen könnte.

Kreischend fiel Mary-Anne Mrs Chester um den Hals. »Danke, bester Boss ever!« Sie ging sogar so weit, dass sie der älteren Frau einen Kuss auf die Wange drückte.

»Schon gut, du kleine Hexe. Jetzt krieg dich mal

wieder ein«, rügte Mrs Chester meine Freundin liebevoll. »Und nun ab an die Arbeit mit euch beiden.«

Mary-Anne und ich sahen uns an und in diesem Moment fühlte ich die Vorfreude und Aufregung von ihr auf mich überspringen. Wir waren im Begriff nach L.A. zu fahren!

KAPITEL 22

Rick

»Pass auf, Rick. Ich habe jetzt eindeutig genug von deiner miesen Laune! Entweder du fliegst nach San Fran und sprichst mit ihr oder du fickst ne andere und bekommst den Kopf wieder frei.« Jim saß am Steuer seines Bentley und schielte zu mir rüber.

»Ich entscheide immer noch selbst, wen und wann ich ficke.« Genervt schaute ich aus dem Fenster.

»Hast du mittlerweile mit deiner Mutter geredet?« Jim blickte zu mir rüber, was ich aus dem Augenwinkel bemerkte.

»Wohl oder übel.«

»Und?« Ich konnte Jim seine Neugier nicht verübeln. Wäre er in meiner Situation hätte ich vermutlich täglich bei ihm angerufen, um herauszubekommen, was Sache ist. Doch bisher hatte er mich nicht einmal genervt.

»Was denkst du denn? Sie ist wütend«, gab ich zu. »Nachdem ich ihr alles gebeichtet habe, wollte sie zwei Tage nicht mit mir reden und dann hatte sie mich zu meiner guten Wahl beglückwünscht.«

Jim verfiel in schallendes Gelächter. »Ich liebe deine Mutter!«

Ich hatte die Schnauze voll von meiner Mutter und der Sache mit Elena zu sprechen. »Lass uns ins Stetson fahren.«

Lachend betätigte Jim den Blinker. »Wenn schon, denn schon?«

»Du hast es erfasst!«

Das Stetson war ein Etablissement, das man nur kannte, wenn man dazugehörte. Hier traf man sich für Spielchen besonderer Art. Ein sogenannter Swinger-Treff der Oberklasse.

Man erfuhr nur, wo und wann das Burlesque-Event stattfand, wenn man eingeladen wurde. Und das wurde man nur, wenn man reich, schön, berühmt oder einflussreich war. Am liebsten war es dem Besitzer Devon Lavender, wenn man all diese Attribute mit sich brachte. Einmal im Monat trafen sich die Reichen und Schönen New Yorks, die Lust auf Lust hatten.

Die Adresse war geheim, aber ich war schon lange Mitglied des erlauchten Clubs. Das hatte seinen Preis. Bis zu zwanzigtausend Dollar im Jahr kostete es, dazuzugehören. Und wer dachte, dass es nur Männer waren, die hier ihr Vergnügen suchten, lag völlig falsch. Sämtliche Teilnehmer, außer denen, die für eine professionelle Show gebucht wurden, waren Teil der erfolgreichen Gesellschaftsschicht Amerikas. Sobald neunundneunzig drin waren, wurde das Etablissement für weitere geschlossen.

Ich hatte keinen Fetisch, obwohl einem hier alles geboten wurde, was man sich vorstellen konnte – zumindest, solange es legal war. Oft machte ich nicht Gebrauch von dieser Mitgliedschaft, aber es war mit Sicherheit die beste Methode, um auf andere Gedanken zu kommen. Und heute hatte ich das bitter nötig.

Das Haus lag versteckt und man konnte es von der Straße aus nicht sehen, sondern nur das geschlossene schmiedeeiserne Tor, hinter dem ein langer Kiesweg zum Eingang führte.

Fast spürte ich schon den Sex in der Luft schwingen und ein Kribbeln lief durch meinen Körper. Ja, heute würde ich mir die Kleine aus dem Kopf vögeln und dann für immer vergessen.

Der zurzeit elitärste und geheimnisvollste Sexclub New Yorks erstrahlte durch ein paar dezente Scheinwerfer. Vor der Villa standen bereits jede Menge andere Nobelkarossen und Jim parkte neben einer von ihnen.

»Guten Abend, Mr Colella und Mr Carson«, begrüßte uns der Türsteher, als wir die imposante Treppe des Hauses hinter uns gelassen hatten.

»Guten Abend, wir brauchen zwei Masken.« Ich hatte keine Lust auf belangloses Geplänkel, also kam ich gleich zur Sache.

»Wie Sie wünschen, Sir.« Der Mann gab einem Dienstmädchen einen Fingerzeig und schon wurden uns zwei edle Masken in die Hände gelegt, die wir aufsetzten.

»Viel Spaß!«, sagte die junge Frau und sah devot zu Boden.

»Den werden wir haben«, gab Jim lachend von sich.

Kaum hatten wir den Vorraum passiert, eröffnete sich uns die Show. Drei angeheuerte Pornoprofis standen auf einem der Podeste und zeigten uns die Kunst des Oralsex. Im nächsten Raum konnten Jim und ich uns japanische Fesselspiele ansehen.

Viele der Anwesenden wollen sich unter dem Deckmantel der Anonymität einmal fühlen wie in Fifty *Shades of Grey*, oder wie in Stanley Kubricks *Eyes Wide Shut*.

Auch hier galt das Swinger-Motto: "Alles kann, nichts muss". Dementsprechend gab es hier auch viele Gaffer. Ich hatte noch nie nachvollziehen können, wie sich Leute mehr an dem ergötzen konnten, was andere taten, als selbst in Aktion zu treten.

Der dritte Raum war in gedämpftes Licht getaucht. Einige Paare hatten sich auf den dort arrangierten Sitzmöbeln zusammengefunden. Hin und wieder stand auch ein Dritter dabei oder machte mit.

Wir schritten an den Kopulierenden vorbei, nahmen uns von einem Tablett einen Drink, das auf dem Rücken einer nackten gebückten Frau stand. Sie diente als Tischchen und hinter ihrer Maske vermutete ich eins der vielen Models, die hier in der Gegend lebten. Ihr magerer Körperbau ließ zumindest darauf schließen. Sie hatte nichts, was mich auch nur ansatzweise erregen konnte. Doch Jim ließ es sich nicht nehmen, sie einmal in einen der harten Nippel zu kneifen. Das lustvolle Stöhnen war ihm Grund genug, ihr ein weiteres Mal seine Aufmerksamkeit angedeihen zu lassen.

»Schön still bleiben, ansonsten verschüttest du noch den Champagner«, raunte er ihr zu, ehe wir gemeinsam weitergingen.

Im großen Saal war gerade eine Show in vollem Gange. Auf der Bühne, die extra für diesen Zweck aufgebaut worden war, stand ein Mann in einer Kutte und hielt einen Flogger in der Hand. Unter seiner Maske konnte ich ein Grinsen erkennen, das mir die Eingeweide gefrieren ließ.

»Dieses Schwein!«, entfuhr es mir leise.

Jim beugte seinen Kopf zu mir, ließ sich jedoch die Show nicht entgehen. »Wer?«

»Das ist Miller, der Bürgermeister von San Francisco. Was macht der denn hier?«

Jim lachte. »Na, das ist doch ziemlich offensichtlich, was er hier macht«, witzelte er.

Laut klatschend landete der Flogger auf den Genitalien der Frau, die an einem Andreas-Kreuz befestigt war. Sie schrie auf. Ich hätte wetten können, dass Miller eindeutig zu hart vorging. Dieses Arschloch wollte nicht Lust bereiten, sondern Schmerz.

Die Frau wimmerte und Miller ließ erneut den Flogger auf sie hinabsausen. Diesmal traf er eine ihrer Brüste, die augenblicklich knallrot wurde.

Ein Raunen ging durch die Zuschauer und Jim legte plötzlich beschwichtigend die Hand auf meinen Unterarm. Erst da bemerkte ich, dass ich im Begriff gewesen war, diesem Kerl die Fresse zu polieren.

»Komm, lass uns weitergehen. Darum muss sich Lavender kümmern. Ist nicht unsere Sache.« Er hatte recht, dennoch fiel es mir schwer.

Der verspielte Touch des nächsten Zimmers ließ mich jedoch Miller vergessen. Jim und ich waren offensichtlich die ersten Männer, die hier gelandet waren.

Von den Decken hingen bunte durchsichtige Stoffbahnen und auf dem Boden lagen Aberdutzende Kissen in den unterschiedlichsten Farben. Frauen in Haremskostümen schlängelten sich zwischen den Stoffen hindurch auf uns zu und Jim leckte sich voller Vorfreude über die Lippen.

»Willkommen im Himmel, Rick. Such dir eine Sexsklavin aus. Ich überlasse dir den Vortritt.« Er zwinkerte mir zu und ließ dann seinen Blick über die anwesenden Damen gleiten.

Für jeden Geschmack war etwas dabei. Auch für meinen? Es wäre doch gelacht, wenn ich hier nicht endlich die Erlösung finden würde.

Gleich zwei Frauen kamen auf mich zu, als ich weiter in den Raum hineinging. Lasziv schmiegten sie ihre Körper an meinen und knabberten synchron an meinen Ohren.

Normalerweise reagierte ich auf so etwas augenblicklich mit einem steifen Schwanz, doch dieses Mal nicht. Ich ließ meine Hände über ihre Hintern wandern und presste sie fester an mich, doch nichts.

Genervt schob ich die beiden von mir und ging weiter. Als ich kurz hinter mich blickte, musste ich schmunzeln. Jim grinste dreckig und zog eine der beiden an sich. Mit einer fließenden Bewegung hatte er ihr das Oberteil heruntergerissen und stürzte sich nun auf die entblößten Brüste. Die zweite Frau stand daneben und wartete auf seine Aufmerksamkeit.

Gut, zumindest einer von uns beiden hatte schon mal das gefunden, was er suchte.

Ich ließ mich treiben und durchquerte noch zwei weitere Räume, ehe ich in einer Art Dark Room landete. Man konnte nur noch die Umrisse der Menschen erkennen, die sich hier tummelten.

Vielleicht war es das, was ich brauchte. Sex, wie er nicht mehr anonymer ging?

Plötzlich spürte ich eine Hand an meiner Hose. Jemand öffnete meinen Gürtel. Meine Finger berührten wilde Locken, glitten an einem Gesicht herab und fanden nackte Brüste. Dann wurde der Reißverschluss meiner Hose geöffnet.

Eigentlich hätte es mich geil machen müssen, doch alles in mir wehrte sich gegen das bevorstehende orale Vergnügen. Ich griff der Frau in die Haare, als ihre Finger meinen Schwanz berührten und zog sie unsanft von mir weg.

»Stopp«, zischte ich und ließ sie los.

»Wie schade«, hörte ich noch, dann verschwand sie in der Dunkelheit.

Genug für heute. Das Vorhaben, Elena aus meinem Kopf zu bekommen, war eindeutig gescheitert.

Ich fand den Ausgang schnell und trat vor die Tür, wo ich die kühlere Abendluft tief einsog.

Elena hatte mich eiskalt erwischt und das nicht nur körperlich. Oder war es nur eine Art Besessenheit, weil ich abserviert worden war? Es war an der Zeit, die Sache zu klären.

Entschlossen holte ich mein Handy aus der Jackentasche und schrieb Jim eine Nachricht.

Fliege nach San Fran und beende die Sache.
Melde mich.

Anschließend rief ich mir ein Taxi, reservierte mir auf der Fahrt zum Kennedy Airport einen Flug in der nächsten Maschine nach Kalifornien und instruierte meine New Yorker Assistentin, mir eine gepackte Reisetasche zum Flughafen zu bringen.

Es wäre doch gelacht, wenn ich diese Frau nicht aus meinem Kopf bekommen würde. Notfalls würde ich sie noch einmal buchen, inklusive Zusatzleistungen, und mir selbst beweisen, dass es lediglich mein verletzter Stolz war, der mir solche Probleme machte.

KAPITEL 23

Elena

Der Zug hielt. Wir hatten uns mit unserem Gepäck bereits vor die Tür gestellt, als Mary-Ann plötzlich über das ganze Gesicht strahlte.

»Da ist er!«, rief sie aufgeregt, riss die Tür auf und sprang aus dem Zug.

Mit einem Lächeln folgte ich ihr. Mittlerweile hatte sie ihren Bruder erreicht und klammerte sich wie ein Äffchen an ihn. Eins musste ich zugeben – er sah verdammt gut aus. Kein Wunder, dass er in der Filmbranche Fuß fassen konnte. Mit dem Aussehen standen ihm vermutlich überall die Türen offen.

Von Mary-Anne wusste ich, dass er erst am Beginn seiner Karriere stand. Er war gerade fünfundzwanzig geworden und als ich nähertrat, musste ich aufpassen, ihn nicht unentwegt anzustarren. Grüne Augen leuchteten mir aus einem gebräunten Gesicht entgegen und das Lächeln, das er mir schenkte, warf mich beinahe um.

»Runter mit dir, du kleine Klette!«, hörte ich ihn sagen, ehe er seine jüngere Schwester absetzte. »Hi, du musst Elena sein«, sagte er in lockerem Plauderton und reichte mir die Hand.

»Ja, und du der heißeste Typ Amerikas, wenn ich Mary-Anne richtig verstanden habe?« Ich grinste ihn frech an und er fing an zu lachen. Er war mir auf Anhieb sympathisch.

Das erste Mal seit langem fühlte ich mich okay. Nicht gut, aber okay.

»So, sagt sie das? Mary-Anne, du verstehst es, die Erwartungen in mich immer ein wenig zu hoch zu setzen.« Liebevoll knuffte er seine Schwester in die Seite.

»Ich musste sie schließlich vorwarnen. Noch eine Freundin von mir, die sabbernd vor dir steht, hätte ich nicht ertragen.« Kichernd fuhr sie zu mir herum. »Letztes Jahr hatte ich ihm Sarah vorgestellt, und weißt du was?«

»Was?«, fragte ich amüsiert.

»Sie stand wie zur Salzsäule erstarrt vor ihm. Brrr, das war echt gruselig.« Demonstrativ schüttelte sie sich.

»Mae, du weißt doch, was mein Name bedeutet. Mächtiger Mann. Ich habe eben die Macht, Frauen zu verzaubern und gefügig zu machen«, witzelte Damian.

»Mae?«, fragte ich nach.

Mary-Anne verdrehte die Augen. »Ja, mein Spitzname aus Kindertagen.«

»Hey, stopp! Ich werde immer Mae zu dir sagen, weil du immer die Jüngere sein wirst«, klärte er seine kleine Schwester auf und erntete erneut einen Seitenhieb.

»Halt die Klappe. Führ uns bitte in deinen Palast, mächtigster Mann auf Erden.« Mary-Anne konnte es einfach nicht lassen, ihren Bruder, den sie so offensichtlich abgöttisch liebte, zu ärgern.

»Mae gefällt mir.«

»Oh nein, nicht du auch noch, Elena!«

Grinsend antwortete ich: »Dein kompletter Name ist mir einfach zu lang.«

Mit einem Schulterzucken ergab sie sich in ihr Schicksal und stiefelte Richtung Ausgang des Bahnhofs. Damian zwinkerte mir verschwörerisch zu, dann folgten wir der kleinen Frau mit den lilafarbenen Haaren und dem unberechenbaren Temperament.

Venice Beach war der Hammer! Niemals zuvor hatte ich etwas Ähnliches erlebt wie hier. Die Leute waren alle so lustig und anders. Teilweise waren die Menschen verkleidet, es gab Pantomime-Künstler, Zauberer, Leute, die aussahen, als wären sie auf ihren Inlinern geboren worden. Das Meer, der Sand, die Sonne, all das trug dazu bei, dass mein Herz ein wenig heilte.

Und Damian auch.

Es war nicht zu übersehen, dass ich ihm gefiel. Immer wieder ertappte ich ihn dabei, wie er mich von der Seite beobachtete und mir dann ein Lächeln schenkte. Wäre ich ein paar Wochen früher hier gewesen, bevor ich Rick kennengelernt hatte, wäre ich vermutlich nicht abgeneigt gewesen, Damian näher kennenzulernen. Doch im Moment war ich noch nicht bereit dazu.

Wir waren den ganzen Tag unterwegs gewesen. Wir hatten China Town, den Walk Of Fame und sogar die Filmstudios besichtigt. Dank Damian hatten wir dort freien Eintritt gehabt und eine Insiderführung bekommen. Von Weitem hatte ich sogar die Schauspieler von Vampire Diaries gesehen, eine meiner Lieblingsserien.

Mittlerweile taten mir meine Füße jedoch höllisch weh. Erleichtert schlüpfte ich aus meinen Sneakers und krallte die Zehen in den warmen Sand. Herrlich!

Um uns herum breiteten die Leute bereits ihre Decken aus. Auch wir hatten uns eine aus Damians Wohnung mitgenommen und ein paar gekühlte Getränke eingepackt.

»Wollen wir uns langsam setzen? Sonst sind die besten Plätze weg?«, fragte Damian.

Sofort machten wir uns auf den Weg zu einem bestimmten Punkt, auf den Damian zeigte und legten dort unsere Sachen ab. Der Sonnenuntergang in Venice Beach war legendär und Mae – wie ich meine Freundin jetzt nannte – und ich hatten uns vorgenommen, ihn uns anzuschauen.

Wir stießen mit Root Beer an und dann begann auch

schon das Spektakel. Die Sonne glitt langsam ins Meer und meine Gedanken wanderten zu Rick.

Wo er sich wohl gerade befand?

Kommt gar nicht in Frage!«, regte ich mich auf.

»Entspann dich!«, versuchte Damian, mich zu beruhigen, und bezahlte den Taxifahrer.

Wir hatten verschlafen und uns deshalb ein Taxi genommen. Doch was ich überhaupt nicht wollte, war, dass Damian die Fahrt bezahlte, schließlich war dies mein Wettbewerb.

»Sieh es als Subvention einer talentierten jungen Frau. Solltest du gewinnen, kannst du es mir ja mit Zinsen zurückzahlen, oder du gehst morgen Abend mit mir essen.«

Erstaunt hielt ich mitten im Aussteigen inne und sah ihm in diese unglaublichen Augen.

»Schau mich nicht so an. Ich weiß, dass du momentan nicht offen bist, aber das kann sich vielleicht irgendwann mal ändern, wenn du mich besser kennst.«

Sein Lächeln ließ mich schlucken. Er hatte mich durchschaut und dennoch wollte er ein Date mit mir.

»In Ordnung«, sagte ich skeptisch, trotzdem spürte ich ein leichtes Kribbeln im Magen. Es war nicht das Feuer, das Rick in mir entfachte, wenn er nur in meiner Nähe war, aber Damian sprach etwas in mir an. Zart wie eine Feder, die über die Haut glitt, aber es war da.

»Seid ihr endlich fertig mit der Turtelei?«, quengelte Mae. Als ich mich aufrichtete, blickte sie mich mit einem wissenden Gesichtsausdruck an. »Ich will ja nicht drängeln, aber in zehn Minuten müssen wir da sein und ein Blick auf dieses Gebäude sagt mir, dass es nicht einfach sein wird, die richtigen Räumlichkeiten zu finden.« Mit dem Kinn ruckte sie zu dem einen Block einnehmenden Haus, in dem der Event stattfinden sollte.

»Ich befürchte, du hast recht«, stöhnte ich und legte den Kopf in den Nacken. Die kalifornische Sonne brannte und mir brach der Schweiß aus.

»Hopp, hopp!«, feuerte uns Damian nun an und ging mit großen Schritten auf die verglaste Tür zu.

Nachdem wir uns beim Empfang angemeldet hatten, bekamen Mae und ich Besucherausweise. Damian würde in der Halle auf uns warten, da ich nur eine Begleitung mitnehmen konnte.

So ein Mist! Das hatte ich nicht bedacht. Er tat mir leid, weil er jetzt hier warten musste. Kurzentschlossen ging ich zu ihm und drückte ihm einen Kuss auf die Wange.

Überrascht sah er mir in die Augen. »Wofür war denn der?«, erkundigte er sich und strahlte mich an.

»Weil du dabei bist, auch wenn ich dich nicht mit hineinnehmen kann.« Ich schenkte ihm ein Lächeln, das hoffentlich nicht zu viel versprach, und eilte mit Mae im Schlepptau zu den Fahrstühlen.

»So, so, du und mein Bruder?«, neckte sie mich.

»Nein, aber ich mag ihn sehr.« Ein Blick in den Spiegel in der Liftkabine ließ mich aufstöhnen. Rasch fuhr ich mir mit den Fingern durch die dunklen Haare und band mir einen Pferdeschwanz. Ich sah völlig durch den Wind aus.

»Ich glaube, das beruht auf Gegenseitigkeit.«

Da ich immer noch mit meinen Haaren beschäftigt war und in den Spiegel blickte, entging mir nicht, wie ich rot wurde.

Eine halbe Stunde später sah ich wieder frisch und besser aus als in den letzten Wochen. Ich war frisiert und geschminkt worden und hatte jetzt eine niedliche Backschürze an.

Mae war ein Platz zugewiesen worden und von nun an musste ich allein klarkommen.

»Miss Martinelli?« Eine hübsche Blondine kam auf mich zu, während ich mich in einem kleinen, sehr kargen Raum aufhielt und auf meinen Einsatz wartete. »Ich bin Lucie, die Tonassistentin. Ich habe Ihnen das Headset mitgebracht.« Vor meinem Kopf wedelte sie mit einem zierlichen, fast unsichtbaren Teil herum.

»Ah, Dankeschön.«

»Kein Problem. Kommen Sie, ich lege es Ihnen an.«

Nach kurzer Zeit war das Ding an der richtigen Stelle und ich musste in das Mikro sprechen.

»Hi, ich bin Elena.« Was sollte ich auch sonst da hinein sprechen? Check one, check two, wer bist denn du? Ein Kichern löste sich und ich war nicht mehr in der Lage, es zurückzuhalten.

»Einatmen, das ist die Aufregung«, klärte mich

Lucie auf und sah mich dabei aber so ernst an, dass ich glaubte, sie befürchtete, ich würde hysterisch werden.

Um ihr einen Gefallen zu tun, atmete ich tief ein.

Dann knackte es aus dem Sprechgerät, das sie bei sich trug. »Alles Roger. Nächster bitte.«

»Sie schaffen das.« Und schon hatte sie den Raum verlassen und mich mit meinem nun doch vorhandenen Lampenfieber allein gelassen. Wenn wenigstens Mae hier sein könnte.

Unruhig ging ich ein paar Mal hin und her, ehe die Tür ein weiteres Mal geöffnet wurde. Eine Dame in einem Kostüm trat herein.

»Guten Morgen, Miss Martinelli. Ich bin Loraine Rust.« Sie reichte mir förmlich die Hand und ich ergriff sie. »Ich werde Sie ins Studio bringen.«

»Ins Studio?«

»Ja, die Aufnahmen werden gleich beginnen.«

»Aufnahmen?«, echote ich.

»Ja«, gab sie irritiert von sich. »Kommen Sie, wir sind spät dran. Alle anderen Teilnehmer sind schon auf ihren Plätzen.«

Erst jetzt wurde mir bewusst, dass der Wettbewerb aufgezeichnet und zum Teil im Fernsehen übertragen wurde. Ich dämliche Kuh hatte daran gar keinen Gedanken verschwendet. Aber warum sonst sollte man mich schminken, frisieren und mir ein Mikrofon verpassen? Da hatte Mae mir offenbar einen Teil der Anmeldeunterlagen vorenthalten, bevor sie das ganze Bündel online auf den letzten Drücker an die zuständigen Leute geschickt hatte.

Um nicht wie ein absoluter Trottel zu wirken,

hielt ich meinen Mund und folgte der Frau durch verschiedene Flure, ehe wir eine große Halle betraten. Sie führte mich an die Bühne heran, auf der bereits etliche Personen standen, alle gut beleuchtet von den Scheinwerfern. Als ich um die Absperrung linste, sah ich das Publikum und ein nervöses Flattern machte sich in meinem ganzen Körper bemerkbar.

Das war eine Show! Eine richtige Fernsehshow! War Mae von allen guten Geistern verlassen? Panik ergriff mich, doch ich hatte keine Zeit zu flüchten, denn im nächsten Moment hörte ich die Stimme eines Kerls oberhalb der Treppe meinen Namen sagen.

»Elena Martinelli, Sie sind dran.«

Wie in Trance schritt ich die drei Stufen empor und hörte dann den Moderator: »Heißen Sie gemeinsam mit mir nun die letzte Teilnehmerin willkommen. Aus dem schönen San Francisco«, hier machte er eine geschickte Pause, »Miss Elena Martinelli!«

Applaus brandete auf und der Kerl, der mich hergerufen hatte, schob mich energisch auf die Bühne, wo ich augenblicklich von den Scheinwerfern geblendet wurde.

Ich schaltete auf Autopilot. Lächeln, gehen, stehen bleiben und den Moderator begrüßen. Das hatte ich schon etliche Male im Fernsehen gesehen. Das durfte doch nicht so schwer sein.

Kurze Zeit später stand ich in der Reihe der Kandidaten und lächelte, ohne recht mitzubekommen, was um mich herum geschah.

»So, liebes Publikum, nun werden wir mit dem

eigentlichen Wettkampf beginnen. An die Herde, fertig los.«

Plötzlich wurde der Raum hinter mir mechanisch vergrößert und ich konnte in einen weiteren Saal blicken. Zwanzig Teilnehmerinnen und Teilnehmer hatten von jetzt an hier ihren Arbeitsplatz. Mit einem nervösen Bauchgrummeln begab ich mich zu einem freien Bereich und sah mir die Zutaten genau an.

Jemand rempelte mich an und ich sah auf.

»Du traust dich ja was!«, zischte mir Matteo entgegen und sah mich dermaßen finster an, dass ich fröstelte.

Tapfer versuchte ich, ihn zu ignorieren. *Na warte, du Idiot!* Ich starrte wütend auf die Eier und war kurz davor, sie ihm hinterherzuschleudern. Doch ich ließ es, denn dann hätte er das erreicht, was er wahrscheinlich mit dieser Aktion bezweckte: Dass ich mich blamierte und von dem Event ausgeschlossen wurde.

Endlich fand ich unter all den Zutaten, die Beschreibung des zu backenden Produkts. Ich wusste, dass es drei Runden geben würde, in denen jeder die Chance hatte, so viele Punkte wie möglich zu sammeln, um dann mit zwei anderen in die Endrunde, das sogenannte Finale zu kommen. Mein Ehrgeiz war durch Matteo noch angefacht worden. Ich wollte gewinnen, auch wenn die Konkurrenz bestimmt gut war, würde ich versuchen, besser zu sein.

KAPITEL 24

Rick

Verdammt noch mal, wo bist du?«, brüllte Jim ins Telefon, das ich gerade ausschalten wollte, weil meine Maschine bereits zur Startbahn rollte.

»Ich habe dir doch eine Nachricht geschrieben. Bin in San Francisco«, klärte ich ihn auf und verstand die Aufregung nicht.

»Immer noch? Das war gestern!« Ungehalten stöhnte er und ich konnte mir gut vorstellen, wie er sich durch sein gut frisiertes Haar fuhr und es in Unordnung brachte.

»Ja, ich hab sie nicht gefunden«, knurrte ich genervt, weil ich eine Niederlage eingestehen musste. Doch das war nur vorläufig. Früher oder später würde ich das Weib finden.

»Scheiß auf die Frau! Samuel von der Produktionsfirma hat mich angerufen.« Seine Stimme überschlug sich beinah.

Ich war versucht, Elena in Schutz zu nehmen, doch das hätte Jim eh nicht interessiert. Wenn er so auf hundertachtzig war, musste etwas Schlimmes passiert sein. »Samuel? Warum denn das?«

»Er hat mich als deinen Anwalt kontaktiert, weil er dich schon mal auf die Klage vorbereiten will, die du demnächst an der Backe haben wirst.« Jim ereiferte sich immer noch. So kannte ich ihn gar nicht. Da musste die Kacke aber ordentlich am Dampfen sein.

»Und warum das?«, fragte ich gelangweilt.

Eigentlich interessierte es mich nicht wirklich. Meine Gedanken wirbelten immer noch um Elena, die ich nirgends hatte finden können. Stunden hatte ich auf den Stufen vor ihrem Haus gehockt und gewartet, dass sie nach Hause kommen würde. Aber sie war nicht gekommen und niemand ihrer Nachbarn wusste, wo sie sich aufhielt. Wahrscheinlich befand sie sich mit irgendeinem stinkreichen Typen auf irgendeiner scheiß Reise und vögelte dem Kerl den Verstand aus der Birne, so wie sie es bei mir gemacht hatte.

»Weil du Entertainment Productions deine Teilnahme zugesichert hast. Und wer fehlt? Ricardo Colella!«

Nun schwante mir endlich, um was es ging. »Scheiße!«

»Das kannst du laut sagen. Verdammt heiße Scheiße sogar! Wann bist du zurück?«

»Meine Maschine startet gleich, sitze schon an

Bord«, antwortete ich kleinlaut. Unzuverlässigkeit hatte ich schon immer gehasst. Und nun das! Das lag nur an einer Sache! Oder besser gesagt, an einem Menschen. Elena! Sie war schuld daran, dass ich völlig kopflos meinen guten Ruf versaute. Nur, weil mein Hirn nicht mehr von ihr abließ, war es zu nichts anderem mehr zu gebrauchen, erst recht nicht dafür, meine Termine zu koordinieren.

»Ich schick dir einen Wagen mit Fahrer zum Flughafen, damit du wenigstens noch vor dem Ende da sein wirst. Dafür bist du mir was schuldig, du Arsch.«

»Ich liebe dich auch, du Wichser!«, zog ich ihn auf, obwohl mir überhaupt nicht nach Späßen zumute war.

Knapp zwei Stunden später saß ich in Jims Limousine und fuhr zu meiner eigenen Kreuzigung. Ich wusste, wie verärgert Samuel sein würde, denn ich kannte ihn schon einige Jahre. Er neigte zu cholerischen Anfällen.

»Sie können mich hier rauslassen.«, wies ich den Mann am Lenkrad an.

Kaum hielt der Fahrer an der besagten Adresse am Hollywood Boulevard, sprang ich mit einem hastigen Danke aus dem Auto, stürmte durch die Türen, winkte der verdutzten Frau am Empfang zu, die mich Gott sei Dank erkannte, und war innerhalb kürzester Zeit am hinteren Eingang des Studios.

Ich atmete noch einmal tief durch und öffnete dann leise die Tür.

Mabel, Samuels langjährige Assistentin, stand schon bereit, mich zu meinem Platz zu führen. »Da sind Sie ja endlich!«

»Wie schlimm ist es?«

»Er ist auf Hochtouren. Hab ihn selten so erlebt«, antwortete sie und sah mich mit hochgezogenen Augenbrauen mitleidig an.

»Sorry!«

»Sagen Sie das *ihm.*« Ihr kühler Blick verharrte auf mir und dann drehte sie sich ohne ein weiteres Wort um. Damit führte sie mich zu einem Podest, der im Dunkeln lag und auf dem ich rasch Platz nahm, um keine Aufmerksamkeit zu erregen.

Der Wettbewerb war in vollem Gange. Warum ausgerechnet ich der Schirmherr dieser Veranstaltung sein sollte, leuchtete mir immer noch nicht wirklich ein. Aber ich hatte mich nun mal bereit erklärt, mitzumachen, und nun hieß es, in den sauren Apfel zu beißen und mich bei Samuel zu entschuldigen.

Und schon nahte er, oder besser gesagt, er stürmte heran. Sein Kopf hatte eine unnatürliche Rotfärbung angenommen und er wirkte, als ob er gleich einen akuten Herzanfall erleiden würde.

Ich lächelte freundlich, da jederzeit eine Kamera auf uns gerichtet sein könnte.

»Du!«, zischte er und setzte sich mit dem Rücken zu den Scheinwerfern hin.

»Es tut mir fürchterlich leid, Sam. Ehrlich. Ein privater Notfall …«, versuchte ich, an sein Mitleid zu appellieren.

»Pass mal auf, du kleiner Fickfrosch! Wenn wir einen Deal haben, dann hast du gefälligst auf der Matte zu stehen. Noch nicht mal der Tod deiner Großmutter würde mich da milde stimmen. Selbst wenn du dir eine ihrer Nieren implantieren lassen müsstest, hättest du pünktlich hier sein müssen! Und jetzt lächle mal zuvorkommend für die Kameras. Aber glaub mir, das wird ein Nachspiel haben!« Er setzte sein professionelles Moderatoren-Lächeln auf und drehte sich um. Dann sprach er ins Mikrofon, das er während seiner Schimpftirade auf mich ausgeschaltet hatte. »Liebe Kandidaten, es verbleiben noch zwanzig Minuten, dann endet Runde eins.«

Ein Raunen war aus dem Saal zu hören, in dem die zwanzig Backkünstler um das horrende Preisgeld von fünfzigtausend Dollar kämpften.

Geschäftigkeit brach aus und ich ließ meinen Blick über die Arbeitsbereiche gleiten. Samuel konnte sein, wie er wollte. Von mir aus sollte er sauer sein, er hatte schließlich ein gutes Recht darauf. Aber er war auch ein exzellenter Organisator solcher Events. Anerkennend bestaunte ich die verschiedenen Kreationen, an denen die Teilnehmer bereits die letzten Handgriffe vornahmen.

Dann blieb mein Herz stehen.

Elena!

Sie war hier!

Ich starrte sie an, als wäre sie eine Halluzination. Schlagartig wurde mir klar, dass es für sie eine Riesenchance sein musste, aus dem Sumpf, in dem sie lebte, herauszukommen. Oder hatte sie etwa mitbekommen, dass ich hier war, und erhoffte sich dadurch bessere Chancen?

Nein, das war unmöglich, schließlich war meine Teilnahme geheim geblieben und sollte als großer Special-Effect dienen.

Neugierig beobachtete ich Elena. Sie sah zum Anbeißen aus. Ihre Haare hatte sie hochgesteckt und sie trug eine Jeans und ein buntes Langarmshirt, das ihren olivfarbenen Teint perfekt zur Geltung brachte. Sie arbeitete konzentriert und sauber. Ihre Handgriffe wirkten allesamt professionell.

Plötzlich erklang ein durchdringender Ton und die Scheinwerfer richteten sich auf Samuel.

»Die Zeit ist um und die Kandidaten können nun eine kurze Pause einlegen. In der Zwischenzeit wird sich die Jury die Kreationen ansehen und verkosten. Apropos Jury!« Laut erhob er seine Stimme. »Ich freue mich, Ihnen einen Ehrengast und ein weiteres Jurymitglied vorstellen zu dürfen.«

All meine Sinne richtete ich auf Elena, da ich wusste, dass man gleich den Scheinwerfer auf mich richten würde.

»Heißen Sie gemeinsam mit mir the one and only Mr God in the Kitchen Colella willkommen!« Mit einer ausladenden Handbewegung schwang er herum und der Lichtkegel erfasste mich. Applaus erscholl.

Ich stand auf und lächelte, so wie ich es immer tat. Doch mir entging nicht der Moment, als Elena beim Klang meines Namens zusammenzuckte und sich wie in Zeitlupe in meine Richtung drehte. Weit aufgerissene Augen, ein leicht geöffneter Mund – und ich war mir sicher, dass sie genauso wenig damit gerechnet hatte, mich hier zu sehen, wie ich sie.

Dann erst ließ ich meinen Blick auch über sämtliche anderen Teilnehmer gleiten, nickte, lächelte und setzte mich wieder. Wenn ich mich nicht täuschte, war ganz hinten an einem der letzten Tische der Vollidiot, den ich in Elenas Hausflur getroffen hatte.

Was sollte das? Wieder ein Team? Ein abgekartetes Spiel? Wollten die beiden damit ihre Chancen verdoppeln?

Um uns eine unvoreingenommene Einschätzung der Backwerke zu erlauben, wurden die Kandidaten in einen Pausenraum geschickt. Auch im Publikum herrschte ein reges Kommen und Gehen. Viele saßen schon seit über zwei Stunden auf ihren Plätzen.

Ich verfolgte Elena mit meinem Blick. Sie wiederum vermied es, mich anzuschauen. Sollte sie nur. Früher oder später würde ich sie mir schnappen und mit ihr reden. Sie würde mir nicht entkommen.

Außer mir waren noch vier andere Juroren anwesend und wir alle gingen von einem Arbeitsbereich zum nächsten, probierten mit gezückter Gabel und machten uns Notizen.

Ich konnte nicht umhin, die Torte zu bewundern, die Elena gezaubert hatte. Sie sah nicht nur phänomenal aus, sie schmeckte auch himmlisch.

Ohne es zu wollen, bekam sie von mir die volle Punktzahl.

Danach wurden wieder alle in den Saal gerufen und Runde zwei konnte beginnen.

Auch in den beiden folgenden Runden überzeugten mich Elenas Beiträge weit vor den anderen.

Während der Herstellung konnten wir Juroren uns in eigens für uns reservierte Räume zurückziehen. Dort gab es Ruhemöglichkeiten, Essen in Form von kleinen Snacks und Getränke. Davon machte ich auch Gebrauch, denn es fiel mir schwer, Elena zu beobachten und zu wissen, dass sie es vermied, zu mir zu blicken. Außerdem wollte ich ihr nicht die Chancen nehmen, indem ich sie nervös machte.

Woher mein plötzlicher Samariterkomplex kam, war mir schleierhaft, aber ich wollte, dass sie die Möglichkeit haben sollte, aus ihrem bisherigen Leben auszubrechen.

Als wir nun nach der letzten Runde alle eine Pause hatte – Juroren und Kandidaten - sah ich meine Chance gekommen. Ich ging zu dem Pausenraum der Kandidaten, doch dort fand ich sie nicht. Gott sei Dank sprach mich niemand an. Alle waren zu sehr damit beschäftigt, die Snacks zu verspeisen und einfach mal auszuspannen. Das Publikum hatte man nach der zweiten Runde ausgewechselt und auch vor dem großen Finale würden neue Zuschauer auf den Rängen Platz nehmen. Nur die Kandidaten, Juroren und der Moderator mussten den Marathon durchstehen.

Einem Instinkt folgend lief ich einen Gang weiter. Dort befand sich ein zusätzlicher Ruheraum für die

Event-Teilnehmer. Keine Elena. Mittlerweile stellte sich bei mir eine regelrechte Besessenheit ein, sie zu finden.

Dann schwenkte ich nach rechts. Elena lief gerade den Gang entlang, war in etwa zwanzig Meter vor mir und ich folgte ihr, um sie endlich zur Rede zu stellen. Kurz bevor ich sie erreichte, verschwand sie in der Damentoilette.

Sollte sie ruhig, ich hatte Geduld, ich würde warten.

Doch als sie nach zehn Minuten immer noch nicht herauskam, schwante mir, dass sie sich der Tatsache bewusst war, dass ich hier auf sie wartete, und sie sich da drin versteckte – vor mir!

»Na warte, du kleines Luder!«, flüsterte ich und sah mich noch einmal um, ehe ich nach der Türklinke griff.

Gott sei Dank hatte die Damentoilette einen abschließbaren Vorraum. Rasch verschloss ich die Tür, damit wir ungestört waren. Drei Kabinen, zwei standen offen, nur eine war geschlossen.

Ich räusperte mich laut.

Kurz Stille, dann hörte ich ein genervtes Schnauben. »Verzieh dich, Matteo! Ich habe dir gesagt, dass ich nicht zu dir zurückkomme!«

Matteo? War das der Zuhältertyp? Sie hatte ihn verlassen? Was machte er dann hier?

»Nun, ich glaube, mein Name ist nicht Matteo«, klärte ich sie auf.

Elena riss die Tür zu der Kabine auf. »Du?«

Ich verschränkte die Arme und lehnte mich an ein Waschbecken, während ich sie beobachtete. Ihr Gesicht war gerötet und ihre Augen blitzten angriffslustig. Sie war eindeutig sauer.

»Ja, ich. Was dagegen?«, fragte ich sie mit einem provozierenden Grinsen.

»Ja! Das ist die Damentoilette. Hau ab!«

»Da du vor mir weggerannt bist, blieb mir nichts anderes übrig, als dir hierher zu folgen.«

Sie atmete tief ein und kam auf mich zu. Ihr kleiner niedlicher Finger tippte hart an meine Brust und es fiel mir schwer, sie nicht sofort an mich zu ziehen.

»Ich bin nicht vor dir weggerannt, sondern vor dem größten Arschloch, das die Welt je gesehen hat. Nach dir versteht sich. Im Übrigen bist du vor mir weggerannt, aber das war wahrscheinlich besser so!«, spie sie mir entgegen und wieder einmal bewunderte ich ihr Temperament.

»Warum hast du meinen Scheck nicht eingelöst?«, fragte ich sie ohne weitere Umschweife das, was mich die ganze Zeit schon beschäftigte und mir schlaflose Nächte bereitete.

Sie hielt kurz inne und für einen Moment huschte Unsicherheit über ihr Gesicht, doch sie hatte sich schnell wieder im Griff.

»Verloren!«, stieß sie hervor und drehte sich um.

»Verloren?«

»Ja, verdammt noch mal. Bist du schwerhörig?« Rasch strebte sie auf die Tür zu.

Mit wenigen Schritten hatte ich sie überholt und schob mich vor den Ausgang, versperrte ihr somit den Weg.

»Ich stelle dir einen Neuen aus.« Ich griff in meine Jackentasche und zog das Scheckheft heraus. Nachdem ich erneut fünftausend Dollar und meine Unterschrift auf das kleine Papier gekritzelt hatte, hielt ich ihr das Teil entgegen.

Sie zögerte und ich freute mich, doch dann griff sie danach und zerstörte damit meine Hoffnungen, dass da doch mehr zwischen uns gewesen sein sollte als der leere bedeutungslose Sex einer Hostess mit ihrem Auftraggeber.

»Wenn du mich dann endlich in Ruhe lässt, löse ich ihn heute noch ein.« Ihr Blick verriet keine Emotion. Sie hatte sich gut im Griff. Nachdem sie den Scheck in der Gesäßtasche ihrer Jeans verstaut hatte, sah sie mich an. »Lässt du mich jetzt gehen?«

Bittere Galle stieg meine Kehle empor. Oder war es die Enttäuschung, die so ätzend in meinem Hals brannte?

KAPITEL 25

Elena

Mir schlug das Herz bis zum Hals. Nicht weil ich Angst vor ihm hatte, sondern vor mir. Vor dem, was ich tun könnte, und dass ich mich damit schutzlos einem Mann ausliefern würde, der das nicht wertschätzen würde.

Denn ich war immer noch in ihn verliebt. Immer noch konnte ich mich kaum zügeln, ihn anzufassen und zu küssen. Und das nach allem, was er mir an den Kopf geworfen hatte. Allein die Erinnerung daran zerriss mir die Eingeweide.

»Nein!«, stieß er wütend hervor und beantwortete mir damit die Frage, ob wir nun endlich fertig waren.

»Wie nein? Wir müssen zurück, die Show geht in zehn Minuten weiter«, versuchte ich ihn zur Vernunft zu bringen.

»Dann haben wir noch acht Minuten, das zu klären.«

»Da gibt es nichts mehr zu klären. Zwischen uns ist alles gesagt.« Tränen brannten in meinen Augen, doch ich blinzelte kurz und hoffte, dass Rick es nicht gesehen hatte. Alles was mich angreifbar machen könnte, musste ich verbergen. Ich war zu verletzt und noch immer hatte ich das Gefühl, dass ein falsches Wort von ihm mich zerreißen könnte.

Plötzlich und unerwartet presste Rick mich gegen die Tür und legte rechts und links neben meinem Kopf seine Hände gegen das Holz. Sofort reagierte mein Körper auf ihn. Hitze durchströmte mich und ich schluckte. Sein Blick suchte meinen und ich befürchtete fast, er würde meinen Schwindel erkennen.

Aber im nächsten Moment wurden seine Augen kalt. »Wann hast du das nächste Mal einen freien Termin? Ich zahle gut und die Zusatzleistungen rechnen wir auch ab.«

Seine Worte drangen wie ein Messer in mein Herz – schon wieder. Wütend kniff ich die Augen zusammen und zog ruckartig mein Knie hoch. Ich traf nur seinen Oberschenkel, aber es würde reichen, ihm einen blauen Fleck als Andenken zu hinterlassen.

»Elena!«, rief er aus, doch er ließ mich nicht frei.

»Lass mich gehen!«, fauchte ich ihn an und trommelte mit den Fäusten gegen seine steinharten Brustmuskeln. Natürlich bewirkte ich damit wenig. Doch womit ich nicht gerechnet hatte, war, dass er anfing, zu lachen.

Rick lachte und drängte sich erneut gegen mich.

»Ich habe es gehofft und nun weiß ich es«, raunte er an meinem Ohr. Seine Wange kratzte an meiner entlang und meine Knie wurden weich.

»Du weißt gar nichts«, erwiderte ich und biss die Zähne zusammen, um mich nicht an seinen Hals zu werfen.

»Oh doch, kleine Elena. Du bist nicht das, was du vorgibst zu sein.« In seinen Augen erkannte ich ein amüsiertes Glitzern.

Mist. Er hatte mich durchschaut. Und nun? Sollte ich nachgeben? Nein, dafür hatte er sich wie ein Arschloch benommen und noch nicht mal ein Wort der Entschuldigung für mich übrig. Stattdessen hatte er dieses siegessichere Grinsen aufgelegt und strotzte nur so vor Überheblichkeit. Nein, ich würde mich nicht ein weiteres Mal von ihm verführen lassen, auch wenn es mir verdammt schwerfiel, gegen meine eigenen Gefühle zu handeln.

»Ich will dich.«

»Niemals!«

»Ich weiß jetzt, dass du eine Betrügerin bist und gar keine Hostess. Ich muss zugeben, du hast mich zuerst an der Nase herumgeführt, aber die Tatsache, dass du den Scheck nicht eingelöst hast, hat mich verunsichert. Du hast ihn nicht verloren, richtig?« Rick drückte sich noch ein wenig fester gegen mich und mein Herz schlug daraufhin wilder denn je. »Richtig. Denn du bist Elena und warst nie eine …«

Ich ließ ihn nicht ausreden, weil seine Worte etwas in mir berührten, das mich weich werden ließ. Und das konnte ich in dieser Situation überhaupt nicht gebrauchen. »Du glaubst, mich zu kennen? Einen Scheiß tust du!« Ich legte all meine Wut in diese Worte.

Statt einer Antwort küsste er mich so intensiv und mit verzweifeltem Zorn, dass mir kurzfristig das Denken abhandenkam. Wild drang seine Zunge in meinen Mund und sein stählerner Körper presste sich gegen meinen.

Und ich? Ich erwiderte den Kuss mit all der Leidenschaft, die ich in den letzten Wochen mit mir herumgetragen hatte.

Doch dann erwachte ich endlich aus der Trance und mein Hirn schaltete von Standby auf Autopilot. Ich hatte mich umgarnen und verführen lassen. Ich dumme Kuh!

Schon wieder!

In einer geschmeidigen Bewegung ließ ich mich fallen und kroch unter seinen Armen hindurch. Verdattert drehte er sich um und sah mich mit vor Lust verschleiertem Blick an.

»Für weitere Termine hast du meine Telefonnummer. Für eine schnelle Nummer auf einer öffentlichen Toilette bin ich nicht zu haben. Und danke für den Scheck. Ich hatte schon befürchtet, das Geld nicht zu bekommen. Leider konnte ich dich in deinem Lokal in San Francisco nicht erreichen. Als ich nach dir gefragt habe, warst du schon abgereist.« Ich zuckte lapidar mit der Schulter. »Tja, das Schicksal meint es offensichtlich gut mit mir.« Ich grinste ihn an, obwohl mir eigentlich nach heulen war.

Auf keinen Fall konnte ich mich auf einen Mann einlassen, für den ich nur ein netter Zeitvertreib war. Nicht ein einziges Mal hatte er versucht, Kontakt zu mir aufzunehmen, und wären wir uns hier nicht zufällig begegnet, hätte ich ihn vermutlich nie wiedergesehen. Wie viel konnte ich ihm schon bedeuten? Ja, fünftausend Dollar war ich ihm wert. Und vielleicht noch mal einen Tausender für das nächste Treffen.

Ricks Gesicht verfinsterte sich schlagartig. »Ich melde mich bei dir und besorg dir schon mal was Versautes zum Anziehen, am besten etwas, in dem man gleich erkennt, was du bist.«

Wütend riss er die Tür auf und stürmte hinaus.

Mit einem Mal wich alle Kraft aus mir und ich ließ mich matt an den Fliesen herabgleiten. Ich hatte gerade den Mann, den ich liebte, angelogen, verletzt und fortgeschickt. Und das mit der übelsten Methode, die mir zur Verfügung stand.

»Miss Martinelli?«, hörte ich die aufgeregte Stimme einer jungen Frau.

Ich hob den Kopf, sah in hellblaue Augen und schluckte. »Ja?« Ich saß noch immer in der Damentoilette an die Fliesen der kalten Wand gelehnt. Ich fühlte mich wie durch den Wolf gedreht.

»Der Aufnahmeleiter wartet auf Sie. Beeilen Sie sich!« Sie ging nicht auf mein verweintes Gesicht ein, half mir aber, aufzustehen. Dann sprach sie in ihr Headset. »Brauche eine Maske an Eingang B, sofort!«

Gut, damit war auch geklärt, dass man mir meine Gefühle wohl ansah. Hatte ich geweint? Ich fuhr mit meinen Fingern über meine Wangen und sie waren triefend nass. Mist! Auf keinen Fall durfte Rick mich so sehen.

»Kommen Sie, wir richten Sie erst mal her.« Sie eilte voraus und ich folgte ihr.

Im Moment wäre ich nicht einmal fähig gewesen, den Weg allein zu finden, so dermaßen war ich durch den Wind.

Die Frau, soweit ich wusste, hieß sie Mabel, hatte eine geschäftige Art. Als sie an einigen anderen Mitarbeitern des Studios vorbeilief, machten ihr alle Platz. So eine Wirkung hätte ich auch gern mal auf andere Menschen gehabt. Mich nahm man oft nicht wahr oder verletzte mich, wie Rick. Was dachte ich da eigentlich für einen Blödsinn? Ich war Elena Martinelli und von nun an würde ich mich einfach nicht mehr übersehen lassen.

Kurz vor der Tür zum Studio stand die Maskenbildnerin mit ihrer Tasche bereit. Als sie mich sah, runzelte sie die Stirn, doch auch sie sprach mich nicht direkt auf mein verweintes Gesicht an. Vermutlich waren die einiges gewöhnt. Im Showbiz gab es bestimmt jede Menge Dramaqueens. Nur, dass ich eigentlich überhaupt nicht zum Drama tendierte.

Ich litt, aber ich würde mich jetzt zusammenreißen und dort auf die Bühne gehen. Allein schon deshalb, weil ich Matteo nicht die Genugtuung geben wollte, dass ich wegen Nichterscheinens aus dem Wettbewerb ausgeschlossen wurde.

Ich wurde geschminkt und gepudert und irgendwie fühlte es sich für mich an, als würde es eine komplette Maske sein, die mir dort angelegt wurde. Eine Maske, hinter der ich meine Gefühle und meinen Schmerz verstecken konnte. Das war gut. Das würde mir helfen – hoffte ich zumindest.

»So, Miss Martinelli. Und nun lächeln.« Die Maskenbildnerin klopfte mir aufmunternd auf den Oberarm und die Produktionsassistentin öffnete die Tür zum Studio. Noch einmal atmete ich tief durch und schritt dann auf die Bühne, schob mich hinter die anderen, sodass niemand bemerkte, dass ich später dazu gekommen war.

Dann traf mich Matteos missbilligender Blick. Er hatte es registriert und wahrscheinlich schon auf meinen Ausschluss gehofft. Vielleicht war er sogar davon ausgegangen, dass ich freiwillig das Handtuch schmiss.

Vergiss es, du Arschloch!, dachte ich und lächelte mit gebleckten Zähnen. Vermutlich sah das albern aus, aber Matteo kannte mich gut genug, um zu verstehen, was ich ihm damit sagen wollte.

Jemand schrie meinen Namen und tosender Applaus brandete durch die Halle, Scheinwerfer blendeten mich.

Ich? Ich war im Finale!? Das war ja unfassbar. Träumte ich etwa?

Ich lächelte, nicht fähig zu erfassen, ob das gerade

wirklich geschah, doch dann wurde ich unsanft zur Seite gerempelt. Als ich den Kopf wendete, sah ich noch, wie Matteo fuchsteufelswild aus dem Saal stürmte. So ein Idiot.

»Herzlichen Glückwunsch!« Vor meinem Gesicht tauchte der Moderator auf, ein Mikrofon in den Händen. Wie hieß er noch mal? Ach ja, Samuel.

Ich hatte es tatsächlich geschafft, in die Finalrunde zu kommen. Unfassbar.

»Danke«, hauchte ich fast tonlos in das Mikro.

Dann war der Mann auch schon verschwunden und wandte sich einem der anderen beiden Finalisten zu.

Vor der Bühne gestikulierte Mary-Anne wild mit den Armen. Ich hatte sie die ganze Zeit kein einziges Mal gesehen und sie war auch nicht zu mir gekommen. Jetzt hielt mich nichts mehr. Ich stürmte zu ihr und warf mich in ihre Arme. Sie freute sich mit mir, beglückwünschte mich und tröstete mich, ohne es zu wissen.

»Hey, du Backkönigin! Ich hab´s dir doch gesagt! Du bist großartig, so toll. Ich hab´s gewusst!«, schrie sie noch einmal.

Plötzlich griffen starke Arme um meine Taille und ich wurde an eine harte Brust gezogen. Für einen kurzen Augenblick hegte ich die Hoffnung, es wäre Rick, doch dann blickte ich in Damians leuchtend grüne Augen.

»Das hast du phänomenal gemacht!« Im nächsten Moment spürte ich seine Lippen auf meinen.

Es war kein leidenschaftlicher Kuss. Es war ein Siegerkuss, der nur den Bruchteil eines Wimpernschlags gedauert hatte, aber er genügte, um den Mann, der am Rande der Bühne gestanden hatte, um mir zu gratulieren, davonstürmen zu lassen.

Ricks Gesicht hatte wutverzerrt auf uns herabgesehen, ehe er sich umgedreht hatte. Er dachte offenbar, dass Damian mein Freund war. Sollte er doch denken, was er wollte. Das tat er ja schon, seitdem wir uns das erste Mal begegnet waren. Dennoch fühlte es sich diesmal so endgültig an. Dementsprechend scharf war der Schmerz, der sich wie ein Messerstich in meinem Magen ausbreitete.

»Was machst du hier?«, fragte ich Damian mit einem Lächeln, das sich unnatürlich in meinem Gesicht anfühlte. Vermutlich war das der Tonne Make-up und Puder geschuldet, die die Maskenbildnerin dort aufgetürmt hatte.

»Beim zweiten Wechsel des Publikums habe ich mich einfach reingequetscht. Hat niemand mitbekommen.« Zwinkernd grinste er mich an.

»Frech!«

»Wie lange hast du Zeit?«, wollte Mae von mir wissen.

»Zehn Minuten.«

»Boa, wie kannst du dich nach diesem Backmarathon noch konzentrieren?« Ihr Gesicht strahlte noch immer vor Stolz und ich konnte nicht umhin, sie noch einmal in meine Arme zu ziehen.

»Ich schaffe das. Ich hole mir das Preisgeld«, gestattete ich mir endlich mal einen Moment der Freude und quietschte leicht.

»Hört, hört! Der Kampfgeist hat sie gepackt«, klärte Damian alle auf und lachte.

»Danke«, sagte ich direkt zu Mae.

Meine Freundin winkte nur ab.

»Ohne dich wäre ich nie hierhergekommen. Danke, dass du die Bewerbung für mich abgeschickt hast.« Wir hielten uns bei den Händen und in diesem Moment hatte ich das Gefühl, als würden wir unsere Freundschaft auf eine andere Ebene anheben.

»Ihr seid ja schrecklich sentimental. Das hält ein echter Mann wie ich im Leben nicht aus!«, stöhnte Damian gespielt.

Mae boxte ihn in den Bauch und das nicht gerade sanft, doch das zauberte Damian lediglich ein schelmisches Grinsen aufs Gesicht.

»Wenn ihr lieber nach Hause wollt, dann fahrt. Ihr müsst hier nicht bis zum bitteren Ende ausharren.«

»Bist du bescheuert?«, entfuhr es Mae. »Bis zum bitteren Ende.«

»Danke!«, hauchte ich mit Tränen in den Augen.

Mae warf einen Blick zu ihrem Bruder und machte eine eindeutige Kopfbewegung, woraufhin er sich auf einem der Plätze niederließ. Dann hakte sie sich bei mir ein und flüsterte: »Ist das DER Rick Colella?«

Ich nickte und sah zu Boden.

»Er ist ein arrogantes Arschloch!«, schimpfte Mae. »Er hat jemanden wie dich gar nicht verdient!«

Ich musste trotz der Traurigkeit in mir lachen. Mae war eine Löwin, wenn es darum ging, die zu verteidigen, die sie liebte.

»So, und nun ab mit dir und rock den Ofen oder wie immer man das unter Bäckern sagt. Du schaffst das, ich glaube ganz fest an dich.« Dann warf sie einen Blick hinter sich, wo Damian saß. »Und ich glaube, mein Bruder auch.« Verschwörerisch zwinkerte sie mir zu und ich brachte es nicht über das Herz, ihr zu sagen, dass ich für Damian nicht das gleiche empfand wie für Rick.

KAPITEL 26

Rick

Ich hatte einen Moment lang geglaubt, dass es tatsächlich ein Wir zwischen Elena und mir geben könnte. Dass sie keine Hostess war, keine Professionelle, kein Geschäft.

Aber sie hatte mich nach dem Kuss nur kalt angesehen, und mir mitgeteilt, dass ich sie anrufen könnte, wenn ich Interesse an weiteren Treffen hätte. Interesse an einem bezahlten Treffen, kein Date. Nein! In diesem Moment war meine Hoffnung zerplatzt. Zerplatzt wie eine Seifenblase und in mir war nur noch brennende Wut.

Und nun sollte ich ihr zu ihrem Einzug ins Finale gratulieren. Ich hielt inne, blieb wie versteinert stehen. Ein sehr attraktiver Mann trat an sie heran und zog sie in seine Arme. Und dann küsste dieser Adonis auch noch das Mädchen, dessen Lippen ich vorhin erst zum Beben gebracht hatte. Doch vermutlich war auch die Leidenschaft des Kusses nur gespielt gewesen.

Ich konnte mich kaum zurückhalten, nicht von dem Podest herunterzuspringen und dem Kerl die Fresse zu polieren. Doch damit hätte ich mich selbst nur lächerlich gemacht und den Reportern und Kameras einen Skandal auf dem Silbertablett präsentiert.

Wütend auf mich selbst, dass ich es wieder einmal geschafft hatte, mir eine Frau zu suchen, die so berechnend war, stapfte ich zu dem Cateringraum, der den Juroren und Samuel vorbehalten war. Hier würde ich ihr wenigstens nicht begegnen.

Elena war eine Hostess. Sie war es schon gewesen, als ich ihr das erste Mal begegnet war. Damit musste ich ein für alle Mal klarkommen, verdammt noch mal. Wäre ich ein stiller und bescheidener Mann gewesen, hätte ich vielleicht damit leben können, sie mit anderen Männern zu teilen und nur hin und wieder ihre Aufmerksamkeit zu bekommen. Aber das war ich nicht und würde es auch nicht für Elena werden.

Die anderen Juroren hielten sich offensichtlich woanders auf, denn außer mir war nur Samuel in dem Raum. Er aß gerade ein belegtes Sandwich und trank einen Kaffee. Ich griff ebenfalls zu, obwohl ich keinen Appetit hatte.

»Frieden?«, fragte ich, als ich mich ihm gegenüber an dem Tisch niederließ.

»Frieden!«, antwortete er mir. »Aber ich muss jetzt keine Pfeife mit dir rauchen, oder?«

Ich lachte. »Nein, schon gut.« Ich biss in das Sandwich und fragte dann: »Wie lange dauert die Finalrunde?« Als ich mich auf dieses Event eingelassen hatte, hieß es zwar, es sei ein Backmarathon, aber nun schien es mir dennoch schon recht lang zu dauern.

»Noch zwei Stunden, dann die Verkündung des Gewinners, ein bisschen Fotoshooting, dann kannst du gehen.«

»Ah, super. Langsam werde ich müde.«

»Ja ja, wir werden alle älter«, witzelte er. »Ich bin erleichtert, dass dieser Cummings draußen ist.« Samuel nahm einen tiefen Schluck aus der Kaffeetasse.

Da ich nicht wusste, wen er meinte, zuckte ich mit den Schultern.

Samuel hatte das Bedürfnis, mich aufzuklären, und fuhr fort. »Das war der Idiot an Tisch 19. Matteo Cummings.«

Matteo. Moment mal, war das nicht der Kerl aus Elenas Hausflur? Augenblicklich war ich ganz Ohr. »Und?«

»Das war einer der Ersten, die sich beworben hatten. Wir haben ihn aufgrund seines Portfolios und der guten Bewertungen seines Lokals ausgewählt. Tja, und dann kam kurz vor Bewerbungsende eine Mail von einer Mary-Anne ohne Nachnamen.«

»Ja? Und weiter?« Am liebsten hätte ich ihn geschüttelt, damit er endlich fortfuhr.

»Sie hat uns eine Geschichte mitgeteilt, die selbst mir hartgesottenem Kerl naheging.« Samuel lachte kurz und trocken auf. »Dieser Kerl hat seine Ausbildung in dem Delikatessengeschäft gemacht, dessen Bewertung wir berücksichtigt hatten. Er wurde auch nach seinem

Abschluss übernommen. Dann starben die Martinellis, die ursprünglichen Besitzer, und der Laden fiel der jungen Tochter zu.«

Martinelli? Elena Martinelli. Das mussten ihre Eltern gewesen sein. »Und wo ist nun der Haken?«

»Dieser Arsch hat gemeinsame Sache mit einem Typen von der Bank gemacht. War wohl irgendein Kumpel von ihm. Der hat dem Mädchen einen Passus in die Kreditunterlagen gehauen, aus dem sie nicht wieder schadenfrei herauskam. Tja, und das Ende der Geschichte? Der Laden gehört nun ihm und die Tochter der Martinellis jobbt jetzt in einem kleinen Café als Barista.«

Sie arbeitete als Barista, nicht als Hostess? Mist, ich war so ein Idiot gewesen. Aber wie kam es, dass sie bei mir im Vorstellungsgespräch gelandet war?

»Weiß sie, das sie übers Ohr gehauen wurde?«, fragte ich Samuel.

»Keine Ahnung, aber diese Mary-Anne kennt wohl einen Kollegen des mit Cummings befreundeten Bankberaters. Sie hat versucht, die Sache aufzuklären, aber es fehlen ihr die Beweise. Das Einzige, auf das sie zurückgreifen kann, sind Vermutungen, Hörensagen. Das reicht nicht. Elena müsste eine Anzeige machen, gegen Matteo Cummings und gegen den Bankangestellten. Dafür hat sie kein Geld, nicht mal der Gewinn heute Abend würde da ausreichend sein. Du weißt, was Anwälte und Gerichte nehmen.«

»Na klar, ist mir bekannt.«

»Und wieder einmal kommen die Arschlöcher im Leben davon.«

Wir verfielen in dumpfes Schweigen und hingen unseren Gedanken nach, bis mir noch etwas einfiel. »Und warum hat dir diese Mary-Anne das alles geschrieben?«

Samuel lachte auf. »Das war eine Bewerbung. Sie ist die Freundin und Kollegin von Elena Martinelli und ist der Meinung, dass die junge Frau eine zweite Chance verdient hat. Was soll ich sagen? Sie war mit dieser Bewerbung drin, auch ohne Referenzen. Ich bin der gleichen Meinung. Ich werde sie nachher noch auf die Bühne holen, egal ob die kleine Martinelli gewinnt oder nicht. Einfach, um ihre Beteiligung an der Bewerbung zu honorieren.«

»Gute Idee!«, gab ich von mir und schüttete mir den Rest des lauwarmen Kaffees runter.

Nachdenklich fuhr ich mir mit der Hand durch die Haare. Nur eine Sache zählte: Elena arbeitete nicht regelmäßig als Hostess. Vielleicht war das bei mir eine einmalige Sache gewesen? Doch egal, wie sehr mich diese Nachricht freute, sie hatte sich Trost in den Armen eines anderen gesucht und offenbar gefunden. Ich war nicht der Mann gewesen. Ich war geflohen, ohne ihr eine Chance zu geben, etwas aufzuklären. Dabei verdiente jeder eine zweite Chance. Und meine eigene zweite Chance hatte ich vorhin auf der Damentoilette verspielt.

»Schöne Geschichte«, sagte ich, ehe ich aufstand.

Samuel tat es mir gleich. »Ja. Ich hoffe, irgendwann wird dieses Arschloch mal seine gerechte Strafe bekommen.«

Wir nickten uns übereinstimmend zu und gingen dann in den Saal, wo gleich das Finale beginnen würde.

Ich hatte ausreichend Gelegenheit gehabt, Elena zu beobachten und mich selbst damit zu quälen. Am liebsten hätte ich sie in den Arm genommen. Es war wie Selbstkasteiung. Nach zwei Stunden exzessiver Elenabeobachtung fühlte ich mich regelrecht ausgehungert nach ihr.

Jetzt war sie im Begriff, den Saal zu verlassen. Ich musste mich beherrschen, nicht hinter ihr her zu jagen und sie an mich zu reißen.

Seit ich ihre Familiengeschichte kannte, verstand ich vieles besser, sogar Elena selbst. Wer wusste schon, wie sehr sie auf das Geld angewiesen war, das sie bei dieser Art von Jobs verdiente? Ja, vielleicht arbeitete sie hin und wieder als Hostess, aber das hieß nicht automatisch, dass sie mit den Männern ins Bett hüpfte. Mein Selbwertgefühl wollte sich so gern in der Annahme sonnen, ich wäre der Einzige, bei dem sie eine Ausnahme gemacht hatte.

Ich war niemals zuvor in meinem Leben so unsicher gewesen, was richtig und was falsch war, wie in Sachen Elena. Moralvorstellungen hatte ich bisher eher weniger gehabt, außer, dass ich nicht für Sex bezahlte. Warum spielte ich also bei dieser Frau den Moralapostel und verurteilte sie?

Gefühle, es waren eindeutig die Gefühle, die Elena in mir geweckt hatte. Ich musste mir verdammt noch mal eingestehen, dass ich mich verliebt hatte. Ich, Ricardo Colella, der keine Frau mehr an sich hatte ranlassen wollen. Tja, da hatte mir Miss Martinelli eindeutig einen Strich durch die Rechnung gemacht. Und ich war ein absoluter Trottel, hatte mich so benommen und würde vermutlich am Ende ohne das Mädchen dastehen, während dieser grünäugige Gigolo sie lachend im Arm hielt.

»Die Juroren bitte!«, rief Samuel in diesem Moment und riss mich aus meinen Grübeleien. Das Publikum applaudierte und wir standen auf, um an die verbliebenen drei Arbeitstische zu treten und zu begutachten, was die Kandidaten kreiert hatten.

Im Publikum brach Getuschel aus, alle wollten gern einen Happen abbekommen und mitentscheiden, wer als Sieger aus diesem Wettbewerb hervorgehen würde. Doch diese Aufgabe war den drei Frauen, dem Kerl rechts von mir und mir vorbehalten. Wir würden den Sieger wählen.

Ich versuchte, möglichst unvoreingenommen an die Verkostung heranzugehen, aber als ich einen Happs von Elenas Torte probierte, musste ich mir beinahe ein Stöhnen unterdrücken. Das war mehr als genial, es war phänomenal. Die Geschmacksexplosion war unvergleichlich und als ich in die verzückten Gesichter der anderen Jurymitglieder blickte, war mir klar, dass ich sehr objektiv sagen durfte, wer mein Favorit war.

Zehn Minuten später waren unsere Stimmen ausgezählt und die Kandidaten wurden wieder in den Saal gerufen. Alle waren frisch aus der Maske, aber man sah ihnen den harten Tag an. Neben Elena standen zwei

Männer, beide Anfang dreißig und mit der Überheblichkeit, die ich auch oft zur Schau stellte. Doch man sah ihnen die Aufregung an, während Elena wirkte, als hätte sie sich gedanklich auf einen anderen Planeten gebeamt. Nur ihr Körper war noch anwesend. Ich musste schmunzeln.

Samuel trat zu den dreien und beglückwünschte jeden einzelnen für seine Kreation. Zum Schluss stand er vor Elena.

»Miss Martinelli, wie ich erfahren habe, verdanken Sie Ihre Teilnahme Ihrer Freundin. Ist das richtig?«

Elena nickte und schenkte der Frau mit den lilafarbenen Haaren im Publikum ein dankbares Lächeln.

»Mary-Anne, richtig?«, fragte Samuel nach.

Wieder nickte Elena, diesmal etwas hektischer.

»Nun, dann denke ich, wir sollten Mary-Anne mit auf die Bühne holen. Wenn die junge Frau Ihnen das eingebrockt hat, dann sollte sie das auch gemeinsam mit Ihnen auslöffeln.«

Elena riss erstaunt die Augen auf, als der Lichtkegel ihre Freundin erfasste.

»Liebes Publikum, begrüßen Sie gemeinsam mit mir, Mary-Anne Stevenson!«

Zaghaft erhob sich die Frau und kam auf die Bühne, wo sie ohne Umschweife Elena an sich drückte. Ich lächelte angesichts der Freundschaft, die zwischen den beiden Frauen zu erkennen war.

Samuel fragte Mary-Anne über ihr Kennenlernen, ihr gemeinsames Arbeitsleben und die Bewerbung aus. Dann durften sich die beiden Frauen ein Stückchen aus dem Scheinwerferlicht entfernen. Um keine Benachteiligung zu begehen, interviewte Samuel auch noch die männlichen Finalisten eingehender. Dann wurde es still und das Licht wurde gedimmt.

»Kommen wir nun zu demjenigen, der gewonnen hat.«

Eine Assistentin stakste auf High Heels auf die Bühne und überreichte einen Umschlag, in dem das Ergebnis zu finden sein würde.

Mein Blick huschte wieder zu Elena, die mich durchgehend ignorierte. Ich konnte das nachvollziehen. Ich hatte es nicht besser verdient. Sie klammerte sich haltsuchend an dieser Mary-Anne fest und ich wünschte mir, ich wäre es, den sie anfasste.

Samuel riss mittlerweile geräuschvoll den Umschlag auf und zog quälend langsam die Ergebniskarte heraus.

»Oh!«, machte er und ich wusste, auch das war einstudiert. »Ich freue mich, Ihnen den diesjährigen Gewinner des Backmarathons zu präsentieren.« Theatralische Pause und ich schnaufte genervt. »Gewonnen hat – Miss Martinelli!«, schrie er nun ins Mikro.

Von der Decke der Halle rieselte Konfetti und eine Hymne wurde eingespielt. Ich lächelte für die Kameras, aber mir war nicht wirklich nach Lachen zumute. Vielleicht war dies das letzte Mal, dass ich Elena sah.

KAPITEL 27

Elena

Völlig perplex hielt ich den Scheck über fünfzigtausend Dollar in der Hand und lächelte unsicher in die Kameras. Reporter machten Fotos, stellten Fragen, die ich jedoch nicht beantworten durfte, da das Exklusivinterview einem bestimmten Sender vorbehalten war.

Mary-Anne saß wieder bei Damian und hatte ein Dauergrinsen aufgelegt. Vermutlich würde sie morgen Muskelkater in den Wangen haben.

»Sind Sie zufrieden, Miss Martinelli?«, fragte einer der Reporter.

War ich zufrieden? Irgendwie schon, aber ich war mir der Gegenwart von Rick mehr als bewusst und die Tatsache, dass er mich immer noch für eine Hostess hielt, nagte doch an mir. Und mein Herz blutete, weil ich ihn verloren hatte. Und warum? Weil mein Stolz es mir verboten hatte, ihm zu verzeihen. Warum hatte ich ihn so auflaufen lassen? Er war zu mir gekommen, um sich mit mir auszusprechen. Ich selten dämliche Kuh!

»Miss Martinelli, sind das Freudentränen?«

»Warum weinen Sie, Miss Martinelli?«

»Sind das Freudentränen?«

Die Fragen prasselten auf mich ein, und die Blitze der Kameras flammten im Dauerfeuer auf. Ich wurde geblendet. Mein Herz hämmerte und der Schmerz in meinem Inneren nahm ein unerträgliches Ausmaß an.

Ich drehte mich auf der Stelle um und floh von der Bühne. Ohne nachzudenken, wohin, lief ich los. Ich durchquerte Flure, rannte Treppen hinunter und eilte durch Türen, bis ich letztendlich auf dem Hollywood Boulevard stand. Atemlos und mit tränennassem Gesicht hielt ich kurz inne.

Dann hörte ich hinter mir schnelle Schritte. War mir jemand gefolgt? Ich wollte niemanden sehen, also stürmte ich weiter. Wo war ich? Wo sollte ich hin?

Hektisch ließ ich meinen Blick umherschweifen und entdeckte den kleinen Elefanten hoch oben auf der Säule thronen. Gestern waren Damian und Mae hier mit mir herumgelaufen. Ich erinnerte mich noch ganz genau und nun wusste ich auch, wo ich hinwollte. Direkt am Kodak Theater lief ich vorbei in die Passage zum Hollywood and Highland Center hinein. Die Menschen nahmen kaum Notiz von mir, was mir mehr als recht war.

»Elena!«, hörte ich eine männliche Stimme meinen Namen rufen.

Ich wusste sofort, wem sie gehörte und wer mich da verfolgte, aber für ein Aufeinandertreffen mit Rick war ich nicht stark genug. Noch mehr Lügen, noch mehr Erniedrigungen konnte ich einfach nicht mehr ertragen. Also lief ich weiter.

Kurz bevor sich die Aufzugtüren schlossen, sprang ich in die Kabine und drehte mich um. In diesem Moment erreichte Rick den Fahrstuhl, aber er war zu spät. Seine Hand schlug gegen das Metall der Aufzugtür und dröhnte durch meinen Körper.

Oben angekommen nahm ich all meinen Mut zusammen, den Mut, den ich gestern nicht gehabt hatte, und ging ganz langsam Schritt für Schritt über die Brücke des monumentalen Eingangstors des Gebäudekomplexes und blieb in der Mitte stehen.

Von hier aus hatte ich einen freien und fantastischen Blick auf die neun berühmten Buchstaben des Hollywoodschriftzugs – Los Angeles' weltbekannte Sehenswürdigkeit.

Ich atmete tief durch und versuchte, meinen hämmernden Puls in den Griff zu bekommen. Es war nicht der Lauf, sondern die Tatsache, dass ich es geschafft hatte, meine Höhenangst zu bekämpfen. Ich stand auf einer Brücke und sah hinaus auf Los Angeles. Die Stadt der Engel hatte ihr besonderes Flair und ich würde sie immer in Erinnerung behalten als die Stadt der verwirklichten und gleichzeitig der geplatzten Träume.

Die Tränen rannen unaufhörlich über meine Wangen. Und dann konnte ich das Schniefen auch nicht mehr unterdrücken. Meine Hand umklammerte immer noch den Scheck, der vielleicht mein Leben für immer verändern würde. Bedächtig faltete ich ihn, nicht wissend, ob es nicht nur eine Attrappe für die Bühne war, und steckte ihn in meine Hosentasche. Dann lehnte ich mich über die Brüstung der Brücke und warf einen todesmutigen Blick hinab.

Starke Arme umklammerten mich plötzlich. Der Duft! Ich hätte ihn überall wiedererkannt. Rick! Mein Herz zog sich krampfhaft zusammen und ich unterdrückte den enormen Wunsch, mich an seine Brust zu lehnen und einfach nur halten zu lassen.

»Nimm sofort deine Finger von mir!«, fauchte ich ihn an, obwohl ich am liebsten gejauchzt hätte vor Freude. Ich war dermaßen hin und her gerissen, dass ich selbst nicht mehr wusste, was ich wollte und was nicht.

»Niemals, erst wenn wir wieder unten in Sicherheit sind.« Seine tiefe ruhige Stimme kitzelte an meinem Ohr und vibrierte durch meinen Körper.

»Spinnst du total?« Ich versuchte, mich halbherzig zu befreien, zu sehr genoss ich das Gefühl seiner Arme, die mich hielten.

»Nein, aber du! Ich lasse es nicht zu, dass du diesen Weg wählst. Du hast verdammt noch mal gerade gewonnen. Warum willst du jetzt springen?«, fragte Rick aufgebracht.

Springen? Moment mal! Dachte er ernsthaft, ich wäre hier nach oben gekommen, um meinem Leben ein Ende zu setzen? Das war lächerlich. So lächerlich, dass ich anfing zu lachen.

Ricks Arme ließen mich los, wie ich bedauerlicherweise feststellen musste. Sanft drehte er mich an den Schultern um. »Das ist nicht witzig!«, knurrte er.

Ich hielt in meinem albernen Gekicher inne und sah ihm fest in die Augen. »Glaubst du allen Ernstes, dass ich, nachdem ich fünfzigtausend Dollar gewonnen habe, von der Brücke eines Einkaufszentrums herunterspringe?«

Nun wirkte er doch verunsichert. »Eigentlich nicht.«

»Sehr richtig!«

»Aber warum bist du dann weinend weggerannt und mit deiner Höhenangst ausgerechnet hier hoch?« Mit gefurchter Stirn sah er auf mich herab und ich registrierte, wie nah beieinander wir immer noch standen.

Was sollte ich ihm darauf antworten? Dass ich in ihn verliebt war? Bestimmt nicht.

»Du bist so ein Idiot!«, stieß ich hervor und wollte gehen, doch er ließ mich nicht vorbei, drückte meinen Rücken stattdessen gegen das Brückengeländer, doch das machte mir nicht mehr länger Angst.

»Elena, das unterschreibe ich dir sogar.« Zerknirscht sah er hinter mich zu den Hollywood Hills.

»Warum bist du mir hinterhergerannt?«, wollte ich von ihm wissen und hörte, wie sehr meine Stimme zitterte.

»Ich würde sagen, ich bin meinem Instinkt gefolgt.« Sein Blick glitt zurück zu mir und lag nun auf meinem Gesicht. »Ich wollte dich nicht gehen lassen.«

»So?«

»Ja. Und als ich dich hier hab stehen sehen, hast du mich so sehr an meinen alten Herrn erinnert.« Traurige Schatten glitten über seine Gesichtszüge. »Mein Vater hat sich trotz Höhenangst von einer Brücke in den Tod gestürzt.«

Erschrocken zog ich die Luft ein und konnte nicht anders, als meine Wange an seine Brust zu legen.

»Das wusste ich nicht, das …«, stammelte ich in den Stoff seines Oberteils.

Er brummte. »Woher auch? Das weiß kaum jemand.«

Schweigen senkte sich über uns, während um uns herum Menschen von einer Richtung in die andere eilten und uns nicht wahrnahmen. Ich hielt Rick und er hielt mich. Wer hier wen tröstete, konnte wahrscheinlich keiner von uns mit Bestimmtheit sagen. So standen wir lange Zeit auf dieser Brücke und genossen die Gegenwart des anderen, doch irgendwann fiel mir wieder ein, weshalb ich wütend auf ihn sein sollte. Zwischen uns stand so viel, dass es kaum überwindbar schien. Aber ich wollte ihm die Wahrheit sagen und dann gehen.

»Rick, ich …«

»Nein, Elena. Lass mich dir erklären, warum ich heute zu spät zum Wettbewerb gekommen bin.« Als ich nickte, fuhr er fort. »Ich war in San Francisco, um dich zu suchen.«

Sprachlos legte ich meinen Kopf in den Nacken, um ihm ins Gesicht zu sehen, aber er drückte seine Hand an meinen Hinterkopf und schob mich wieder an seine Brust. Ich verstand. Manchmal sagen sich bestimmte Worte leichter, wenn man sich unbeobachtet fühlt.

»Ich habe immerzu an dich denken müssen und ich wollte dich wiedersehen. Und als ich bei dir ankam, warst du nicht dort. Ich hab gewartet, stundenlang, aber Miss Martinelli war da bereits in L.A. bei ihrem Freund.« Er klang niedergeschlagen.

»Freund? Welcher Freund? Meinst du Damian? Das ist Mary-Annes großer Bruder«, klärte ich ihn auf.

»Küsst du immer die großen Brüder deiner Freundinnen auf den Mund?«, fragte Rick grollend.

»Bisher nicht, aber das kann sich ja zukünftig ändern«, zog ich ihn auf.

Er hatte mich tatsächlich besuchen und mit mir reden wollen? Konnte ich ihm das glauben? Ich wollte es so gern, denn alles in mir schrie, dass dies der richtige Mann für mich war.

Doch Rick ließ sich nicht auf meinen Scherz ein. »Elena, ich wollte mich entschuldigen. Es war nicht richtig, dich für deinen Job zu verurteilen.«

Automatisch versteifte ich mich. »Ich bin keine Hostess.«

»Ja, das habe ich mittlerweile auch mitbekommen. Aber, ich verstehe immer noch nicht, wie du bei dem Vorstellungsgespräch gelandet bist.« Nun wollte er doch mein Gesicht sehen und schob mich deshalb ein Stück von sich.

Von irgendwoher drangen die Beats eines populären Songs an mein Ohr. »Ich … na ja, ich …«, fing ich an und dann erzählte ich ihm von unserer ersten Begegnung vor dem Schaufenster. Von meiner Kündigung, dem Karton, der mir heruntergefallen war.

Ungläubig sah er mich an. »Du warst das? Und ich dachte, ich wäre von einer geschickten Taschendiebin beklaut worden.«

»Ja, ich hatte an dem Tag furchtbar ausgesehen mit dem Kopftuch und den schmutzigen Klamotten. Und … und ich habe dich nicht beklaut. Du hast den Geldbeutel verloren und ich wollte ihn dir an dem Nachmittag vorbeibringen. An dem Tag, an dem du die Vorstellungsgespräche geführt hast. Den Rest kennst du ja.«

Ich hoffte inständig, dass er mir glaubte. Ich wollte nicht von einer Fehleinschätzung meiner Person in die nächste rutschen.

Er schüttelte den Kopf und sah mich mit diesen warmen, braunen Augen an. »Ich glaube dir, meine Flower. Du bist weder eine Hostess noch eine Professionelle und auch keine Diebin. Das musst du mir nun nicht mehr beweisen. Ich war ein Idiot, dass ich dir keine Chance gegeben habe, das aufzuklären.«

»Nun, ich hätte es aufklären können, doch ich … Verzeih bitte. Aber eine Sache würde mich noch brennend interessieren. Warum hast du mich an dem Tag versetzt, als du mir den Scheck und das Armband vorbeibringen wolltest?«

Verlegen sah er zu Boden und dann in mein Gesicht. »Ich habe mich von diesem Cummings verarschen lassen.«

Erstaunt riss ich die Augen auf. »Von Matteo? Wie das?«

»Das kleine Arschloch ist mir in deinem Hausflur begegnet, als ich gerade zu dir wollte. Dann machte er irgendwelche schlüpfrigen Andeutungen, von wegen, er wäre dein Boss und du wärst auch für andere Dinge bei ihm zuständig.« Entschuldigend zuckte Rick mit den Schultern. »Ich habe es so verstanden, dass er dein Zuhälter ist, für den du auch gewisse Zusatzdienste übernimmst.«

Wütend ballte ich die Hände zu Fäusten und schnaufte. »Und du hast das nicht ein einziges Mal in Frage gestellt?«

Ich musste meinen Emotionen ein Ventil geben und boxte ihm hart gegen die Brust. Meine Hand tat zwar weh, aber das war egal. Ich holte erneut aus, doch diesmal fing Rick meine Faust ein und zog mich an sich. In seinen Augen erkannte ich Willensstärke, aber auch eine Sanftheit, die ich zuvor dort nicht entdeckt hatte.

»Wie gesagt, es tut mir leid. Verzeih mir bitte.« Leise Worte, die dennoch nicht der Eindringlichkeit entbehrten.

»Und wenn ich das tue?«, fragte ich mit klopfendem Herzen.

»Dann werden wir heute Abend zusammen ausgehen. Nur du und ich …«

»Lass mich raten … ohne Vertrag?«, zog ich ihn auf, indem ich die Worte wiederholte, die er mir schon einmal zugeraunt hatte.

»Den habe ich vor Wut zerrissen und verbrannt!«

»Und nun bist du nicht mehr wütend?«, wollte ich scheinheilig wissen, während mein Herz voller Freude hüpfte.

»Nein!«, brummte er und griff nach meinen Oberarmen. Ruckartig zog er mich an sich und drückte seine Lippen auf meinen Mund. Es war kein zärtlicher Kuss, es war ein Zeichen, das er auf meinem Körper hinterließ. Wild eroberte Rick meine Lippen, drang mit seiner

Zunge ein und ich ließ es zu. Wie ein wilder Feuersturm tobten die Gefühle durch mich hindurch und ließen es endlich zu, dass sich mein Herz öffnen konnte. Ich wollte Rick gehören, nur ihm. Und er sollte mein sein.

Ich klammerte mich an ihm fest und plötzlich fühlte sich alles so richtig an, so gut, und ich wollte nirgendwo anders sein als bei ihm. Hier und in seinen Armen.

Langsam löste er seine Lippen von meinen und sah mich liebevoll an. »Babe, ich werde dich nicht mehr gehen lassen, das sollte dir klar sein.«

»Und dir sollte klar sein, dass du mir so schnell nicht wieder entkommst und zukünftig keine voreiligen Schlüsse mehr ziehen darfst«, wies ich ihn zurecht.

Wir lächelten uns an, Rick griff nach meinen Händen und flüsterte an meinem Ohr. »Du wirst mich nicht mehr los und ich werde mich ab jetzt nur noch vorbildlich benehmen. Ich liebe dich!«

»Das …«, begann ich, doch er verschloss meinen Mund erneut mit seinem.

Diesmal war es ein zärtlicher, inniger Kuss. Ich erwiderte ihn mit all meinen tiefen Gefühlen, die ich für diesen Mann hegte. Ein Kuss, der voller Versprechungen und Hoffnungen auf mehr war.

Hoffnungen auf eine Zukunft.

Hoffnungen auf ein *WIR*.

EPILOG

Ein Jahr später

Ich hielt direkt vor der Ladentür und sprang schnell aus dem Wagen. Elena spielte zwar noch mit, aber wer wusste schon, wie lange. So ganz mochte sie es nicht, die Kontrolle abzugeben. Und in einem Auto mit verbundenen Augen zu sitzen, war schon hart an der Grenze dessen, was ich ihr zumuten konnte.

Ich grinste, als ich mich an das Geschimpfe erinnerte, mit dem sie mich bedacht hatte, als ich ihr den Schal umband.

Als ich die Autotür öffnete, konnte ich einen Blick auf ihre gebräunten Beine werfen. Die drei Wochen Hochzeitsreise in der Karibik hatten ihr gutgetan. Sie war nicht nur knackig braun, sondern strahlte den ganzen Tag.

Niemals in meinem Leben war ich so glücklich gewesen wie mit dieser Frau, und ich konnte mir ein Dasein ohne sie nicht mehr vorstellen.

»Ricardo Colella, ich hasse Überraschungen«, quengelte Elena und entlockte mir damit ein noch breiteres Grinsen, denn ich wusste, dass sie diese Überraschung lieben würde.

»Geduld, Babe«, raunte ich ganz nah an ihrem Ohr, als ich ihr aus dem Wagen geholfen hatte.

Voller Faszination beobachtete ich die Gänsehaut, die sich auf ihrem Körper ausbreitete. Wir hatten einen heißen Tag und außer einem luftigen Kleid trug Elena nichts. Allein der Gedanke, dass sie nicht einmal ein Höschen anhatte, ließ mich seit einer Stunde mit einem Ständer in der Hose herumlaufen. Ein Gegengeschenk, wie sie es genannt hatte, als ich ihr erklärte, dass ich sie überraschen wollte. Oh Mann, ich freute mich schon darauf, es auszupacken. Doch das musste warten.

»Geduld? Was ist das? Das muss ein Fremdwort sein. Das kenne ich nämlich nicht«, feixte sie und lachte.

Langsam führte ich sie die paar Schritte bis zum Eingang und fragte: »Bist du bereit?«

Aufgeregt schluckte sie und nickte dann.

»Tapferes Mädchen. Das muss belohnt werden.« Zärtlich strich ich ihr über den Oberarm und griff nach dem Schal. Ganz langsam, um die Spannung noch zu steigern, löste ich den Knoten. Dann zog ich das Tuch mit einem Ruck von ihrem Gesicht.

Jubel brach aus und alle riefen laut: »Überraschung!«

Elena blickte fassungslos auf die Menschen, die sich vor dem Gebäude eingefunden hatten.

»Sandy?«, quiekte sie und ihre Freundin nickte lächelnd. »Mae und Damian!«

Ich hatte es mir nicht nehmen lassen können, den mittlerweile recht angesagten Hollywoodschauspieler einzuladen. Das war so ein Männerding. Ich wollte zeigen, dass sie mir gehörte, und ihm gleichzeitig klarmachen, was er nie bekommen würde. Ich war ein Arschloch und in vielen Bereichen würde ich das bleiben.

»Giulia!« Innig fielen sich meine Mutter und meine Frau in die Arme. Sie liebte ihre Schwiegertochter abgöttisch.

Als die beiden sich voneinander lösten, erblickte sie meinen besten Freund, der es immer noch nicht fassen konnte, dass ich verheiratet war. »Jim! Mr Miller und Mrs Chester!«, freute sich Elena, alle ihre Lieben zu sehen. Doch mit einem Mal hielt sie inne und registrierte endlich, wo wir uns befanden.

Wir standen alle versammelt vor dem *Marnie´s*, dem Laden der Martinellis. »Ich habe in den letzten Monaten alle Hebel in Bewegung gesetzt, diesem Matteo das Gesundheitsamt auf den Hals zu schicken. Ich muss zugeben, alles was sie gefunden haben, war nicht wirklich dort zu finden gewesen. Habe einige Gefallen eingefordert und Verbindungen spielen lassen, nicht alles legal. Aber ich würde sagen, diesem Idioten geschieht es nur recht, wenn man Gleiches mit Gleichem zurückzahlt, oder?«

Ich zwinkerte ihr zu. Tatsächlich hatte ich einige der

Typen, die ausgesandt worden waren, um den Vorwürfen und anonymen Hinweisen nachzugehen, geschmiert. Das hatte mich eine Stange Geld gekostet, aber das war es mir wert gewesen. Zum Schluss hatte Cummings Konkurs anmelden müssen und ich konnte den Laden problemlos übernehmen. Unter Sandys Anleitung hatten wir den gesamten Bereich renoviert. Sie hatte peinlich genau darauf geachtet, dass alles so aussehen musste wie damals, als Elenas Eltern noch lebten und bevor Matteo den Laden nach seinen Wünschen hatte ummodeln lassen.

Mit bebenden Händen zog ich den Schlüssel aus meiner Hosentasche und hielt ihn ihr vor die Nase. Shit! Ich war aufgeregt. »Mein Hochzeitsgeschenk für dich. Ich habe mir gedacht, San Francisco ist auf Dauer eine nette Stadt, oder?« Bisher hatten wir des öfteren hitzige Diskussionen geführt, wo wir zukünftig wohnen würden. Elena wollte San Fran nicht verlassen. Mit großen Augen sah sie mich an. Zärtlich legte ich eine Hand an ihre Wange. »Ich liebe dich, Babe!«

Elenas Lippen zitterten und ein scheues Lächeln legte sich auf ihr Gesicht. Eine einzelne Träne löste sich aus ihrem Auge und ich fischte sie ihr von der Wange.

»Ich liebe dich auch!«

Meine Lippen landeten auf ihren. Weich und fordernd erwiderte sie meinen Kuss. Dieser süße kleine Seufzer, der ihrem Mund entkam, erinnerte mich wieder an die fehlende Unterwäsche. Ich liebte es, wenn sie dies tat. Sogar nach über einem Jahr konnte ich nicht genug davon bekommen, ihr diesen Ton zu entlocken.

Als wir uns voneinander lösten, lächelte mich Elena geheimnisvoll an. »Ich habe auch ein Hochzeitsgeschenk für dich.« Ihre kleine Hand griff nach meiner, dann legte sie sie auf ihren Bauch.

»Nein!«, stieß ich fassungslos hervor.

»Doch, du wirst Vater!«, gab sie mir kichernd eine Erklärung.

Sofort hob ich sie hoch, bis ihr Gesicht auf der gleichen Höhe war wie meins. Zärtlich küsste ich sie und setzte sie dann wieder ab. »Du machst mich zum glücklichsten Mann auf der Welt.«

»Und du mich zur glücklichsten Frau, die jemals auf der Welt gelebt hat.« Das war so typisch, immer versuchte sie, mich in meinen Liebeserklärungen zu übertrumpfen, und genauso wie ich die Frau in meinen Armen liebte, liebte ich dieses Spiel zwischen uns.

Für immer.

DANKE

Liebe Leserin,

hat dir das Buch gefallen? Dann würde ich mich über eine Bewertung sehr freuen. Zur Bewertungsseite geht es über Amazon.
Vielen Dank für das Lesen meines Romanes. Ich hoffe sehr, dass dir die Story gefallen hat, und würde mich über deine Meinung zum Buch auf der Amazonbuchseite sehr freuen.
Als kleine Überraschung habe ich auf den nächsten Seiten noch eine kostenlose Leseprobe. Ich wünsche dir viel Spaß damit!
Du möchtest gerne mit mir kommunizieren?
Setze dich mit Alisha direkt auf Facebook in Verbindung:
https://www.facebook.com/AlishaBloomHeartbeat/

Alisha Bloom

LESEPROBE

EIN HIGHLANDER ZUM VERLIEBEN

Cameron

Verdammt, selbst die Nacht ist brütend heiß!

Das ist wieder eine dieser typischen Sommernächte an der Riviera, deren Hitze noch bis weit nach Sonnenuntergang spürbar ist. Ich lehne an der Reling und lasse die Eiswürfel in meinem Single Malt Whisky klirren – ein Zugeständnis an den Süden. Nicht mal ich kann mein Lieblingsgetränk bei diesen mediterranen Temperaturen zimmerwarm trinken. Wenigstens weht ein kühler Hauch vom Meer in den Jachthafen. In wenigen Stunden wird der Morgen anbrechen und die Hitze wird noch unerträglicher werden.

Zufrieden streiche ich mit der Hand über das edle Holz der Reling. Diesmal hat der Kunde darauf bestanden, sein neues Baby nach San Remo geliefert zu bekommen. Die sechsstelligen Transportkosten waren ihm egal. Er wollte vor seinen Freunden und Konkurrenten mit der Schiffstaufe vor Ort protzen. Das hat er bekommen, wie gewünscht. Meine Kunden blättern mehrstellige Millionenbeträge hin, um eine Jacht von mir, *MT-Lux,* zu kaufen, und sie erwarten mit Recht, dass alles wie am Schnürchen läuft. Immer. Und wie immer wird die ganze Nacht durchgefeiert, denn der Stapellauf war ein voller Erfolg. Natürlich. Nichts anderes würde ich akzeptieren. Meine Mitarbeiter wissen, was ich von ihnen fordere, und sie funktionieren. Dafür kriegen sie aber auch jedes Mal eine Big Party.

So wie diese. Eine kleine Aufmerksamkeit für den Kunden, der für die *Red Panther* Millionen bezahlt hat, und seine Freunde, die höchstwahrscheinlich auch mit dem Kauf einer Jacht liebäugeln und dafür ein Vermögen hinblättern werden. Bei mir natürlich. Für die Party habe ich eine stattliche Summe springen lassen und ein paar wirklich heiße Frauen geordert. Aber was heißt schon *stattliche Summe!* Es war ein Nichts im Vergleich zu dem, was mir die Luxusjacht eingebracht hat. Allein bei dem Gedanken daran muss ich schmunzeln.

Triumphierend setze ich das Glas an die Lippen, doch es ist leer, also stoße ich mich von der Reling ab, gehe wieder hinunter aufs Zwischendeck und steuere die Bar an. Die Feier ist noch immer in vollem Gange.

Kurz darauf lehne ich lässig mit einem frischen Drink in der Hand am Ende des langen, verchromten Tresens und beobachte die leicht bekleideten Bunnys, die ich zu diesem Anlass gebucht habe. Gelegentlich fange ich den Blick eines brünetten Vollweibes auf. Ihre Titten sind groß und prall und quellen beinahe aus der schwarzen Lackleder-Corsage. In diesem Moment drückt sie ihr Becken im Rhythmus zur Musik an den Oberschenkel ihres Tanzpartners. Der vergräbt sein Gesicht in ihrem Ausschnitt. Und was tut dieses Luder? Sie sieht mich an und leckt sich lasziv über die Lippen!

Der Anblick lässt mich hart werden. *Keine schlechte Ansage, Babe,* denke ich, und habe mich entschieden: Dieses heiße Gestell mit der milchkaffeefarbenen Haut wird noch heute Nacht meinen Schwanz lutschen. Entweder im Hotelzimmer oder am besten gleich auf dem Rücksitz meines Rolls. Es macht mich heiß, wie sie mit dem Typen rummacht und ihre Show dabei eindeutig für mich abzieht. Insgeheim schließe ich eine Wette mit mir selbst ab: wie lange es dauert, bis sie mir hinterherkommt, wenn ich jetzt nach draußen gehe. Ich gebe ihr zwei Minuten, um ihren Kerl loszuwerden, und warte oben auf der Aussichtsplattform auf sie.

Sie braucht eineinhalb. Ich verstecke ein Grinsen in meinem Whiskytumbler und tue so, als hätte ich nicht bemerkt, dass sie neben mir am Geländer steht.

»Schöne Aussicht«, gurrt sie und lehnt sich an das

Geländer. Ihr langes, seidig glattes Haar weht in der leichten Brise.

Ich lasse sie zunächst ein paar Herzschläge lang mein Profil bewundern. Erst dann drehe ich ihr bedächtig mein Gesicht zu. »Möglich. Ich bevorzuge allerdings eine andere Art von Aussicht.«

»Interessant …« Sie drückt ihre Titten in meine Richtung. »Soll ich raten?«

Keine Ahnung, wie sie heißt, und es ist mir auch herzlich egal. Namen sind unwichtig. *Sie* ist nicht wichtig. Aber ihr knackiger Hintern, der schon! Sie wird mir ihren runden Apfelarsch hinstrecken, ich werde sie nehmen und dann wird sie aus meinem Leben verschwinden, so wie all die anderen vor ihr und nach ihr, die auf meine dicken Autos und meine schnittigen Boote scharf sind. Alle Weiber stehen auf die Luxusjachten, die ich zusammen mit dem Team in meiner exklusiven Werft im Nordwesten Schottlands produziere und hinter denen die Superreichen her sind wie der sprichwörtliche Teufel hinter der armen Seele.

Dass Frauen in mir nur Beute sehen, macht mir nichts aus, solange ich der wahre Jäger bleibe. Ich bin schon immer ein knochenharter Realist gewesen, was jede Art von zwischenmenschlichen Beziehungen angeht. Ich will sie vögeln, die geldgeilen Tussen. Und ich bekomme sie. Immer.

»Ich bin übrigens Liza.«

Sie hat eine angenehme, dunkle Stimme, immerhin. Und sie ist zielstrebig, zumindest was den Weg Richtung Vorderfront meiner Hose betrifft.

»Taylor. Cameron Taylor«, erwidere ich, obwohl sie

meinen Namen schon längst kennen dürfte. Schließlich bin ich heute Abend ihr Auftraggeber.

»Da kann es aber jemand kaum erwarten«, stellt Liza zufrieden fest, als sie den Reißverschluss meiner Smokinghose öffnet, um meinen Schwanz herauszuholen. Ich fasse nach ihrem Handgelenk. »Meine Jacht, meine Party, mein Schwanz, Häschen.«

Sie irrt sich. Ich kann es immer erwarten, und ich mag es nicht, wenn eine Frau mich ausziehen will. Zu intim, zu privat. Hier bestimmt nur einer, wer wann seine Klamotten auszieht oder meinen Schwanz befreien darf. Ich!

»Uh, Entschuldigung. Darf es zuerst vielleicht ein Blow Job sein?« Sie leckt sich die Lippen und schenkt mir einen lasziven Augenaufschlag.

Oh Mann. Haben die eigentlich alle denselben Lehrgang ›Wie verführe ich einen Millionär‹ besucht? Das ödet mich an.

Kurz überlege ich, ob ich sie wegschicken soll, aber mein Schwanz hat bereits entschieden. Ihm ist es egal, welche Masche die Frauen nutzen, um sich auf ihn zu setzen oder ihn in den Mund zu nehmen. Manchmal höre ich auf ihn. Oft. Na ja … eigentlich immer. Warum auch nicht? Sie laufen mir nach wie die Ratten dem Flötenspieler.

»Warte.« Ich öffne den versteckten Knopf und hole meinen Schwanz heraus. Es macht mich an, ihn in der Hand zu halten, wenn er hart und fest ist. Es geilt mich auf, bekleidet zu vögeln, außerdem bietet sich das in so einem Ambiente an. Es ist entschieden praktischer, als die Hosen ganz herunterzulassen. »Jetzt kannst du ihn dir aus der Nähe ansehen.«

Das muss ich ihr nicht zweimal sagen. Lasziv lächelnd nimmt sie ihre Haare zur Seite, geht vor mir in die Hocke und fängt an, meine Eichel zu lecken.

»Schön langsam«, sage ich noch und schließe genüsslich die Augen.

Blasen kann sie. Sie züngelt und leckt, saugt und reibt. Die perfekte Nummer. Als der Druck sich allmählich aufbaut, stoppe ich sie.

»Hast du ein Kondom dabei?« Ich will mehr. Ich will sie von hinten. Dieser Knackarsch ist eine Sünde wert.

Wieder schenkt sie mir ein Lächeln, das die Arktis in Brand setzen könnte, und nickt. Aus ihrer winzigen Clutch, die sie neben sich auf den Boden gelegt hat, fischt sie eins der knisternden Briefchen und legt es in meine ausgestreckte Hand. Während ich es mir überziehe, sehe ich, dass sie einen vorsichtigen Blick in die Runde wirft.

»Probleme mit der Aussicht?«, erkundige ich mich provokativ und fasse sie an den langen Haaren.

»Nein«, antwortet sie cool und sieht mich herausfordernd an. »Und selbst wenn … du etwa?«

»Dreh dich um und beug dich vor.«

MEHR BÜCHER VON ALISHA BLOOM

EIN HIGHLANDER ZUM VERLIEBEN

»Verdammt! Auf was habe ich mich da nur eingelassen?!«

Cam ist genau der Typ, um den Màiri am liebsten einen großen Bogen macht: Arrogant, kompromisslos und spöttisch. Doch sie ist ihm in der kleinen Hütte in den schottischen Highlands hoffnungslos ausgeliefert. Zumindest bis sich das Unwetter verzieht. Der festen Meinung, ohne ihn besser dran zu sein, lässt sie ihn deutlich spüren, was sie von ihm hält. Und doch ist es Màiri unmöglich, seinem raubeinigen Charisma zu widerstehen. Immer tiefer zieht er sie in seinen Bann.

Cameron Taylor ist steinreich und ein Womanizer. Er nimmt sich die Frauen, er fragt nicht. Eine Wette zwingt ihn jedoch dazu, sich mit der weltfremden Großstadtzicke Màiri Grant herumzuschlagen. Und es fällt ihm immer schwerer, sich ihrem Zauber zu entziehen.

Zwischen den beiden fliegen die Fetzen, und während draußen ein Unwetter tobt, wird es drinnen sehr, sehr heiß …

Doch als das Wetter umschlägt, verschwindet Màiri plötzlich. Wird er sie jemals wiedersehen?

Romantisch, gnadenlos prickelnd und absolut heiß!

Lasst euch von Alisha Blooms erstem Liebesroman in die schottischen Highlands entführen.

THE THUNDER - EINFUNKEN LIEBE

Cole Shanahan hat zwei Gesichter und führt zwei Leben: Tagsüber leitet er ein finanzstarkes Unternehmen, in der Nacht jedoch folgt er einem Ziel, einem Versprechen, das er sich selbst gegeben kann. Bevor er das nicht erreicht hat, will er keine Frau in sein Leben lassen und keine Gefühle zeigen.

Eve Jones wurde von ihrer großen Liebe verlassen und ihr Job in der Werbeagentur ist mehr als mies bezahlt. Ihre Freundin versucht, sie auf andere Gedanken zu bringen, und schleppt sie in einen der angesagtesten Nightclubs der Stadt.

Dort trifft Eve auf Cole und fühlt sich sofort zu dem attraktiven und mysteriösen Mann hingezogen.

Sie kommen sich näher, die Luft zwischen ihnen glüht. Doch etwas stimmt nicht. Cole hat Geheimnisse – und er geht auf Distanz. Für Eve bricht eine Welt zusammen.

Kurz darauf holen die Ereignisse sie ein – und Coles Versprechen bringt ihrer beider Leben in Gefahr.

Spannend, gnadenlos prickelnd und absolut heiß!

WARM UP FÜR DIE LIEBE

Logan Stark ist genau der Typ Promi, den Amber Quinn gerne in diversen Illustrierten anschmachtet: Muskulös, tätowiert und animalisch anziehend.

Sie hat sich aber niemals für die Fitness-Challenge beworben, deren Gewinnern sie nun ist. Vier Wochen soll sie an der Seite von Logan trainieren. Das ist eine echte Herausforderung für einen Sportmuffel wie Amber, die schon beim ersten Treffen feststellt, dass Logan nicht so freundlich ist, wie sie erhofft hat.

Logan Stark hat, als ehemaliger Rugby-Spieler, nur vermeintlich alles, was man sich wünscht: Geld, Frauen, einen tollen Körper. Sein Vermögen wurde durch Fehlinvestitionen empfindlich geschrumpft und in der Familie gibt es einen finanziellen Notfall. In Frauen sieht er als glücklicher Single nur Mittel zum Zweck.

Nun soll er Couchpotato Amber trainieren, die nicht einmal über einen anständigen Sport-BH verfügt, dafür aber über eine beachtliche Oberweite.

Nach den ersten Reibereien knistert es ganz gewaltig im Trainingsraum und die beiden kommen nicht nur beim gemeinsamen Training ins Schwitzen.

Gnadenlos prickelnd und absolut heiß!

MIAMI MILLIONÄR - LIEBE ZUM DESSERT

Niemals werde ich mich auf diesen Kerl einlassen! Niemals!

Eine Katastrophe! Als die attraktive Ärztin Annie von ihrem

Verlobten kurz vor der Hochzeit kalt abserviert wird, bricht für sie eine Welt zusammen. Da hilft nur jede Menge Eiscreme. Ihre Freundin jedoch sieht das ganz anders und überredet die unglückliche Annie zu einem Blind Date. Und was passiert? Ausgerechnet Miamis berüchtigtster Womanizer und Selfmade Millionär taucht auf. Auf gar keinen Fall wird sie sich mit diesem arroganten und unausstehlichen Mistkerl an einen Tisch setzen!

Und noch viel weniger wird sie dem Charme dieses Womanizers erliegen. Davon ist Annie überzeugt!

Mike Sievers ist erfolgreich, attraktiv und ein übler Frauenheld, dessen Beziehungen meist nur eine Nacht überdauern.

Bis er eines Abends auf Annie trifft. Eine Frau, die ihn schlichtweg ignoriert und offenkundig nicht das geringste Interesse an ihm zeigt. Und das weckt bei einem Mann wie Mike den Jagdinstinkt.

ONE KISS - MITTEN INS HERZ

Gegen das Spiel der Liebe hast du keine Chance!

Jayden Ward, gefeierter Star der Rugbyszene und Londons begehrtester Junggeselle, genießt seine sportlichen Erfolge. Er liebt Partys, schöne Frauen und führt ein Leben auf der Überholspur.

Das gefällt seinem Management überhaupt nicht. Ab sofort soll die Praktikantin Ruby dafür sorgen, dass Jayden wieder auf den Teppich kommt. Doch der macht sich einen Spaß daraus. Er entlockt Ruby ein Versprechen, auf dessen Einlösung er sich jetzt schon freut.

Ruby Webber ist tough, selbstbewusst und wild entschlossen, den A-Promi zur Vernunft zu bringen.

Typen wie Jayden sind ein rotes Tuch für sie. Allerdings sieht er aus der Nähe noch viel besser aus, als auf den Pressefotos. Dazu ist er auch noch liebevoll, amüsant und charismatisch.

Sie stellt sich der Herausforderung – und lässt sich schon beim ersten Treffen auf einen abenteuerlichen Deal mit dem sexy Sportler ein.

Genau das wird ihr zum Verhängnis.

Prickelnd, romantisch und absolut heiß!

"One Kiss" ist Jaydens Geschichte. Er ist der beste Freund von Logan aus "Warm up für die Liebe". Beide Romane sind unabhängig voneinander lesbar.

ONE DAY - LIEBE IST GRATIS MIT DABEI

»Nichts ist umsonst, Baby! Nicht mal die Liebe.«

Sarah Moore ist Single und ihr Auto ständig in der Werkstatt. Jetzt muss sie sich auch noch einen neuen Job suchen!

Doch ihre Pechsträhne reißt nicht ab.

Als sie eine Einladung zu einem Vorstellungsgespräch bei

einer renommierten Anwaltskanzlei erhält, schnappt ihr so ein Lackaffe den letzten Parkplatz vor der Nase weg!

Gut, der Kerl ist höllisch attraktiv, aber ein Idiot.

Natürlich kommt sie zu spät.

Natürlich geht sie ohne Job nach Hause.

Unglaublich, dass ihr der Typ auch noch seine Visitenkarte an den Scheibenwischer geklemmt hat.

Sarah ruft ihn an, um ihm die Meinung zu sagen, doch Brad Norris entschuldigt sich nicht nur bei ihr, er bietet ihr sogar einen Job an. Sie soll Brad auf eine Kaffeeplantage nach Costa Rica begleiten und die Bezahlung ist absolut gigantisch.

Dieser Job, die Reise und ihr Boss bringen Sarah an ihre Grenzen. Emotional und körperlich.

Auf was hat Sarah sich da nur eingelassen?*Gefahr und Chaos sind für Sarah bei dieser Reise inklusive – Die Liebe auch?*

KONTAKT

Setze dich mit Alisha direkt auf Facebook in Verbindung:
https://www.facebook.com/AlishaBloomHeartbeat/

Oder abonniere den Newsletter, um nichts zu verpassen. Hier erhältst du vorab News und Hinweise zu Deals und besonderen Informationen über Alisha und ihre Romane.
Für alle
Abonnenten gibt es eine kleine Sequenz von Logan und Jay, den Männern aus „Warm up für die Liebe“ und „One kiss - Mitten ins Herz“.

Folgender Link führt dich zur Anmeldung:
https://www.alisha-bloom.de/newsletter/

Printed in France by Amazon
Brétigny-sur-Orge, FR

30913680R10161